講談社文庫

黄砂の進撃

松岡圭祐

講談社

目次

黄砂の進撃

一九〇〇年初春から、夏の終わりにかけて
この小説は史実に基づく
登場人物は実在する

中国が国家的意識に目覚める前兆、それが義和団だった。あの動乱には中国人の成長の速さと、強さや賢さの源がある。

——サー・バジル・ヘンリー・リデル＝ハート

1

子供のころ、辮髪《べんぱつ》が嫌いだった。

泣き叫んで抵抗する姿は、きっと周りから浮いていたにちがいない。農村に住む男はみな当然のごとく、剃《そ》りあげた頭の後頭部の髪のみを伸ばし、三つ編みを背に垂らしていた。自分もそうさせられたし、友達も同様だった。頭皮に産毛《うぶげ》が生えてきただけで、女と馬鹿にされるのが普通だった。

なのに辮髪を受けいれられなかった。洋人は誰もが髪を伸ばしているではないか。なにより格好が悪い。滑稽な姿だ。大瓶《おおがめ》から柄杓《ひしやく》に水を汲《く》んで運ぶのに、三つ編みが垂れ下がらないよう、首に巻きつけねばならない。どう考えても非効率的ではないか。

理解をしめしてくれたのは父だけだった。焚火《たきび》を囲んでいた夕暮れ、口の悪い叔母らの嘲笑を鎮め、父は穏やかにいった。案外、民族の血に目覚めたのかもな。本来この髪型は漢民族のものじゃなかったんだ。

幼少にして、この広大なる国土は、満州族に支配されていると知らされた。満州族とは、後頭部でなく頭頂から三つ編みを伸ばしている連中のことだ。奴《やつ》らは支配者階級だった。大地主の家系の子にもいる。たしかに金持ちだし、馬褂《まがき》の刺繍《ししゆう》も細やかで豪華、ほころびひとつない。肥え太った体型で、いつも威張り散らしている。辮髪を強要したのは奴ら満州族だ。禿《は》げと坊主以外、辮髪にしない者は死刑にするといって従わせたのだ。

父はただ息子を擁護したかっただけかもしれない。ふたりきりになると父はささやいてきた。辮髪を気にする時世ならまだいい。もっと悲しいこともあるんだからな。

月日は流れた。やがて父の言葉の意味を理解する日がきた。

遠い外国、イギリスと争いが絶えないことは知っていた。英国人が移住してきて以来、不穏な空気が漂っている。いずれまた戦争になるのでは、そんな心配が現実になった。アロー号なる小帆船に端を発する諍《いさか》いともきいた。

濃紺木綿の上衣を、ほつれのめだつ一張羅の馬褂に着替え、父の支度は整った。しゃがみこんだ父は、なにもいわずじっと見つめてきた。やがて身体《からだ》を起こすと、達者でな、ただひとことそう告げた。村の仲間らと轍《わだち》を踏みしめ歩き去った。いつもの朝、農耕にでかけるのと同じ足どり。見送りながらそんなふうに感じた。

それきり父は帰らなかった。地主を通じ、叔母が報《しら》せを受けとった。大人たちはみな、その場に泣き崩れた。

心のどこかでわかっていた。もう父には会えないと覚悟をきめていた。いまさら悲しみになど暮れない、そう心にきめたはずだった。なのに事実を知ったとたん、胸に隙間風のような侘《わび》しさが、ひんやりと吹きこんできた。自然に視界がぼやけ、涙が溢《あふ》れだした。

父はもういない。母もとっくに病死している。貧しい農家に、叔母たちとともに取り残された。哀愁に浸る時間すら与えられない。一家を支えるため、なるべく早く働きださねばならなかった。

御河《ぎょが》と西河《せいが》のあいだを往来する舟漕《こ》ぎの口がある、叔母がそういった。あきらかに孤児を追いだしたがっていた。十一歳の秋、舟漕ぎの見習いとして送りだされた。二度と村には帰らなかった。

素朴な田舎の風景。あれから三十年は経《た》つ。いまはどう変わっただろうか。あるいは、あのときのままか。

ふいに風圧が押し寄せ、目の前を黒い影が横切った。怒鳴りつける声が耳をつんざく。「危ねえよ!」

張徳成《ちょうとくせい》ははっとして我にかえり、その場に立ちどまった。騾馬《らば》の曳《ひ》く二輪馬車が土煙を巻きあげ、路上を遠ざかっていく。

ぼんやりとたたずむ。冷や汗はかかなかった。一瞬、息を呑んだのはたしかだが、思考は鈍かった。ゆうべ遅くまで飲んだせいだろう、酒が抜けきらない。人生の大半がそうだった。午後の賑《にぎ》わいのなか、砂埃《すなぼこり》の舞う大通りに立っているのは、冴《さ》えない中年の浮浪者にすぎない。

天津《てんしん》の楊柳青《ヤンリユウチン》、北方《ほっぽう》年画の生産地、外国との交易場。着飾った白人らと、辮髪の労働者でごったがえしている。張はその喧騒《けんそう》のなかにいた。

建ち並ぶ店舗の扁額《へんがく》を眺める。二階建ての店舗兼住居は燻《いぶ》し煉瓦《れんが》でできていた。外壁がうっすら青みがかっている。人が住むだけなら、家屋の窓は中庭にしか開いていないが、店の場合は通り沿いにもある。入り口は金泥で彩った龍の彫刻に縁どられる。

楊柳青のどの辺りか、ようやく察しがついた。灯籠が微風に揺らいでいる。天秤棒《てんびんぼう》を担ぐ水売りがわきを通りすぎていった。人力車もせわしなく往来する。

このまま進めば北馬路《ほくばろ》の方角だった。そちらへ向かう気はなかった。かといって、どこか行くあてがあるわけでもない。

舟漕ぎはとっくに廃業した。北京《ペキン》と天津を結ぶ汽車が通ってからは、商売あがったりだった。水上生活も長すぎた。しばらくは地上をまっすぐ歩くのにも難儀した。いま足もとがおぼつかないのは酒のせいだ。結局、まともな歩調など取り戻せていない。

それでも、なにも問題ない。子供のころの虚《むな》しい記憶にとらわれるのも、さしてめずらしくなかった。受け流せばいい。どうせ取るに足らない人生だ。

あれほど嫌いだった辮髪も、いちど定職に就くためそうしてからは、気にしなくなった。官兵に引っぱられる面倒を避けるには、辮髪にしておいたほうが楽だ。老いて死ぬまでこうなのだろう。みなそんな時間の流れのなかを生きている。

鈍い頭に、女の甲高い叫びがこだました気がする。いよいよ幻聴にとらわれだしたか、そう思った。だが耳を澄ますと、たしかにきこえるようだ。

立ちどまり、建物のあいだの隙間をのぞきこんだ。

狭い袋小路《ふくろこうじ》に、妙に身なりのいい男たちがたむろしている。辮髪は後頭部から下がっていた。漢民族だ。けれども、衣服の仕立ては満州族並みに高そうに見える。

こちらを一瞥《いちべつ》した男は、張よりいくらか若かった。胸もとに銀の十字架が光っている。クリスチャンだった。

貧民が食うために、あるいは弾圧から逃れるために、改宗を余儀なくされて久しい。弱者だったのは過去の話だ。もうキリスト教民はひと財産を築き、地域の支配層になっている。洋人らの後ろ盾あればこそだが、外国船が入港する大沽《ターク－》を擁する天津では、連中の鼻息もひと際荒い。

張は黙って通り過ぎることにした。関わりあいたくない。くたびれた無職の酒浸りには、連中も用はないだろう。

ところがそのとき、女の嗚咽《おえつ》を耳にした。怯《おび》えるような呻《うめ》き声ともきこえる。張は足をとめた。

地面の暗がりに、痩せた小柄な身体が這《は》っていた。陽のあたらない裏路地では、水を撒《ま》いた土が乾ききらないのだろう、全身が泥にまみれている。のみならず、旗袍《チーパオ》の琵琶《びわ》襟がちぎれ、肩から胸もと近くにかけ肌が露出していた。

女は二十代半ばぐらいに見えた。顔に殴られた痕があり、鼻血をおびただしく滴らせている。泣き腫らした真っ赤な目が、張をとらえた。救いを求めるように、小刻みに震える手を伸ばす。

だが男のひとりが、女の髪をつかんで引っぱりあげた。女は苦悶《くもん》の表情とともに身体を浮かせた。

うったえるような女のまなざしが、なおも張に向けられていたからだろう、男たちは視線を追って振りかえった。

見るからにやくざ者の男が、張に詰め寄ってきた。「見せもんじゃねえぞ。混混《フンフン》はあっちへ行きな」

混混。天津ではごろつきをそう呼ぶ。職にあぶれて何年も経つ。ごろつきと見なされてもふしぎではない。事実、いまの生きざまはごろつきと大差ない。

別の男が、女の顔をのぞきこみながらいった。「莎娜《しゃな》。おまえ楊柳青の秩序ってもんをなめてないか。支払いが滞ったままで商売がつづくと思ったか」

莎娜と呼ばれた女が、喉にからむ声で応じた。「払います。お金が貯《た》まったら……。でもいまは無理です。店の女の子たちが病気で、お客さんの足が遠のいてて」

「淋病《りんびょう》が蔓延《まんえん》したのは、おまえの管理不行き届きが原因だろうが」

「月々納める額がやっとで、女の子たちを病院に連れて行けなくて」

「死んだ旦那も同じ言いわけしてたな」

小さな籠が地面におちている。男のひとりが散乱する荷物に身をかがめ、銅貨を拾いあげた。「四十文ほどあるじゃねえか」

莎娜があわてたように身をよじった。「それはお店の家賃……。きょう納めないと追いだされるんです」

「俺らへの上納金がなきゃ、そもそも営業許可はとれねえ。あのボロ屋どころか、楊柳青から叩《たた》きだしてやる」

「来月には払います」

「へえ。どうやって？　おまえが自分で身体を売るか？」

沈黙があった。莎娜は困惑のいろを浮かべ目を逸《そ》らした。

男のひとりが背後から莎娜の両肩をつかんだ。「商売になるよう、俺らが鍛えてやるよ」

莎娜は恐怖に顔をひきつらせ、激しく抵抗した。男の手を振りほどき逃げだそうとする。

だが別の男がすかさず、莎娜の足もとを蹴った。莎娜はまた泥のなかに突っ伏した。

短靴は脱げ、三角巾も剝がれ落ちた。無残に小さく矯正された莎娜の足があらわになっていた。

纏足《てんそく》だった。もとより清国《しん》では、女はまともに走れない。一歳以降、足を包帯で強く締めつけられた状態で育つ。

この国ではなぜか、纏足に美意識を感じる者が多い。張はそうではなかった。痛々しさしかおぼえない。男の辮髪と同じ、異常な習慣だ。

ごろつきと見なされようが、社会から切り離されているがゆえ、無職には無職ならではの分別が育つ。

男たちは莎娜を仰向けにし、腕や脚を押さえつけ、暴行にかかった。莎娜は泣き喚《わめ》いた。往来する人々の耳にも届いているだろう。けれども誰ひとり立ちどまらない。楊柳青ではみな損得勘定で動く。利得もなく面倒に首を突っこむ者はいない。

張にとっても同様のはずだった。だがいまはなにかがちがった。

躊躇《ちゅうちょ》はわずか数秒、迷いもすでに振りきれている。張は裏路地に踏みいった。

目の前の男が押し留《とど》めてきた。「おい。耳が遠いのか、酔っぱらい。あっち行けってんだ」

ほぼ反射的に手がでた。武闘など何年ぶりかわからない。だが身体は正確かつ素早く動いた。

腹の前に想像上の球体をつくり、それを前方へ転がすことで、重心を手前へずらす。直後、球体を急速に向こうへ回転させる。踏みこむと同時に、掌《ショウ》で男の胸部をしたたかに打った。

肋骨《ろっこつ》を何本かへし折ったかもしれない、そんな手ごたえを感じた。男は呻き、上体をのけぞらせ頽《くずお》れた。

男たちはいっせいに視線をあげた。状況を把握したらしい、ふたりが伸びあがると同時に殴打してきた。

いかなる喧嘩《けんか》も京劇のようにはいかない。顔に数発の打撃を食らい、腹部にも膝蹴りを受けた。激痛にうずくまらざるをえなかった。膝をついたとき、何度となくこぶしを打ち下ろされた。

だがふいに、男たちの叫びをきいた。別の打撃音を連続して耳にする。見上げると、古びた角材が男らの頭を水平打ちにしていた。

莎娜だった。ふらつきながらも、拾った角材で反撃に転じている。涙と鼻血でくしゃくしゃになった顔に、いまや怒りの形相が浮かんでいた。

この隙を逃す手はない。張は敵の腕をつかんだ。擒拿術《きんなじゅつ》で関節の動きを封じながら、手刀で経絡を打つ。点穴なる攻撃技は、男ひとりをひざまずかせるに充分だった。

もうひとりがつかみかかってきたが、張は太極拳の放鬆《ファンソン》の要領で敵の力を逃がし、体勢を崩させた。前のめりになった男の後頭部を、すかさず叩き下ろす。男は地面に突っ伏した。

残りの男たちは腰がひけたようすで、仲間らを助け起こしながら、袋小路から表通りへと駆けだしていった。

誰もいなくなると、急に緊張が解け、脱力していくのを実感した。張はその場にへたりこんだ。

莎娜が角材を投げ捨て、張のもとに膝をついた。瞼《まぶた》が腫れあがっていてもなお大きく見開かれた瞳が、心配げにのぞきこんでくる。「だいじょうぶ？」

「さあ」

「後悔してる顔ね」莎娜の表情が曇りがちになった。「商売女だとわかってたら助けなかったって？」

「そんなこと誰もいってないだろ。さっきの連中の話じゃ、きみが直接、客の相手をしてるわけでもないんだろうし」

「そこにこだわる？」

「こだわらない。どんな商売だろうと、俺よりましだ。舟漕ぎが陸に上がれば、ただのごろつきさ」

「舟漕ぎだったの？」莎娜の目にかすかな感慨のいろが浮かんだ。「わたしもそう」

張は莎娜を眺めた。本来は美人かもしれない。いまは鼻血と泥にまみれたひどい顔だけがある。

問いたださずとも莎娜の境遇が理解できた。お互い同じ身の上か。いや、やはり彼女のほうが立派だ。父と娘ほど歳《とし》のひらきがあっても、褒《ほ》められるべきは莎娜のほうだった。舟漕ぎを廃業してもなお、新たな職で糧《かて》を得てきたのだから。

「立てる？」莎娜がきいた。

「ああ」張は腰を浮かせようとした。とたんに激痛が背筋に走る。関節がまともに機能しない。全身が粘土でできているような、鈍重な感覚ばかりがあった。

にわかに辺りが騒然としだした。表通りから人の群れが駆けこんでくる。馬褂の袖を絞った装いは官兵たちだった。笠に似た涼帽をかぶり、腰に刀を携える。肩に担いだ小銃を下ろし、容赦なく銃口をこちらに向ける。

さっきの男たちも戻ってきた。ひとりが莎娜を指さして怒鳴った。「あいつです。指導を聞きいれず抵抗したうえ、隣りにいる奴が加担して」

役人とおぼしき丸眼鏡の男がうなずいて、外国語でなにやら喋《しゃべ》りだした。

耳を傾けているのは、全身黒ずくめの洋人だった。立襟の祭服姿、一見して宣教師とわかった。

宣教師は平然とした面持ちで、ぼそぼそと応じた。当然、外国語だった。

丸眼鏡が声を張る。「按察使《あんさつし》の取り調べに連行する。拘束せよ」

たかがごろつきの暴力沙汰に、地方司法官である按察使による詮議《せんぎ》とは、おだやかではない。教会の宣教師が口だしするのも奇妙だ。とはいえ不可解とまでは感じない。

キリスト教会と地方行政は、いまや強く結びついている。西欧や日本との戦争に負けてばかりで、国内における洋人の権限は拡大する一方だった。連中は布教活動の名のもと、大陸の貧しい愚民を従わせようと躍起になっている。

清国人はけっして一枚岩ではない。虎の威を借る狐《きつね》どもが取り巻きと化し、教会に身を寄せ、洋人に与《くみ》する。かつてはそうしなければ生きていけないという切実な理由があった。いまはただ暴利をむさぼりたいがため、やくざ者までが宣教師の手先となる。

官兵らが押し寄せてきて取り囲んだ。銃尻による打撃は総じて力が籠もっていた。耳の奥に甲高い反響をきいた。張はつんのめり、泥のなかに這った。

土のにおいが鼻をつく。地面の冷たさが身体に沁《し》みいってきた。感覚が麻痺《まひ》してくる。激痛を耐え忍ぶにはいいのかもしれない。だが代わりに意識が遠のきかける。好ましいことではなかった。

ひとりなら失神しようが、あるいは死のうがかまわない。いまは莎娜がいる。悲鳴を耳にしながら皮肉を感じた。くたびれた無職の酔っぱらいは、女ひとり守りきれないのか。

突然、聞き覚えのない男の声が、甲高く響き渡った。「義和拳《ぎわけん》だ！　估衣街《こいがい》で義和拳の群れが暴れてるぞ！」

打撃がやんだ。ざわっとした驚きの反応が辺りにひろがる。

沈黙はしばしつづいた。宣教師の外国語がきこえる。つづいて役人が怒鳴った。「估衣街だ」

さっき莎娜を襲った一味のひとりがたずねる。「こいつらはどうするんです」

「あとだ。義和拳の鎮圧には兵を総動員せよと命が下っている」

遠ざかっていく乱れた足音を耳にする。首すじに走る激痛に耐えながら、張はわずかに顔をあげた。

表通りから袋小路への入り口には、例の男たちが立っている。だが今度は、大勢の野次馬の目があるからだろう。苦々しげな一瞥をくれると、官兵らとともに立ち去った。

通行人たちのざわめきはきこえるが、それ以外は静かになりつつある。

張は肘で上半身を起こそうとした。徐々に力を加え、身体を浮かしていく。莎娜が手を差し伸べてきた。力を借りながら、ようやく頭が持ちあがった。寝そべった姿勢からは、なんとか脱しえた。莎娜とともに地面に座りこんだ。

泥だらけの男女が死んでいないと確認できたからだろう、野次馬たちは関心を失ったようすで、少しずつ散開していった。

ただひとり馬袍《ばほう》馬褂姿の男が、その場に立ちどまっている。初めて見る顔だった。張と同じぐらい歳を重ねた中年の目が、こちらを見下ろす。口髭《くちひげ》に白いものが混じっていた。

中年男は気遣うようにたずねてきた。「怪我《けが》はないか？」

苦笑が漏れる。おかしくもないのに笑った。いましがた義和拳と叫んだのと同じ声だ。この男は、張と莎娜を救った。義和拳による暴動など、実際には起きていないのだろう。

朦朧《もうろう》としがちな意識のなかで、張は男につぶやいた。「あいにく謝礼は払えんよ。

俺もこの娘《こ》も文無し同然でね」

　男は呆《あき》れたような表情を浮かべたが、ふとなにかに気づいたように、眉間に皺《しわ》を寄せ凝視してきた。

2

運河沿いにある納屋然とした飯屋は、外観こそ張にも馴染《なじ》みがあったものの、店内に立ちいったことはなかった。

紙屑《かみくず》拾いに粗末な春餅《しゅんぺい》もどきをだす、そう噂《うわさ》されていた場所だ。いかに安かろうと、腹を壊しそうな食べ物を口にする趣味はない。寄りつきたくもなかった。

だが張と莎娜を助けてくれた中年男がいった。わざと不衛生に思わせてるんだよ。そうしておけば官兵の注意もひかずに済むからな。

店のなかはわりと綺麗《きれい》だった。歳のいった女主人の案内で、莎娜は奥に通された。服を縫ってくれるらしい。

張は男と、ふたり掛けの卓で向かいあった。ほかに客はいなかった。

男は李来中《りらいちゅう》と名乗った。陝西《せんせい》人なのは訛《なま》りでわかる。この店にも頻繁に出入りしているらしい。

卓上には、酒のほか春餅が並んだ。小麦粉を水で溶き、平らな円形に延ばしたうえ、油で焼いた薄皮が重ねてある。一枚ずつ箸で取りあげ、炒《いた》めた野菜を包んで食う。たしかに食材は低水準のようだが、噂ほど不味《まず》そうではなかった。

李が苦笑を浮かべた。「疑ってるな。ここはいったいなんだ、そう思ってるんだろう。俺が誰なのか、そこも気になって仕方がないだろうな」

「そうでもない」張は応じた。「世のなかには変わった場所もあれば、奇特な人間もいる。ただ……」

「なんだ」

「紙屑拾いはほとんど裸か、ぼろを纏《まと》うだけだ。服を縫いあわせる針と糸があるだけでも、ここが風評どおりの店じゃないとわかる」

「察しのとおりだよ。この店はな、ずいぶん前に俺が買いとった。以前は世間が思ってるように、乞食どもの巣窟だったが、見てのとおり内部は徹底的に掃除した」

「ただの店じゃないようだ。教会の向こうを張って、人助けでもしてるのか」

李が真顔で見つめてきた。「俺のことより、あんただ。むかし舟漕ぎしてる姿を、何度も目にしたよ。張さん。あんた、張徳成だろ。ちょっと名のある商人や役人は、あんたの舟に乗りたがった。あんたの腕っぷしは評判になってたからな、用心棒がわりになる」

うんざりした気分になる。そういう手合いから指名を受けていたのは、ほんの数年間にすぎない。

期せずして声がかかることがつづいた好景気に、張はさほど執着しなかった。若く威勢のいい舟漕ぎにとって代わられたのも、なるにまかせた結果だった。

張はつぶやいた。「金持ちの世話なんざ焼きたくない。しかも客はたいてい満州族だった」

「思ったとおりの反骨精神だな。張振翔《しんしょう》の息子だけはある」

「父の知り合いか？」

「いや。俺の父も白河口《しらかわぐち》の戦闘に参加した。洋人が第二次アヘン戦争と呼びたがる戦《いくさ》で、獅子《しし》奮迅《ふんじん》の活躍をした男がいた。それがあんたの父上だ」

「俺の父はただの農民だった。兵の数が足りなくなって駆りだされたにすぎない」

「正規兵以上の勇敢さをしめした。白河に障壁を築く作業に従事した数千名のうち、張振翔の働きっぷりは目を瞠《みは》るものがあったらしい。おかげでみんなが奮起し、英仏《えいふつ》艦隊を足止めできた。大砲を浴びせてやった結果、洋人どもは上海《シャンハイ》へと逃げていった」

「英仏軍は一万七千の大軍で逆襲してきた。結局、砲台は占領された」

「あんたの父上は、最期まで持ち場を離れなかった。まだ反撃の戦力になりうる正規兵を先に逃がし、わずかな仲間らとともに、砲台を死守しようと抗《あらが》った」

いまさらききたくもない話だった。張は箸の先で春餅を剝がしとった。「俺がガキのころの話だ。もう顔も記憶から消えかかってる。父は軍に利用されただけのお人よしだった。俺には関係ない」

「そういいながら、また戦争が起きた場合、自分に声がかかってもいいよう準備していただろう。でなきゃ若いころの鍛錬を怠ったはずだ。張さん。さっきの戦いっぷり、みごとだったよ。丹田功《たんでんこう》に、太極拳の心得もある。まだ衰えちゃいない」

ため息が漏れる。張は箸を皿に戻した。「用心棒を探してるならほかをあたってくれ。俺は舟漕ぎの経験しかない。戦争なんかまっぴらだ」

「きいてくれ」李が身を乗りだした。「大清帝国は敗れた。天津条約の内地布教権により、洋人どもはこの国で堂々とキリスト教の布教活動ができる」

「悪いことばかりじゃない。おかげで西洋の医療も入ってきてる」

「知ってるだろう。その恩恵を受けるには改宗が条件になる。宣教師も、飯を食うためだけに入信する連中を、ライス・クリスチャンと呼んで侮蔑してる」

「それでも信者が増えて、洋人たちは満足してるはずだ。この国の近代化に貢献してるつもりだろうし」

「近代化どころか退行だよ。混乱だけがひろがってる」

三十年近く前、華北で大規模な飢饉《ききん》が起きたとき、援助と引き替えに布教活動が進んだ。それが発端だった。自然の摂理に似ていると張は思った。「弱体化した清朝に代わって、新たな勢力が台頭しただけのことだ」

「本気で納得しちゃいないだろう？　でなきゃ、十字架を首からさげた狼藉《ろうぜき》者どもに抗わないよな？　張さん。布教を名目にしながら、洋人はやりたい放題だ。横暴の極みだよ。教会を建てるといって農民の土地を奪いにくる。拒否すれば地方官へ働きかけ、裁判で洋人に有利な判決をださせる。それでも抵抗がやまなければ、公使館が出張ってくる。清朝は手も足もでない」

「儒教を拠《よ》りどころにする科挙出身の精鋭が、キリスト教に対抗してくれるだろ」

「無理だ。なにもできんよ。圧倒的な武力を誇る欧米やロシア、日本には太刀打ちできない。このままじゃ大清帝国は諸外国の好き勝手にされちまう」

「俺はあんたほど清朝の支配を望んじゃいない」

「だからって、洋人どもが跋扈《ばっこ》する国になってもいいのか？　奴らは満州族を顎で使い、俺たち漢民族はその下だ。いまでも農民が飢えに苦しんでるってのに、もっと悪くなる」

「舟漕ぎしてたころ、そんな話題ばかり口にする客につきあわされた。大局を憂いていれば、目の前の現実をいっときでも忘れられるらしい。だが日常は変えられん。今晩どこで飯にありつけるか、考えることはそれだけだ」

するとっ李が語気を強めた。「真剣にこの国の未来を憂い、立ちあがる者たちもいる。たとえば義和拳だ」

張は面食らい、思わず苦笑した。

李がきいた。「おかしいかね」

「ああ。義和拳とはね。朝廷も手を焼く暴徒の集まりじゃないか」

「その目で見たことがあるのか」

「徒党を組んで、肩で風を切ってのし歩く、ならず者の若造どもでしかない。そこいらで見かける。さっきの官兵らの反応を見ても、厄介な連中だとわかる」

義和拳は烏合《うごう》の衆だった。母体は複数ある。山東《さんとう》の大刀会《だいとうかい》という自警団もそのひとつだ。

ドイツが布教の名目で山東の支配を目論《もくろ》んだとき、大刀会は教会を襲撃したうえ、神父らを殺害した。例によってドイツは公使館を通じ清朝に圧力を加え、大刀会を征伐させようとした。けれども大刀会は西北方面へと勢力を拡大、神拳《しんけん》という武術道場の一派と結びついた。

　ほかにも梅花拳《ばいかけん》という流派が、教会から弾圧された農民らを救うため、似たような暴動を引き起こした。伝統ある梅花拳の門下生らは、素性が発覚するのを恐れ、義和拳と名を変えた。ここに大刀会や神拳も合流し、義和拳といえば、キリスト教勢力に対抗する反乱軍との様相を呈した。だがその実態には問題がある。

　張は卓上に片肘をついた。「義和拳では、馬子の儀式があるそうだな。孫悟空《スンウコングアン》や関羽《ユー》といった神々を降臨させ、義和拳の構成員に乗り移ると、不死身の肉体になるとか」

「それをどう思う？」

「迷信に流されやすい無学な農民のせがれたちが、まんまとだまされ、怖いもの知らずになってる。結果、教会の焼き討ちや洋人への襲撃に熱をあげるばかりの暴徒と化した。拳法の手ほどきを少々受け、国のためと看板を掲げ、傍若無人に振る舞うことで、日ごろの憂さを晴らしてる。武器は刀や槍《やり》のほか、鋤《すき》や鍬《くわ》。軍隊が本気をだせば一掃される」

「ところが義和拳は勢力を拡大する一方だ。どうしてかね」

「取り締まりが徹底していないからだ。山東の巡撫《じゅんぶ》、すなわち地方官である毓賢《いくけん》は、義和拳に同情的だ。上から征伐を命じられたにもかかわらず、手心を加えたそうだな。のみならず、義和拳の活動をひそかに後押ししたとか」

「彼が左遷させられたのち、袁世凱《えんせいがい》が本気で弾圧に乗りだした」

「山東から逃れた義和拳は、周辺地域で暴れるようになった。朝廷のやることは裏目にでてばかりだ」

「義和拳は弾圧されるべきと思うか？」

「どうでもいい」

「それはないだろう。俺たちの国の問題だぞ」

「ただでさえ、朝廷とキリスト教宣教師の二重支配が国を混乱させてる。このうえ義和拳が暴れまわる事態がつづけば三《み》つ巴《どもえ》の勢力争いだ。いっそう荒廃する。いまのうちに各地の拠点を叩くべきだろう」

ふいに李の表情が険しさを増した。「拠点など叩かせんよ」

張は黙って李を見つめた。沈黙が長くつづいた。隙間風が口笛に似た音を奏でる。物音はそれだけだった。

背筋の痛みを堪《こら》えながら、張はゆっくりと立ちあがった。笑いもせずにつぶやく。「面白かった」

李が着席したまま、張を見上げながらきいた。「なぜ去ろうとする」

「ここが義和拳の拠点のひとつで、あんたはその家主ってことだな。悪いが、つきあうつもりはない」

「どうしてかね。張振翔の息子、張徳成。勇敢さは父譲りのはずだ。この国をほっておくべきでないと、自分でもわかっているはずだろう」

苛《いら》立《だ》ちが募る。張はじれったさとともに声を荒らげた。「俺は元舟漕ぎにすぎないが、無知な農民とはちがう。若者でもない。あんたも俺もいい歳だ。仲間を探したいなら、ほかをあたってくれ」

店の奥から靴音がした。莎娜と女主人の笑いあう声もきこえた。

衝立《ついたて》の向こうから、淡黄色の旗袍に身を包んだ莎娜が現れた。着替えたらしい。真新しい服とまではいかないが、泥だらけのみすぼらしい姿とはうってかわって、別人のように輝いて見える。

女主人が得意げにいった。「むかしの服をとっておいてよかったよ。腰がだぶついてたから、仕立て直すのにちょっと時間がかかったけど」

莎娜は照れくさそうに下を向いた。髪も洗ったうえ、きちんと結わえ直してある。顔の汚れも落ち、うっすらと化粧を施していた。整った目鼻立ちと、薄い唇が印象的だった。清廉でおとなしそうな外見でもある。少なくとも、ついさっき角材で暴漢に反撃を加えていた女とは、とても思えない。

ふと莎娜はたずねる顔を向けてきた。「帰るの？」

張が席を立っているのが気になったらしい。うなずいてみせた。「ああ」

李は片手をあげ制した。「まってくれないか。張さん。あんたを無学な若者と同一視するはずがない。ただ、きょう出会ったのもなにかの縁だ。そう思わないか」

「思わない」

「頑《かたく》なに突っぱねんでくれ。あんたのいうとおり、義和拳はならず者の集まりかもしれん。怪しげな信仰に頼らざるをえないところもある。だがその理由を考えてみてくれないか」

「どういう意味だ」

「彼らにはなにもないんだ。武器も力も後ろ盾もない。最も由々しきは知恵の欠如だが、それが補われたとき、義和拳は総崩れになるだろう。利口な頭で考えれば、徒手空拳での反乱など自殺行為とわかるだろうからな」

張は鼻を鳴らしてみせた。「それも成長のうちだ」

「いや」李が腰を浮かせた。「たしかに成長は必要だ。失望し悲嘆に暮れ、やがて現実を見据えて立ち直る、人ならそうあるべきだろう。けれども義和拳にそんな暇はないんだ。彼らの故郷は疲弊してる。干ばつがつづき、農地は荒れ果て、食べ物もろくに口にできない。外国勢は、先祖代々の信仰を捨てるよう迫ってくる。改宗しなきゃ医者にかかることも、ひと握りの米を求めることもできない」

「だからといって、頭の足りない若造が何万人集まったところで、外国の軍隊に立ち向かえるはずがない」

「有能な指導者がいないからだ。真の意味での統率力や団結力もない」

「だから頼む。彼らを導きたい。あんたも手を貸してくれないか」

「なんだって」張は啞然《あぜん》とした。「義和拳を仕切ろうっていうのか」

莎娜が眉をひそめた。「義和拳って……。なんの話？　このおじさん、わたしたちを助けるために、義和拳の暴動が起きてるって嘘《うそ》をついたんでしょ。それとも嘘じゃなかったの？」

張は李を見つめた。高級な衣服とはいいがたいが、それなりの身だしなみ。素振りも礼節を欠いているとは思えない。相応の教養の持ち主だろう。

思いのままを張は言葉にした。「あんたがどういう経緯で義和拳に関わったかは知らん。俺は赤の他人だ。巻きこまないでくれるか」

李はため息まじりにいった。「張さん。俺は若いころ、役人をめざし勉学に励んだ。しかし衰弱していくばかりの朝廷に組みこまれたところで、改革は起こせない。そんな折、毓賢が義和拳を陰で支援しだした。督撫《とくぶ》から知県まで、あらゆる役職に、毓賢のような男が少なからずいるはずだ」

「それであんたも義和拳による革命を信じ、こんな隠れ家を提供してるってのか」

莎娜が目を丸くし、店内を眺めまわした。「隠れ家？　ここに義和拳が集まったりするの？」

女主人が無言のまま、平然とした面持ちで莎娜を見かえした。

「じゃあ」莎娜は女主人にきいた。「あなたも義和拳なの？　女なのに」

すると女主人は腕組みをした。「そりゃ外で暴れたりはしないけど、ここであいつらに飯を食わすぐらいはできるでしょ。扶清滅洋《フーチエンミエヤン》って知ってる？」

「義和拳が練り歩きながら叫んでるのをきいたことがある」

「意味は？」

「清を助けて洋を滅するとか……」

「そう。義和拳の連中が傷ついて転がりこんできたら手当てする。刀を磨くのも手伝う。それも扶清滅洋《ふしんめつよう》の一環だと思えば、やる価値がある」

張は頭を掻《か》いた。「李さんからの報酬あってのことだろう」

女主人がむきになったように睨《にら》みつけてきた。「わたしはね、夫を宣教師どもに殺された。改宗を拒んだら、役人がきて農地を取りあげられ、村に居場所がなくなった。抗議にでかけた夫は、翌朝になって死体で見つかった。ぜんぶ鬼子《グイヅ》のせい」

鬼子。卑語だった。憎悪をこめて洋人をそう呼ぶ。口にしただけで処罰の対象になる。女主人は、なんのためらいもなく鬼子といった。抑制された強い憤りがうかがえる。見せかけの態度ではありえないだろう。軽薄で表面的な反抗心ともちがう。

莎娜が感慨深げにつぶやいた。「そっか。女でも扶清滅洋を生《い》き甲斐《がい》にできるのか……」

その素朴すぎる反応に、張は落ち着かない気分になった。莎娜の手を引いた。「商売に帰る時間だ。後家さんとしての暮らしがまってる」

「ちょっと」莎娜が抗議の目を向けてきた。「色街で働く女は感化されやすいって、いまそう思ったでしょ。でもちがうのよ。わたしたちはいつも鬼子と、それに従う教民に苦しめられてる。あいつらのもとに送りだした女の子が帰ってこなくて、運河に浮いてることなんてしょっちゅうよ。きょうみたいなことだってめずらしくない」

「それが辛《つら》いのなら、商売を替えることだ」

「わかるでしょ」莎娜の目に突然、涙の粒が膨れあがった。頬にこぼれ、尾をひきながら流れおちた。「舟漕ぎをやめて、ろくな仕事があるわけがない」

張は黙って莎娜を眺めた。初めて会ったとき、もう彼女は涙顔だった。いまよりもっと激しく泣いていた。けれども胸を打つのは、目の前にいる莎娜のすすり泣きだった。悲しみの感情は見飽きている。この国では挨拶のようなものだ。だがそれは普通なのだろうか。

自分でも判然としない、複雑な思いとともに張はたずねた。「家族は?」

「いない」莎娜が震える声で応じた。「親はひどい人たちだったけど、死んだってきいた。兄とふたりの妹は買われていった。鬼子に」

めずらしい話ではなかった。男児は労働力に、女児はそれ以外の目的で、洋人に引きとられる。儲《もう》かるのはキリスト教に改宗した清国人の仲介業者だ。売買された子供自身に分け前は与えられない。

張は莎娜にたずねた。「苗字《みょうじ》は? というより、莎娜は本名じゃないよな」

「きいてどうするのよ」

「いや。どうもしない」じれったさが募る。自分の優柔不断さが腹立たしくなる。張は踵《きびす》をかえした。「帰るぞ」

李がいった。「張さん。これは明日のための戦いだ」

「賢明とはいえん」張は立ちどまらざるをえなかった。「莎娜もそうだろうが、舟漕ぎをやってりゃ、客とのお喋《しゃべ》りで知識も増える。三十年前、洋人に子供を連れ去られた農民たちが、怒って教会を包囲した。発砲してきたフランス領事ら、二十四人を殺害した。その結果どうなった？　天津沖に軍艦が押し寄せ、朝廷は謝罪させられたあげく、無関係の消防団員が見せしめに処刑されたりした。以来、外国人に非があっても、公文書に記載すらできん」

女主人が目くじらを立てた。「だからって手をこまねいてるのは意気地なしでしょ」

張は首を横に振ってみせた。「洋人に手だしできるはずがない。十倍から百倍の仕返しをされる」

李が歩み寄ってきた。「国も味方してくれる。毓賢を見ればわかる。義和拳を弾圧にかかった平原《へいげん》県知県を、巡撫の権限をもって罷免《ひめん》した。そのまま巡撫をつづけていれば、義和拳を団練《だんれん》として公認する意志があった」

「だが頓挫させられた。それが事実だ。巡撫には毓賢のような男もいるだろうが、袁世凱みたいな輩《やから》も多い。そっちに潰されて終わりだ」

「そうとも」李が張を見つめてきた。「俺はずっと権力者のなかに同胞を見つけようとしてきた。しかしきょう、あんたに会って確信した。張徳成。楊柳青でひところ名を知られた舟漕ぎ。必要なのは権力者じゃなかった。あんたこそ民衆のよき理解者となりうる」

「買《か》い被《かぶ》りすぎだ。俺にどうしろというんだ」

「彼らに会ってほしい。義和拳の真の姿を知ってほしいんだ。きっと使命感に目覚めるはずさ。あんたは張振翔の血をひく者だ」

李のまなざしは真剣そのものだった。目を剝《む》きひたすら凝視してくる。

莎娜が歓喜の響きを帯びた声できいた。「義和拳に加わるの？　ならわたしも……」

「いや」張はほとんど反射的に告げた。「よせ」

女主人が口をはさんだ。「なぜとめようとするの」

張は応じた。「うまくいくはずないからだ。命を粗末にするな」

「いいえ」女主人が詰め寄ってきた。「無理に思えてもできないことはない。舟は無事に橋をくぐるんだから」

慣用句だった。舟が橋桁にぶつかりそうでも、川の流れはその手前でふたつに分かれている。だから舟は自然に橋をくぐる、そういう意味だ。この国ではあちこちで耳にする屁理屈でもある。

李が苦笑しながら女主人にいった。「彼は元舟漕ぎだ、釈迦に説法だよ」

莎娜は不満そうにうったえた。「わたしも舟漕ぎだったから実感してる。流れに救われたことが、本当に何度もあったのよ」

張のなかに当惑が生じた。拒絶するのは簡単だった。だがなにかが胸にひっかかる。李には命を救われた恩を感じている、それだけが理由ではない。

思わず自問したくなる。このままなにもせず、手をこまねいて生きるだけなのか。無為に残りの人生を浪費していくつもりか。

いや、なぜいまさらそんな疑問を持ちたがる。酔っぱらいの無職にすぎない男が。隙間風は途絶えていた。静寂だけがある。それぞれの視線が交錯した。誰とも目を合わせられず、張はうつむくしかなかった。

己れの心の奥底に、無視できないものが疼《うず》くのを感じる。この感覚はなんだろう。荒波のなかに漕ぎだせというのか。舟漕ぎをとっくに廃業しておきながら。

3

翌朝、夜明け前に二輪馬車は街を出発した。張はほの暗い風景を眺めていた。水田のあちこちに果樹が見える。杏《あんず》や桃の花は満開の盛りを過ぎ、すでに散りつつあった。こんな時間から、もう農民の姿を見かける。馬鍬《うまぐわ》や犂《すき》を牽引《けんいん》するのは、馬や牛ではない。痩せ細った漢民族の男たちだった。人の手で広大な水田を耕していく。女たちも外にでて働く。河畔に点在する井戸のわきに一日じゅう立ち、桶《おけ》で水を汲みあげては、溝へと流す。田の水を絶やさないためには、休む暇などありはしない。農家に嫁いだ女は、そうして生涯を終える。逃げようとしても、纏足ではろくに走れない、遠くへも行けない。

馬車の手綱を握る李が、張にきいてきた。「いまなにを考えてた?」

「べつに」張はぼんやりと応じた。「いつもどおりの眺めだ。ただ日中よりもにおう。この環境に生きて、俺自身かなりの体臭を放ってるはずだが、それでもくさいと感じる。よほどの悪臭なんだろう」

「洋人どもは、ここを薄汚い国と見なしてるよ。俺らも不潔きわまりない獣《けもの》以下の存在にすぎんらしい」

「彼らにとっちゃ事実なんだろう。生まれ育った俺らは気にならないが」

「俺らが平気で暮らしてる以上、見下げられる謂《いわ》れなんかない。連中は価値観を押しつけてくる。こんな馬車に乗る俺らも、正気じゃないと思ってる」

張は頭上に目を向けた。天蓋に木綿布がかぶせてある。荷台を覆うものはそれだけだった。位置はかなり低い。座高がある洋人は、常に猫背になるのを余儀なくされるだろう。横たわろうにも狭すぎる。農民の二輪馬車は激しく揺れるのが常だ。洋人の馬車に備わっている懸架装置など、あろうはずもない。三人が身を寄せ合って乗るのも、彼らには不可能な芸当にちがいなかった。

もうひとりの同乗者、莎娜のほうは眠りこけていた。不安定な馬車の上でも、身体をもたせかけたりせず、器用に背を伸ばした姿勢を維持している。ついてこなくていいと何度もいった。だが莎娜は一緒に行くと主張した。きょうはわざわざ店を閉めたらしい。

義和拳など期待をかけるだけ無駄だ。だが彼女なりの信念を否定しきれない。

彼女のことを案ずるより、むしろ自分に目を向ける必要がある。なぜこんなことに首を突っこむのか。青くさい感傷など、くたびれた中年には似合わない。

ふとたずねたくなり、張はつぶやいた。「李さん」

「なんだ」

「役人になる道を棒に振ってまで、なぜ義和拳に熱をあげる？　れっきとした理由があるのか、それともただ奇跡に期待してるだけか」

「いや。俺はこう見えても慎重なほうだ。家財を売り払って得た金を元手に動いてるが、なんの当てもないわけじゃない。董福祥《とうふくしよう》を知ってるか」

「名前はな。カシュガルの提督、いまはウルムチ提督だったか」

「そうだ。彼とは親しくてな。俺を尊重してくれてる」

突拍子もない話にきこえる。義和拳を自主的に支援しているだけの運動家が、大物の提督に一目置かれる。寄る辺《べ》のない男の夢想に思えてならない。

李が見つめてきた。「疑ってるな」

「世に法螺《ほら》吹きはめずらしくない」

すると李は愉快そうに笑った。「嘘じゃないんだ。むかし安化《あんか》で回民蜂起があって な。董福祥もまだ二十二歳だったが、俺よりは年上で、戦列に加わっていた。だが戦場は大混乱でな。彼も危ない目に遭った。大勢が血まみれで倒れるなか、彼は負傷したうえ逃げ場を失い、途方に暮れていた。偶然、俺が助けた。逃げ道を知ってたから、彼を導いた」

「救った理由は、同情心からか」

「ああ。それ以外にはなかったよ。ふしぎなもんだ、義和拳よろしく孫悟空が宿ったとは思わないが、勝手に身体が動いた。若くして軍を率いざるをえなかった彼の境遇を、気の毒に思ったのかもな。とにかく彼のほうも、恩を忘れなかったようだ」

「のちに董福祥は、役人になったわけだな」

「彼とは話がついてる。ときどき会ってるんだ。董福祥は義和拳を、正規軍に近い国家自衛集団として育てるつもりだ。彼も役職にある以上、表立っては動けないから、弟分の俺が膳立ててる」

　ならばこの男は実質的に、董福祥の配下というわけか。張は李を見かえした。「毓賢の二の舞になるぞ」

「たしかに、あれは手痛い敗北だった。巡撫が毓賢から袁世凱に替わって、仲間が何人も処刑された。だが勢力の大半は逃げきった。ふたたび蜂起するときは近い」

「皮肉なもんだな。扶清《ふしん》を標語に掲げてるはずが、清朝の軍隊により鎮圧されようとしてる」

「標語はもとの流派によりさまざまでな。助清滅洋とか、保清滅洋、興清滅洋もあった。扶という字は、助けるとか支えるという意味だが、大きく力強くひろがることの象徴でもある。だから扶清滅洋に統一しようと、俺は呼びかけてる」

「標語もまだ統一しきれてないとは、道のりは遠いな」

「董福祥が風向きを変えてくれる。彼によれば、朝廷でも同調者が増えつつある」李は行く手を眺め、手綱をたぐりよせた。「着いたぞ」

馬車が減速したのを敏感に察知したらしい、莎娜が目を開けた。

古びた寺がある。あちこち欠け落ちた赤煉瓦の塀の向こう、伽藍《がらん》の瓦屋根がのぞいていた。規模はさほどでもない。かつては近くに村落があり、寺もそのころ建ったのだろう。無人のまま放置されて久しい、そんな印象のたたずまいだった。

馬車を降り、李が門のわきにある通用口をくぐった。張は莎娜とともにつづいた。なかに入ると、異様な光景が目に飛びこんできた。境内を芦《あし》の筵《むしろ》で覆った幕屋が占めている。李がわずかな隙間を開けた。張はなかの暗がりに入っていった。

闇に目が慣れるまで、少しばかり時間を要した。ただし、まったく光のない空間ではなかった。蠟燭《ろうそく》の明かりが辺りをおぼろに照らす。香《コウ》のにおいも充満する。ひどく蒸し暑く、また人の気配に満ちていた。周囲に群衆がひしめきあっていると気づかされる。誰もが息を呑むように沈黙し、こちらを見つめていた。

蠟燭は二本、赤い布をかけた机の上に立ててある。香皿もそこに置いてあった。さらに道教の神である元始天尊の像を囲むように、京劇に登場する伝説上の英雄、それも別々の物語の登場人物が四体据えてあった。関羽の息子である関平《グアンピン》も含まれている。像の大きさはまちまちで、素材も異なる。こんな奇妙な祭壇は見たことがない。

さらに目が慣れてきて、群衆の姿も見てとれるようになった。男たちの顔には、やはり京劇に似た化粧が施され、妖怪のように恐ろしげな面立ちと化している。

莎娜が不安になったのか身を寄せてきた。

男たちはみな若そうだった。揃《そろ》いの紅《べに》いろの頭巾には、協天大帝と記してある。関羽を神格化した呼び名だった。やはり赤の腹掛けには円が描かれ、護心宝鏡と書かれていた。

李はひとりの男と話していた。二十代半ばとおぼしきその男が、張に歩み寄ってきた。両手を組みあわせ、胸の前に掲げていった。「拳壇《けんだん》へようこそ」

拳壇。張は李に目でたずねた。

すると李が応じた。「彼は大師兄の徐全《じょぜん》だ。義和拳はあちこちの寺や廟《びょう》に拳壇という拠りどころを持っていて、場所ごとに組織を形成している。大師兄はひとつの組織をまとめる者だ」

張は徐全を見つめた。「きみがここの頭領か。ならぜひききたい。神様を呼び寄せ不死身と化すのは本当か。あるいは、信者を増やしたいがための方便か」

幕屋のなかは静まりかえった。歓迎されない質問だったらしい、張り詰めた空気が漂う。

莎娜があわてたように張の腕をつかんだ。失言を撤回すべき、そう伝えたいのかもしれない。

だが徐全は気を悪くしたようすもなく応じた。「お目にかけましょう。少鵬《しょうほう》！」

ひとりの若者が進みでた。手にした槍は芝居の小道具でなく、いちおう実戦用の武器に見える。

徐全が声を張った。「少鵬。神霊を肉体に宿し、刀槍不入となれ」

「心得ました！」少鵬と呼ばれた若者が胸を張った。天井を仰ぎ、早口に呪文らしきものを唱えた。「鉄眉鉄眼鉄肩胸《ティエメイティエイエンティエジエンシオン》、一毫口角不通風《イイハオコウジャオブウトンフォン》」

とたんに少鵬は全身を痙攣《けいれん》させたかと思うと、甲高い声を発し、猿のように飛び跳ねだした。反復するうち、動作は激しさを増し、全身を地面に打ちつけては、また跳躍した。異常とも思える興奮状態、それ以外に形容のしようがない。腕の血管が膨れあがり、顔面は紅潮していた。

ふいに動きがとまり、少鵬は腕と脚を投げだし、地面に突っ伏した。失神したのか。そう思った矢先、またもや奇声を発し、少鵬は飛びあがった。槍を構え、矛先で空を突きながら振りまわす。張は莎娜をかばって後ずさった。身に危険を感じるほどの暴れぐあいだった。

徐全の芝居がかった言いまわしがこだました。「いかなる神様の御到来か」するとと少鵬が跳ねまわりながら、いっそう京劇めいた発声で応じた。「それがしは孫大聖なり！」

孫大聖とは、すなわち孫悟空だ。群衆はいっせいに沸いた。声援を送り、武具を連続して地面に叩きつけ、幕屋を揺るがした。徐全も満足げな微笑とともにうなずいている。

張は莎娜を眺めた。莎娜は呆気《あっけ》にとられた表情だった。

無理もない。これはいったいなんの茶番だろう。少なくとも国の未来を左右する反乱軍の決起ではありえない。

近くに柳葉刀《りゅうようとう》が立てかけてあった。張はそれを取りあげた。刀槍不入、刀も槍も受けつけない不死身の身体と化したというのなら、いまこの場で試せばいい。浅い切り傷のひとつでも負わせれば、こいつらの目も覚めるだろう。

李が動揺をあらわにした。「張さん」

徐全も表情を硬くした。張が少鵬に詰め寄らないうちに、そう考えたらしい、徐全は早口にまくしたてた。「孫大聖。下界に降臨していただき感謝申しあげます。どうぞ花果山《かかざん》へお帰りください」

少鵬がまた全身を脱力させ、後方へとばったり倒れた。砂煙が充満する。大の字に寝たまま、少鵬は身じろぎひとつしない。やがて目がぼんやりと開いた。なにをしていたのか記憶にない、そんなふうにいいたげな顔で辺りを見まわす。

歓声が幕屋のなかに響き渡った。若者たちが駆け寄り、少鵬を助け起こす。

張は醒《さ》めた気分で徐全を見つめた。徐全はわずかに目を泳がせたが、すぐに少鵬に歩み寄り、さも尊大に告げた。「よく鍛錬しておる」

少鵬がきょとんとした顔でつぶやいた。「なにが起きたのか、まったく……」

「それでよいのだ。おぬしのすなおな心あればこそ、沙僧《さそう》や八戒《はっかい》でなく孫大聖が降臨なさったのだ」

なおも沸き立つ群衆に、莎娜まで恍惚《こうこつ》とした笑みを浮かべ見守っている。やはり感化されつつあるようだ。

馬鹿らしくなり、張は柳葉刀を投げ捨てると、喧騒に背を向け歩きだした。張さん。李が呼びかける。だが張はかまわず芦の筵の隙間を割り、幕屋から外へでた。

境内に朝靄《あさもや》が漂っている。まだ辺りは暗く、空も蒼《あお》い。間もなく夜明けを迎える。たなびく雲も赤く染まっていくだろう。逆に張の心は暗然としていた。夕焼けから黄昏《たそがれ》へと向かう感覚がある。

小走りに追いかけてくる足音をきいた。李がいった。「張さん。まってくれよ」

ここまでつきあった自分に腹が立つ。張は振りかえった。「いまのはいったいなんだ」

困惑のいろを浮かべ、李が見かえした。莎娜も幕屋から駆けだしてくる。

張は苛立たしさをため息に変えた。「なにを信仰しようとかまわん。扶清滅洋という目的を見失わないのならな。ここへ来るまでそう思っていた」

「ならなにが問題だ」

「れっきとした拳法の流派に端を発する以上、素手でもそれなりに戦える連中の集まりを期待した。町なかを練り歩く義和拳どもを見たかぎりでは、とてもそうは思えなかったが、あんたの熱意にほだされた。だが目も当てられん。大刀会や梅花拳の出身者らじゃなかったのか」

「たしかに創始時点では武術の達人揃《ぞろ》いだった。しかし爆発的に人数が膨れあがったのは、道場に出入りする農民らあってのことだ。いまでは、しっかりと心得があるのは、義和拳を名乗る者たちのごく一部でしかない」

「ここにいる連中は、道場通いすらしていないだろう。まともな師範に武術を教わったとも思えん」

「それは」李は言葉を詰まらせた。「そのとおりだ。拳壇は各地にできたが、大刀会や梅花拳との直接の関わりもなく、ただ見《み》よう見真似《みまね》のみのところが多い。ここもそのひとつといえる。だが、さっきの憑依《ひょうい》を見ただろう」

「憑依？　さっきのは憑依か、それとも演舞か。みな貧乏の出で無学なゆえ、神仏をよく知らず、信仰の対象が悟空や達磨大師になってしまうのはわかる。しかし孫悟空がとり憑《つ》いていながら、あのへっぴり腰はなんだ。かたちばかりで武術になっていない」

「あれを芝居だと思うのか。鬼気迫るものを感じなかったか」

「よせ。あんたは元舟漕ぎの俺より学があるはずだ。知ってるだろう。宗教的な興奮により、表層的な意識を喪失し、自律的な思考や感情のみにとらわれる。外見上は常軌を逸した変異に見える。さっきのもそうだ。若者たちの思いこみを大師兄が利用し、巧みに誘導し、あんな心理状態に陥らせる。演技ではないがぺてんの一種だ」

　李は苦い表情になった。「そういう意味なら否定はしない。張さん、俺も本気で憑依と信じてるわけじゃないんだ。だが若者たちの嘘や演技ではない、そこを重視してほしかった。彼らは本気で悟空や孔明《こうめい》がとり憑くと信じてる」

「しかし事実ではない。余計に危険だ。刀も銃弾も受けつけないと思いこみ、無鉄砲に敵陣に躍りこんでいく。当然、蜂の巣にされる」

「ここだけの話だが」李は声をひそめた。「朝廷でひそかに義和拳を支持しているのは、端郡王載漪《たんぐんおうさいい》だ。皇族だぞ。兵部尚書兼協弁大学士の剛毅《ごうき》もいる。董福祥も含め、みな見解が一致している。義和拳の全員が武闘家でなくとも、己れを不死身と信ずる者が幾十万と束になれば、洋人街を震撼《しんかん》させる戦力たりえる」

「本気でいってるのか。そりゃ黒山の人だかりは脅威になるだろう。教会の警備兵が五十人いようと、一万人で襲いかかれば圧倒できる。だが真っ先に突撃した農民らは、ほぼ全員が弾を食らって犠牲になる。戦いのたび第一陣は確実に捨て石となり、大量の屍《しかばね》と化す」

李は真顔だった。「大清帝国の命運がかかっている。広大な国土に無限ともいえる民衆がいる。その頭数こそが武力となる」

張は口をつぐんだ。李が伝えたかったのはこれか。憑依の真偽など問題ではない。義和拳の実力もまたしかり。ただ数にものをいわせた反乱だ。

載漪や剛毅、董福祥は民衆を突撃させ、キリスト教勢力を討伐する腹らしい。むろん数えきれないほどの農民の殉死が前提となる。

苛立ちばかりが募った。張は李にきいた。「俺になにを求めてるんだ。正直にいってくれ」

「義和拳の人数は増える一方だが、憑依のうまくいかない者も少なくない。そういう連中は死の恐怖から逃れられずにいる」

「そっちのほうがまともな人間だ」

「必要なのは死をも恐れぬ戦士だ。憑依に頼れないのなら、別の方法で勇敢さを獲得せねばならん。張さん、あんたなら教えられる。農村出身の舟漕ぎでありながら、腕っぷしで知られたあんたならな。彼らがどうやれば強くなれるか、一緒に考えてくれ」

「端王の後ろ盾があるのなら、北洋三軍から兵法を伝授させればいいだろう」

「北洋三軍はもうない。軍機大臣の栄禄《えいろく》により、武衛軍に再編制された。困ったことに栄禄は、立場をはっきりさせていない。董福祥率いる甘《かん》軍も、武衛軍のなかに取りこまれてる以上、栄禄の賛成なしには動けない。軍は義和拳を育成できんのだ。朝廷はいちおう、義和拳を暴徒として弾圧する姿勢をとってるしな」

「武器の提供も無理なんだろうな」

「ああ。そうだ」

「話にならん」張は吐き捨てた。「五年前を思いだせ。清の北洋艦隊は、日本の連合艦隊にまるで歯が立たなかった。軍隊すらあんなありさまだ。まして欧米全体を敵にまわしてみろ。どんな悲惨な結果がまってるか」

「どれだけ強大な敵だろうと、民衆が反攻しつづける。ここは俺たちの国なんだ。全員が死ぬ気で戦えばきっと勝利できる」

莎娜がうなずいた。「わたしもそう思う。あきらめずにいれば、いつか鬼子たちにも伝わる。どれだけ殺そうと無駄だってことが」

受《う》け容《い》れがたい物言いだと張は思った。「若者たちが際限なく死に追いやられる。そのことは考えないのか。大義はあっても、個々の人間にしてみれば刀や槍を手に、銃撃に身を晒《さら》すだけでしかない。無駄死にと変わりはしない」

「わかってる」莎娜の目が潤みだした。「だけど、ほっといたって死ぬでしょ。ほとんどの農民がそう。改宗しないわたしたちも、いずれ病気になったら治せない」

「自分と無関係なことだから、そんなふうにいえるんだ」

「ちがう！」莎娜は怒鳴った。「わたしも戦う」

「なんだと。馬鹿をいうな」

「馬鹿じゃない。ここは男ばかりだけど、女の構成員がいてもいいでしょ」

「川岸へ洗濯に行くんじゃないんだぞ。纏足の義和拳なんて、文字どおり足手まといだ」

「なら戦い方を教えてよ！　きのうの拳法を伝授してよ」

空が少しずつ明るみを増していく。莎娜の顔もよく見えるようになった。こぼれ落ちそうな涙を、指先で拭っている。

鋭く胸をよぎるものがある。とはいえ、いっときの感傷に流されはしない。張は李に目を移した。「あんたは義和拳の若者たちをだましてる」

「ちがう」

「なら彼らにいえるか。不死身の肉体は手に入らない、だが死を恐れず敵に立ち向かえと」

李が当惑のいろを浮かべ押し黙った。

張は軽く鼻を鳴らしてみせた。「彼らを解散しろ。いや、むしろ解放と呼ぶべきだな。農村にいる親のもとに帰してやれ」

するとそのとき、若い男の声がおずおずと告げた。「あのう。帰る場所はないんです」

思わず言葉を失う。張は振りかえった。

幕屋のなかにいた若者の何人かが、いつしか外にでてきていた。頭巾や腹掛けの勇ましい文言とは対照的に、ただしょぼくれて立ち尽くすさまは、まるで舞台稽古の裏側だった。恐ろしげな化粧も貧相に見える。

一様に戸惑い顔だった。それだけ理性的なのだろう。憑依が苦手か、もしくは奇跡を信じきれない連中にちがいない。張が呆れながら退出したのを見て、あとを追ってきた。常々感じている疑問の答えを知りたい、そう思ったのだろう。

ずっと話をきいていたからには、真相を理解できたはずだ。だが若者らはなぜか、いっそう困惑を深めたようすだった。ひとりがつぶやいた。「俺たち、みんな家なしです。親もいない。こいつの家族は全員死んじまってます。俺の親はどっかへ消えちまいました」

張は無言で若者たちを眺めた。誰もが沈鬱な面持ちで視線を落としている。

李が物憂げにいった。「教会や租界の建設がきまり、土地を追われた者が多くいる。村ごと襲撃に遭って、辛くも逃げ延びた者もな。洋人は直接手を下さないが、息がかかった連中が暴力を振るい、住民を追いだす。いまや義和拳にとって、拳壇は唯一の家なんだ」

重苦しい気分にさいなまれる。若者のひとりは、どう見ても年端もいかぬ子供だった。

張はいった。「それでも、意味もなく死ぬ必要はない。ほかに身を寄せられる場所はあるはずだ」

すると若者のなかから声があがった。「意味もなく死ぬわけじゃありません」

戸惑いをおぼえる。張はその若者を見つめた。「刀や槍で銃弾に挑むのは、無謀な行為だとわかるだろう」

「わかります。でも」若者は震える声を響かせた。「拳壇だろうとどこだろうと、国そのものが奪われちまったら、どうにもならんじゃないですか。だから戦うんです。どこにも帰れないんなら、死んだほうがましです」

別の若者がうなずいた。「もし鬼子たちを国から追いだせたら、仲間や女や子供が生きていけます。知り合いじゃなくても、この国の人間が生き延びられるなら嬉《うれ》しいことです。そのためなら……」

張はつぶやいた。「死んでもかまわないというのか」

「……なにもしなきゃ、帰る場所もいずれなくなるんで」

静寂のなか、微風が幕屋を波打たせた。もっと強く風が吹きつけたら、きっと倒壊してしまうだろう。そんな頼りなげな芦の筵の覆いが、彼らの家だった。

このまま見過ごせば、清朝は有名無実の存在となる。大陸は欧米諸国、ロシア、日本による分割統治に至る。そのことを危惧しない清国人はいない。紙屑拾いさえ国の明日を憂いている。読み書きはできなくとも、一日じゅう外を歩きつづけていれば、世のなかに詳しくなる。農村の若者らも同様だろう。ただし洋人は、清国人には知性のかけらすらないと信じている。連中の青い目が偏見に満ちていると常々感じる。

李が語気を強めた。「張さん。キリスト教に改宗したところで、漢民族が最下層であることに変わりはない。無知扱いされるぶん、前より悪くなる。洋人たちは、自分ら支配層に怒りの矛先が向かないよう、清国人どうしを争わせてるんだ。俺たちは深い奈落の底で小競り合いを余儀なくされている。いまじゃこの国は地獄も同じだ」

莎娜が泣きそうな顔で空を仰いだ。身につまされるものがあるらしい。

義和拳の若者たちは、ほかに生き方を選べない。心の痛みを感じ、憐《あわ》れみ、嘆息する。それだけでは彼らのためにならない。そのことはあきらかだった。

憑依の神秘に依存するのみより、ほんのわずかでも戦い方を学べるほうが、若者たちにとって有益かもしれない。

張は李にきいた。「俺のような素人ひとりに、何百人もの若者の指導を託すわけじゃないんだろ？」

心変わりの気配を悟ったからだろう、李はいろめき立つ反応をしめした。「もちろんだよ。ほかにも武闘を教えられる者や、兵法の専門家、精神規範を学ばせうる者、いろんな仲間を集めようとしている。あんたもそのひとりになってほしいんだ」

ため息が漏れる。だが迷っているようで、すでに思いはひとつだった。帰る場所がないのは自分も同じだ。ここはそんな連中の集まりだ。明日のため、できることをさがそう。この国を洋人に蹂躙《じゅうりん》させてはならない、それだけは真理に相違ないのだから。

4

一昨年の春、光緒帝《こうしょてい》は清国の近代化改革を進めようとしたらしい。大国を自負していたのに、日本にこっぴどく打ち負かされ、ようやく目が覚めたようだ。日本は明治維新により、西洋の科学や文明を取りいれ、急速に発展した。そんな日本に学ぼうというのが皇帝の考えだったようだ。

光緒帝は日本から伊藤博文《いとうひろぶみ》を招き、助言を仰いだ。しかしそのことが、いまも西太后《せいたいごう》の通り名で知られる皇太后の目には、由々しき事態に映った。まるで日本の軍門に降《くだ》るかのような、屈辱的な改革と解釈した。朝廷の多くが役職を追われ、政治的実権を剝奪されるのは必至、わが身も危ういと西太后は考えたにちがいない。

西太后の意向に、軍機大臣の栄禄も賛同したときく。李来中が兄弟の契りを交わしたという董福祥も、栄禄に従った。彼らは光緒帝を幽閉し、政治の実権は西太后が握った。近代化改革は頓挫した。

朝廷でのいざこざを、どう評価すべきか、張にはわからなかった。平民には宮中での暮らしなど想像もつかない。だがおそらく、日本および西洋に倣った近代化改革は時期尚早だっただろう。いま外国に媚《こ》びれば、清国内にいる宣教師らがいっそう幅をきかせる。洋人らの権限も揺るぎないものとなる。

以前はどうあろうとかまわないと思っていた。いまはそこまで無関心ではいられない。無職の元舟漕ぎにも、国を憂える心ぐらいはある。そう気づかされたからだった。

張徳成は伽藍のなかの暗がりで、赤い頭巾と腹掛けを身につけた。準備は整った。この寺は、初めて李に連れられて赴いた拳壇とは比較にならないほど、巨大な規模を誇る。

淶水《らいすい》、汝河村《じょか》。盧溝橋《ろこうきょう》と保定《ほてい》を結ぶ鉄道、盧保《ろほ》線の沿線に淶水はある。各地から数千の義和拳が集結した。これだけの規模の集会は初めてだった。重要な日にちがいない。確固たる団結力こそ反乱の命運を左右する。

当初は保定に集う予定だった。しかし直隷《ちょくれい》総督衙門《がもん》が所在する保定では禁令が厳しい。衙門とは役所のことだ。結局、片田舎にすぎぬものの、安全な淶水が選ばれた。

ふとこんな大役に祀《まつ》りあげられた自分を呪いたくなる。だがいまさら後に退《ひ》けるわけでもない。誰かがやらねばならない役割だった。しがない元舟漕ぎにふさわしくないと、どうしていえるだろう。

李が近づいてきた。彼は赤装束でなく馬褂のままだった。「張さん。定興《ていこう》県の倉巨《そうきょ》村から拳師が到着した。指導が始まる」

「わかった」張はきしむ床板を踏みしめ歩きだした。「淶水県でもあちこちに拳壇ができているそうだが」

「ああ。集結してきた連中の、それぞれの拠点だ」

「官兵に取り締まられないか」

「いや。表向きは拳法道場だ」

「新規の設壇練拳は禁止されてるだろう」

「いまは緩和されたよ」李は皺くちゃになった紙を差しだした。「ほら、外に貼ってあった。これまでどおり、邪教の拳法を学んではならないとある。しかし健全な拳法は学ぶべし、家族と郷里を守るための拳法なら推奨すると書いてある」

張は文面を眺めた。見出しには禁止義和拳告示とある。ざっと読んだだけでは、義和拳に対する取り締まり強化が主旨に思える。だが李のいうとおり、文中には二重の意味がこめられていた。「邪教でなければ拳法を学んでいい、むしろ学べと強調してるな」

「朝廷の戦略だよ。欧米の公使館は義和拳をキリスト教の敵とみなし、討伐するよう朝廷に圧力をかけてる。皇太后陛下は表向き従うふりをしながら、義和拳が存続できるよう、法規制を曖昧にしてる。俺のいったとおりだろう。朝廷も義和拳を肯定しつつある」

李のいう支持者らが、西太后を説き伏せたのか。表立っての援助は期待できないものの、いまは集会を黙認されるだけでも、ありがたく思うべきなのだろう。

ざわめきがきこえる。戸を押し開け外にでた。とたんに人影が飛びかかってきた。紅いろの頭巾に腹掛け。同じ拳壇の若者なのはあきらかだった。にもかかわらず、若者は興奮状態で槍を振りまわし、張に襲いかかった。周囲に共通の扮装《ふんそう》の若者たちがひしめきあう。みな啞然とした表情を浮かべている。

襲撃者は憑依状態、いや当人が憑依と信じる特異な心理状態に陥っている。例の呪文でも唱えたのだろう。なぜ攻撃してくるのか、理由はわからない。だが張はとっさに上体を反らし躱《かわ》した。

腰の刀を抜く暇はない。それでも瞬時に察知した。若者の動きは素早く見えて、じつは隙が生じている。

上半身を前のめりにすると同時に、掌《ショウ》を打ち下ろす。若者の頬をしたたかに打った。鈍い音が響き、てのひらに衝撃と痛みを感じる。若者の頬には、その何倍もの激痛が走っただろう。槍が宙を舞った。張はそれをつかんだ。倒れた若者の喉もとに矛先をつきつける。若者は怯えた表情を浮かべ凍りついた。憑依は解けたらしい。

張はいった。「槍は短い物から始めて、だんだん長くしろ。大槍の先端部まで意識や感覚がのぼるようでなければ使いこなせん」

若者がびくつきながらうなずいた。張が槍を引き渡すと、若者は起きあがって受けとった。襲撃した記憶はあるらしい。赦《ゆる》しを乞うように、その場にひれ伏した。

驚きのいろを浮かべる群衆のなかに、拳壇で大師兄だった徐全の姿があった。目が合うと徐全は、ばつの悪そうな顔で人混みのなかに身を隠し、ゆっくりと遠ざかっていった。

李も徐全に気づいたらしい。「あいつめ。張さんを襲わせたのか」

張は鼻を鳴らした。「大師兄の株を奪われて、面白くないんだろう。憑依に意味なんかないと俺が主張したのも、気に食わんのだろうな」

「だから憑依した義和拳の強さを、みんなに見せつけようとしたわけか。あんたが勝った以上、逆効果だな」

つまらない地位にこだわる稚拙な意地だ。団結には障害にしかならない。しかしそんな意識の低さを露呈した徐全は、義和拳において例外的存在ではないのだろう。この広々とした境内を見渡しただけで実状がわかる。

伽藍の前に立つ老齢の拳師が、一同に型の手本をしめしている。だがそれに倣って身体を動かす者はごく少数で、それも力の抜けた動作の模倣にすぎない。多くは老師の声に耳を傾けることさえなく、座りこんで談笑したり、槍や刀を振りまわしてふざけあったりしている。

無理もない。こうして見ても扮装に統一性すらない。頭巾と腹掛けは、赤と黄が半々ずつ織り交ざっている。また赤にしても、いろの濃さや衣服の形状はまちまちで、黄のほうにもそれがいえる。異なるいろのあいだで諍いが絶えないらしく、喧嘩もそこかしこに見かける。掲げた旗も扶清滅洋ばかりでない。いまだ助清滅洋や興清滅洋が混在する。読み書きが不得手な者が作ったのか、漢字そのものがまちがっていたりもした。

李が苦々しげに頭をかいた。「拳壇ごとにばらばらか」

張はため息をついた。「例によって大刀会や梅花拳の出身者は見当たらないようだが」

「そのあたりの精鋭は、とっくに北京に向かったよ。城壁内の市街地に侵入し、拳法の訓練をするふりをしながら、虎視眈々《こしたんたん》と蜂起の機会をうかがってる」

「要するに俺は、補欠の集まる地域を受け持つわけか」

「気を悪くせんでくれ。いま義和拳が集結してる地域は、大きく分けて三つある。北京、天津、そして両者の中間にあるこの涞水。重要度もその順だ」

元舟漕ぎに声がかかった時点で、指導者の人手不足はあきらかだった。だがそのなかでも、落ちこぼれを束ねる役目だったのだろう。不平はいうまい。李は酒浸りの無職に、多少なりとも価値を見いだしてくれたのだから。

しかしこんな状況では、拳法の鍛錬どころか、決起もあったものではない。

張は大声でいった。「みなの者、きけ!」

群衆は静まりかえった。とりわけさっきの格闘をまのあたりにした近場の連中は、固唾を呑んで見守った。その緊張感が後方へと伝わったらしい。座っていた者も、なにごとかと立ちあがっている。老師まで困惑ぎみにたたずんだ。

李がすかさず声を張った。「心して耳を傾けよ! こちらは天下第一壇の大帥《ダーシュアイ》となられるお方だ」

戸惑いをおぼえ、張は小声で李にきいた。「天下第一壇の大帥?」

「ああ」李がささやきかえした。「大帥は老師父の上。義和拳のすべての壇のなかで、頂点に君臨する者という意味だ」

「落ちこぼれの集会で、それはありえんだろう」

群衆にもそんな自覚があるのか、怪訝《けげん》そうなざわめきがひろがりだした。

ところが若者のひとりが集団を振りかえった。さっき憑依し襲いかかってきた若者だった。「項羽に打ち勝ったお方だぞ！」

すると一同の表情は目に見えて変わった。今度こそ静まりかえった群衆が、張ひとりを凝視してくる。

どうやら若者に憑依していたのは項羽だったらしい。若者を撃退したことで、項羽に勝ったことになったようだ。神仏の憑依を鵜呑《うの》みにしている若者がいかに多いか、張は実感した。でなければこれほどの敬意をしめされはしないだろう。

張は怒鳴った。「きいてくれ。彼の身体に降臨した項羽と戦って、理解できたことがある。秦《しん》末期の楚《そ》になかった拳法の型なら、容易に打ち勝てる。すなわち伝説の英雄たちも、現代の戦いを知っているわけじゃないんだ。孫悟空も小銃や大砲への対処法を知らん。孔明も洋人の兵法を理解しているわけではない。だから学ばねばならんのだ。まず身体をつくれ。強靱《きょうじん》な肉体がなければ、神仏も降臨してはくれん」

戯言《たわごと》を口にしている、そんなふうに呆れたがるもうひとりの自分がいる。けれども若者たちの真剣なまなざしを見れば、この物言いこそ有効とわかる。

事実を偽るのは好ましくない。若者は正しい知識を得るべきだ。だが無学に始まる彼らを、勤勉に向かわせる手があるとすれば、まず信心を利用するしかない。気が進まないところもあるが、やむをえなかった。

李が老師に呼びかけた。「お願いします」

老師は当惑ぎみにうなずいたが、群衆に向き直ったときには、相応の威厳を取り戻していた。「では金剛搗碓《とうたい》の初歩から」

太極拳の基礎となるゆったりとした動きに、大勢の若者たちが従いだした。どうやらようやく鍛錬が始まったらしい。赤と黄からなる数千の人海が、老師に同調し、いっせいに波立つ。

ほっとした顔の李が、張に告げてきた。「さすがだ、張さん。うまい言い方で若者たちを感化したな」

どこか後ろめたさに似た、割りきれない気分が残る。張はつぶやいた。「ひとつ約束してくれないか」

「なんだ」

「義和拳による反乱がそれなりの成果をおさめ、洋人から村落の自治を奪回できたら、彼らが真っ当な教育を受けられる仕組みをこしらえてほしい」

「教育？　平和になったら彼らは農村へ戻り、仕事を再開するだけだ」

「それでも適切な知識を得るべきだ。でなきゃまた無知につけこまれる。外国との差はそこにある。日本では農民もみな読み書きができるそうじゃないか」

「やはりあんたは変わってるな。俺が見こんだだけのことはある。元舟漕ぎなのに、そんな発想がでてくるとはな」

「己れを振りかえって、そう感じるんだ。まともに学べたならどんなによかったか」

「科挙に挑むわけでもないのに、教育の義務づけか。気にいった。たしかに愚民のまじゃ頼りない。董福祥にも相談しておこう」

朝廷が賛同してくれるのを祈るばかりだ。愚民は愚民ゆえ統治しやすい、仮にそんな考えが蔓延《はびこ》っていれば、そのときこそ本当に清国は終わる。

ふいに女の声が呼びかけた。「張さん」

振りかえったとたん、張は言葉を失った。全身を赤く染めた少女の群れがいる。先頭は莎娜だった。赤の装束に身を包み、右手に赤の絹張りの灯籠を提げ、左手に赤い油紙の扇子を携える。みな同じいでたちだった。のみならず、顔面まで赤く塗りたくっている。

莎娜は悪戯《いたずら》っぽく微笑した。「驚いた？　わたしたち、義和拳娘子軍《じょうしぐん》」

娘子軍とは、女性のみで編制された軍隊という意味だ。張は呆気にとられながらきいた。「本気か」

「もちろん本気。この子たちはみんな、店で働いてたの」

李が笑った。「こりゃいい。芝居も女形《おやま》が交ざってこそ華やかになるからな」

女形は男の役者が務める。莎娜たちは本物の女だ。張は気遣わしさとともにいった。「莎娜、こんなことはやめておけ。戦《いくさ》は男の仕事だ」

「いえ。女の仕事でもある。穆桂英《ぼくけいえい》は女でしょ」

穆桂英。宋《そう》代、遼《りょう》を破った北辺駐屯軍の女将軍だ。山東では芝居の主人公として有名だった。

張はきいた。「穆桂英が降臨してるといいたいのか？」

「本当はちがう。だけど」莎娜の真摯なまなざしが見つめてきた。「心の準備はできてる」

無言で莎娜を見かえす。張にはそれしかできなかった。

すぐれた理解力を持つ娘だ、張はそう思った。莎娜は憑依を信じていない。心の不可解な作用のなせるわざと納得済みのようだ。だが義和拳という集団になじむには、協調性が必要だと承知している。ゆえに伝説の英雄を宿すふりをしようというのだろう。

張はため息まじりにいった。「きみのように利口な子が、無学な男たちの水準に合わせてくれるとは」

「あら。べつにあの人たちを無学だなんて思わないわ。ただ純粋なだけよ。わたしもそれに乗っかるだけ。自分以外の英雄になりきれば、勇気も湧いてくるし」

「本気で信じこむのは、かえって危険だとわかるな?」

「心配しないで。自分の身は自分で守るから」

「纏足じゃ速く走ることもできんだろう」

「馬鹿にしないでよ。わたし舟漕ぎだったのよ。身のこなしぐらい心得てる。それに動きまわらなくても、黄蓮聖母《こうれんせいぼ》は妖術も使えるのよ」

「黄蓮聖母?」

「これからはそう名乗ることにした。もともと莎娜も本名じゃないしね。いいでしょ」

ずいぶん前向きのようだった。聖母とは道教上、天帝から封号を与えられた仙女を意味する。黄蓮聖母か、西遊記にでも登場しそうな名だ。

莎娜は仲間の少女らをうながし、義和拳の男らと同様に、老師の動きを模倣して鍛錬を開始した。

張は李を見つめた。李も苦笑とともに見かえした。

遊戯めいた感覚を戦に持ちこむこと自体、不謹慎きわまりない。だが彼らにとって、伝説上の英雄の威を借ることは重要にちがいなかった。奇跡を信じられれば恐怖も和らぐ。なにより、ほかに頼れるものがない。

そのとき、男の怒鳴り声が響き渡った。「大変だ!」

群衆がふたつに割れた。なにごとかと誰もが目を丸くしている。そのなかを黄いろの装束の若者がひとり駆けてくる。

黄巾《おうきん》の若者は息を弾ませながら、李の前まで達するとひざまずいた。

「どうした」李がきいた。

動揺をあらわにしながら黄巾がいった。「拳壇が次々と襲われてます。北西から」

息を呑む反応がひろがった。張もふいに冷たい空気に晒された。

李は表情をひきつらせた。「どんな勢力による襲撃だ?」

「むろん二毛子《アルマオツ》です」黄巾は悲痛な声でうったえた。「奴ら、銃を持っているようです。鬼子から提供された銃を」

二毛子。キリスト教民となった清国人のことだった。改宗者は貧しい農民ばかりではない。洋人らはならず者を手なずけている。

憎悪と憤りが、義和拳の群衆に渦巻くのを感じる。だが張のなかにためらいがよぎった。

敵は銃で武装している。こんなに早く運命を試されるとは思わなかった。若者たちはまだ拳法すらろくに習得していない。にもかかわらず銃弾の雨に抗うのか。

李が張を睨みつけてきた。「遅かれ早かれ、ここにも敵が押し寄せる」

そのとおりだった。じっと待つより、みずから動きだせば奇襲の機会もありうる。いまはそれしか打開策がない。

張は刀を抜き、高々とかざした。全力で駆けだしながら怒鳴った。「つづけ!」

地鳴りのような雄たけびがこだまする。紅巾《こうきん》と黄巾が入り乱れながら、勢いに乗り後方につづく。まるで雪崩か津波の様相を呈していた。

門外へ突進しながら、張はぼんやりと思った。父も白河口の戦闘で先陣を切ったのだろうか。そうであるなら同じ戸惑いが頭をかすめたはずだ。農村の出身にすぎない。戦《いくさ》など未経験だ。これから身を投じ学ぶしかない。

5

陽は傾き、強く吹きつける風が黄砂を運んでくる。異様な静けさのなかに、張は立ち尽くしていた。

高洛村《こうらくそん》のはずれには、大きな寺があるはずだった。周りに民家が建ち並ぶ。いまは廃墟《はいきょ》でしかない。木造の建造物はすべて焼け落ち、黒々とした炭の塊と化している。赤煉瓦も崩落し、ただ瓦礫《がれき》の山が残るのみだ。

義和拳の群れは、かなりの距離を走破してきた。決死の覚悟で臨もうとした。しかし戦《いくさ》にはならなかった。敵はすでにこの地域の拳壇を破壊し尽くし、姿を消していた。拳壇の留守を預かっていた少人数は、なすすべもなく蹂躙された。のみならず、付近の村人たちも犠牲になった。義和拳を匿《かくま》う同調者と見なされたのだろう。

灰いろの煙があちこちに立ちのぼる。いまだくすぶる残骸のなか、途方に暮れたようすの紅巾と黄巾が、無言で右往左往する。

寂寥《せきりょう》感と空虚さだけが支配していく。死体なら見慣れている。だがここに横たわる死者の姿は酷《ひど》い。どれも頭部ばかり損壊している。銃撃されたにちがいない。ひざまずかせ、後頭部に銃口をあてがい、引き金を絞ったのだろう。みな突っ伏していることからも想像がつく。

住民の死体は裸にされている。女だろうが子供だろうが容赦ない。衣類から所持品まで、すべてを奪うことが目的だったようだ。ほかにも、ありふれているはずの大瓶《おおがめ》や、簾《すだれ》、瓦、掛け軸の類いが持ち去られている。

李が歩み寄ってきた。「ひどいもんだ。仏像も根こそぎ盗まれてるが、こんな貧乏寺じゃ、たいして価値ある物じゃないだろう。住民の服や装飾品もだ。いったいなにを狙ってた。ただの盗賊か？」

「いや」張はつぶやいた。「見ろ。洋火《マッチ》に洋灯《ランプ》に洋布《キャラコ》。どれもほったらかしだ」

「本当だ。なぜだろうな。そっちのほうがまだ価値もあるはずなのに」

「別の価値観の持ち主による指示だからだ。洋人にとっては、俺たちの雑貨も蒐集《しゅうしゅう》の対象になる。奴らの国に持ち帰れば高く売れるともきいた」

「俺らは洋火を取灯児《チュウドンアル》と呼ぶべきだよ。洋灯は亮灯《リャンドン》、洋布は寛細布《クアンシイブウ》だ」

「ああ。洋の字を使いたがらない年寄りの気分が、いまならわかる。義和拳の規律にしてもいい」

「名案だ」李がいった。

莎娜の声が呼んだ。「張さん」

張は振りかえった。赤装束の少女の群れがある。莎娜は地面に座り、小さな死体を抱きあげていた。

その死体も少女だった。やはり全裸にされている。ほかとちがうのは、頭部が残っていることだ。首を強く絞められた跡がある。少女は苦しげに目を剝いたまま息絶えていた。口を大きく開け、舌がだらりと伸びている。

李が深刻そうにささやいた。「身体のあちこちに痣《あざ》ができてるな」

莎娜はうなずいた。「なにがあったか考えるまでもない。わたしたち、みんな経験したことがあるから。この子とのちがいは、死ななかったことだけ。これを見て」

少女の太腿《ふともも》は血にまみれていた。その意味するところも、すでにあきらかだった。てのひらをそっと少女の目もとに這わせ、莎娜は瞼を閉じさせた。涙が頰をつたった。「この子はひとりじゃなかった。豊かな暮らしでなくても、幸せだったはずなのに」

近くに横たわるふたつの死体が、莎娜の言葉を裏づけていた。夫婦らしきふたりは、この少女の両親にちがいない。最期まで娘を助けようとするかのように、揃って手を差し伸べながら、頭を撃ち抜かれ死んでいた。どちらも身ぐるみ剝がれている。

「二毛子め」李も腹の底から絞りだすような声を響かせた。「こんなひどいことを、よくも」

張はふと注意を喚起された。少女の強く握ったこぶしが気になる。指を開かせた。小さな黒い円形の物体がふたつ転がりおちた。

李がきいた。「なんだ?」

それらをつまみあげ、張は眺めまわした。「ボタンだな。洋人が服の前をとめる」

「どうしてふたつも握ってたんだろうな」

「襲われたとき、この子が相手の胸倉をつかんだ。二個のボタンを同時にひきちぎったからには、よほどボタンの間隔が狭かったんだろう。天主教《カトリック》の祭服がそうなってる。立襟で、たくさんのボタンが縦列に連なる」

「なんだと」李が驚愕《きようがく》のいろを浮かべた。「宣教師のしわざだってのか」

「少なくとも二毛子だけじゃなかった。鬼子、洋人もここにいた」

莎娜が嗚咽とともに、唸《うな》るようにいった。「許せない」

張は自分の右手を眺めながら立ちあがった。二個のボタン。耐えがたい感情が渦巻く。それらを握りしめた。

周りに目を向ける。紅巾も黄巾も、すっかり意気消沈したようすで、廃墟をさまよっている。怖《お》じ気《け》づいているわけではあるまい。ただ無力感にさいなまれている。こんな場所に身を置けば誰でもそうなる。

だが、いまは空白に浸っている場合ではない。

おそらく洋人どもは、義和拳を黙認する西太后の意向を、敏感に嗅ぎとったのだろう。清国軍による弾圧が手ぬるいと見るや、みずから教民を動員し、義和拳狩りを開始した。

敵は武装している。拳法のみを戦術としていたのでは、ひとたまりもない。拳壇ごとにばらつきのある烏合の衆に、とうてい勝ち目などない。

「きけ！」張はいった。「きょうこの瞬間から、俺たちはひとつだ。旗印は扶清滅洋とする。装いも紅巾に統一する。拳法だけが武器ではない、あらゆる方法をもって戦う。俺たちは義和団だ！」

辺りは静まりかえった。李が狼狽《ろうばい》をしめしながらささやいてきた。「張さん。あんたは上に立つ人だと思うが、そのう、まだ天下第一壇の大師というわけじゃない。淶水にはほかの拳壇もあるし、なにより北京や天津の大師らに話を通さないと……」

ところがそのとき、さざ波のような声をきいた。義和団。誰かがそういった。言葉は繰りかえされた。義和団。義和団。発声は増えていき、どんどん大きくなる。義和団。義和団。義和団。

やがて全員が武器をかざし、天空の彼方《かなた》まで届けんばかりの声量で叫びだした。

「義和団！　義和団！」

李があんぐりと口を開け、辺りを見まわした。驚きのいろは、しだいに感慨に満ちた表情に変わっていった。

急《せ》き立《た》てられるように激情が沸き起こる。心臓が高鳴る。もう迷いなど微塵《みじん》もない。扶清滅洋に生きる。冴えない元舟漕ぎの命を、この大地の存続に賭けられるのだ、いまさら惜しがるはずもない。

6

　真夜中、小雨《こさめ》がぱらつきだしていた。高洛村のカトリック教会の周囲に、改宗した教民らの家が密集して建っている。玄関の扉の上に十字架を掲げているため、一見してわかる。村のなかにキリスト教徒の集落が、半ば唐突に出現している、そんな印象だった。

　闇にまぎれ、すでに千人近い義和団が村に侵入した。だが教会周辺の一帯には近づけない。張も李や莎娜とともに、小高い丘の斜面に身を隠していた。隆起した地面を越えれば、その向こうは開けている。教会までさほど距離はない、突進できる。それでも躊躇せざるをえない理由があった。

　人影が駆けてきて、張のわきに伏せた。拳壇で孫悟空の憑依を得意とする少鵬が、息を弾ませながら小声で報告した。「やはりそうです。二毛子の家はどこも柵と土塁を築いてます。窓のなかをのぞいたんですが、小銃が壁に立てかけてあるのが見えました」

張は唇を嚙《か》んだ。教会はそれら教民の家々に囲まれた立地だ。銃撃による防御を突破しなければ、教会にはたどり着けない。刀や槍だけが武器の義和団には、多くの犠牲がでるだろう。

李が唸った。「ここは何年かにわたり、村民と教民とのあいだにいざこざがあったようだ。それもかなり過激な騒動がつづいたらしい」

やれやれと張は思った。「二毛子らも自衛策をとって当然だな」

「でも張さん。数で圧倒するのが義和団の力だと、あんたも納得しただろう。いくらかの犠牲はやむをえん。俺たちだって死ぬかもしれん。だが尻ごみしてはいられんよ。十万の同胞が勝利を願ってる」

義和拳を義和団と改称してからひと月、勢力は急速に拡大しつつある。ほかの拳壇への訪問を拝炉《はいろ》というが、驚いたことに張らが拝炉を進めずとも、義和団の名は自然に浸透していった。まだ黄巾の拳壇が残っていたり、黄巾を無理に赤く染めようとして橙《だいだい》いろになった連中がいたり、扶清滅洋以外の旗印も見かけたりするが、誰もが義和団を名乗る。そこだけは共通していた。

莎娜の一派は、紅灯照《こうとうしょう》なる壇となった。涞水と天津に仲間を増やしている。紅灯照への加入条件は女であること。実際、構成員の大半が十代の少女だった。全身を真っ赤に染めあげた彼女たちは、妖術を使うと噂されている。少なくとも黄蓮聖母の莎娜は、まやかしに自覚的だったが、新規に加わった少女たちのなかには、妖術を信じ魅せられた者も多いのだろう。迷信深いのは内部ばかりではない。紅灯照の少女らが街を練り歩くと、畏怖や忌避の反応が住民らにひろがる。からかったり手をだそうとしたりする向きは、ほとんどなかった。

もはや拳法だけが武器ではない。張は李に頼んで、総力戦に必要な物資を調達させた。爆竹づくりがさかんな農村も多いため、火薬は山ほど用意できたが、銃をこしらえる技術はなかった。よって火薬は従来、宝の持ち腐れでしかなかった。だが洋油があれば別だ。

洋人らが石油《オイル》と呼ぶ天然資源の液体に、火薬の爆発をもって引火させると、途方もない破壊力を生む。李が董福祥の援助を受け、外国の商船から石油を購入してきた。数十の樽《たる》に分配し、馬に曳《ひ》かせ、ここまで運搬した。

ただし敵は小銃で武装している。厄介だった。石油入りの樽を転がし、教民の家に近づけば、たちまち気づかれる。到達前に発砲されたら引火する恐れがある。味方が火だるまになってしまう。

いまとなっては小規模な拳壇の大師兄、徐全がすぐわきにいる。さも苛立たしげに徐全はつぶやいた。「だから夕刻を狙えといったんだ。その時間なら、連中はミサとかいう儀式で、教会に集結していた」

莎娜が首を横に振った。「陽があるうちは、ならず者が土塁に身を隠していたのよ。ミサのあいだも防御は怠ってない。夜中のほうがまし」

徐全はむっとして李に申し立てた。「この小娘に生意気な口をきかせるのはどうかと思う」

李は平然といった。「紅灯照は義和団の重要な戦力だ」

「戦力？　いままで小娘たちがなにをした」

張は徐全にささやいた。「官兵を気味悪がらせるだけでも、充分な貢献になる。迷信深い連中の戦意を減退させうる」

納得いかないようすの徐全が、大仰にため息をついた。「たしかに襲撃は夜中のほうが適切だ、そこは認める。真っ赤じゃ目立ってしようがない、鉄砲の的にされて終わりだからな。思うんだが、紅巾より黄巾のほうがましじゃなかったか」

李が鼻を鳴らした。「秋のイチョウの木立にでも紛れないかぎり、黄いろも目立つだろう。ほかにご利益があるのか」

徐全は口ごもりながら応じた。「縁起がいい。黄いろは金が儲かるって商売人もいってる」

からかう気にもなれない。張はつぶやいた。「清朝が倒れたら、金なんかいくら持ってても紙屑同然だ」

「そりゃそうだが……」

駆けてくる足音がした。張は刀を抜いた。身を隠している一同が、いっせいに武器をかまえた。

接近してきて、ようやく老人とわかる。しわがれた声が告げてきた。「ようこそおいでなすった、歓迎しますぞ」

李がほっとしたようすで、張に笑顔を向けてきた。「閻《えん》さんだ。この村の地保《じほ》だよ」

地保すなわち村長。閻という老人はさも嬉しそうにいった。「ありがたいことです。今後もぜひ、わが村に壇をお築きになってください。村を挙げて支援します」

徐全が丘の向こうを指さした。「連中にはその気がないと思うが」

たちまち閻が表情を曇らせた。「奴らの横暴さには手を焼いております。去年やってきたバルヒェットなる神父が、とんでもない輩でしてな。年端もいかぬ女子《おなご》ばかりを教会に連れこみ、洗礼とか称して、よからぬことをしでかす。奴らの宗教組織から何度も訓告を受けており、ドイツ公使館すら迷惑がっているとききます」

莎娜の表情が硬くなった。「先月の襲撃を率いてたのもそいつね」

張は疑問を口にした。「そんな問題児がどうしてこの村に派遣されてるんだ？」

闇がじれったそうにいった。「バルヒェットが来る前から、ここは二毛子らの巣窟でしてな。カトリック教民が三十軒のほか、モルモン教民が六軒おったのですが、このモルモン教民らがカトリックに宗派替えして、一大勢力となったのです。わしらが新たに建てた照明台を倒し、辺り一帯を火事にしおって」

李の眉間に皺が寄った。「お気の毒だが、そんな騒ぎがあった時点で、総理衙門が黙っていないはずだが」

「総理衙門は鬼子の味方です。騒動が大きくなれば、かえって奴らに有利に働く。省城は県令に圧力をかけ、教民への謝罪と賠償をわしに強要してきた。火事で教会の一部を焼いたのは、奴らの自業自得だというのに、修復の費用を村人に負担させたのです。バルヒェットがきてからは、よけいひどくなった。ならず者の二毛子も雇い、誰も逆らえなくなりました」

わからないことがある。張は闇にきいた。「初めにモルモン教民だった六軒は、なぜカトリックに鞍替《くらが》えした？」

「それはむろん、団結して大きな力となり、わしらを隷属させるためでしょう」

「信心深い教民が宗派を替えるには、それなりの決意をともなうはずだ。俺も元舟漕ぎだから詳しくはないが、客にきいたことがある。カトリックが信仰する神は三位一体《さんみいったい》だが、モルモン教はそれを否定しているんだろ。従来とちがう教義を受けいれるなんて、相当な覚悟だ。連中はどうしてそんな心境になったんだ？」

「モルモン教民らは、幸福が自分たちにしか訪れないとさかんに触れまわったのです。カトリック教民もそこまではいわなかった。村人が迷惑してたので、わしから淶水県の衙門に書面で上申しましてな。するとモルモン教民六軒の男子らが捕らえられ、尻叩きの刑に処せられたうえ、十日間首枷《くびかせ》で拘束された。連中はそれを根に持ったんです」

一同は沈黙した。誰も発言せず、静寂はしばらくつづいた。

張はきいた。「あなたが先に手をだしたのか」

「いや」閻はあわてたようすで応じた。「もともと連中には問題があったのです。安息日だとかいって村の行事に参加せず、労働も拒否する。酒は飲まんとか、むやみに子作りはせんとか、頓狂《とんきょう》なことばかり……」

「信者にとっての戒律か信条だろう。当時、モルモン教民が女を攫《さら》って改宗を強要したり、衣服を剝いだり、ものを奪ったりしたのか？」

「そういうことは、そのう」閻が言葉を濁した。「ただ風紀が乱れるといいますか、空気が悪くなるというべきか」

「火種はあなたにあったわけだ。以後はカトリック教民と村民の抗争が延々とつづいた。洋人らがバルヒェットのような問題児を送りこむのもわかる。むしろ、ここへの派遣は刑罰のようなものだろう。宣教師が誰ひとり来たがらなかったと考えられるからな」

閻が口角泡を飛ばしまくしたてた。「あんな異常者を寄こすからには、鬼子はわしらを踏みにじろうとしとるんだ」

「ちがう」張はきっぱりといった。「戦《いくさ》のない平和な土地でも、誘拐や強姦《ごうかん》をする輩がいる。宣教師かどうかも関係ない。バルヒェットという奴が異常者というだけだ。以前から抗争があったところに、バルヒェットが派遣され暴君と化した。だが抗争が激化した最初のきっかけは、あなたによるものだ」

李が真剣な面持ちで告げてきた。「張さん。この村に限らず、宣教師が教民のみを優遇したり、裁判で教会に有利な判決を強要したりといった事態は、以前からあった。洋人の布教活動自体が、俺たちの秩序を乱し、権限を奪ってる」

闇はわが意を得たりとばかりに語気を強めた。「そのとおりだ！　ここも教会ができた直後から、宣教師が実質的な支配者だった。農耕も商いも連中が仕切った。奴らこそ災厄そのものだ」

張は黙るしかなかった。少なくとも先月の虐殺を、洋人全体の基本方針と見なすべきではない。そこは念頭に置く必要がある。

ただしバルヒェットのような男を、神父の聖職に留め、高洛村に送りこんだ責任は免れない。李のいうとおり、布教活動と称する不当な権力の行使は、いまに始まったことでもない。ならず者の教民を陰で操る宣教師も、少なからず存在する。なかでも横暴をきわめた神父が、バルヒェットひとりとどうしていえるだろう。大陸のあちこちに似た事例はあるかもしれない。ないほうがおかしい。

忌まわしきは異常者の行為とはいえ、洋人が支配側に立つ以上、自浄作用など期待できない。暴君が野放しになる事態を見過ごせない。

静寂のなか、かすかな音が風に運ばれてくる。動物の鳴き声かと思ったが、ちがうようだ。

徐全がささやいた。「あれは女の悲鳴だ」

たしかにそのようだ。教会のなかからきこえるのだとすれば、よほど大声で泣きわめいているのだろう。

悲鳴は風とともにやんだ。また森閑とした静けさが辺りを包んだ。

闇が両手で頭を抱え、悲痛な声をあげた。「きょうも女子《おなご》を連れこんでいるのか」

莎娜がたまりかねたように歩を踏みだそうとした。

張は莎娜の肩をつかんで引き留めた。「まて」

「とめないでよ！」莎娜の目に涙が滲《にじ》んでいた。「わたしひとりでも切りこんでやる」

「早まるな。きみら紅灯照は洋油樽の後につづけ。火薬に点火して燃えさかる瞬間、教会の前に陣どるんだ」

「なんの意味があるの」

「若者の多くは火薬と石油が組みあわさった威力を知らん。予想を大きくうわまわる火柱を目にするだろう。紅灯照がいれば妖術と信じる」

張は莎娜と見つめあった。目で同意をうながす。

莎娜が応じた。「わかった」

利口な彼女は、義和団の仲間を欺くことに抵抗をおぼえながらも、その重要性を認識しているだろう。張はそう思った。紅灯照を妖術使いと内外に信じさせることは、彼女たちの身の安全につながる。義和団に身を置く男たちも、手をだすのをためらうにちがいない。

もはや一刻の猶予もならなかった。張は刀を振りあげた。「行くぞ！」

丘を越えるべく駆けだした。指示が伝わるより早く、張の動きを見てとったらしい。潜んでいた義和団がいっせいに叫びをあげ、突撃を開始した。

教民側の反応も迅速だった。気配を感じていたのかもしれない。土嚢《どのう》に銃火が閃《ひらめ》き、銃声がこだました。機関砲などあるはずもないが、そう思えるぐらいの矢継ぎ早の掃射だった。小銃をかまえる教民の数は、予想をはるかにうわまわる。先陣をきった義和団が次々と銃撃を受け、地面に突っ伏していく。

ふしぎな感覚だった。撃たれた者たちの死を痛みのごとく感じながら、群衆全体に己れが同化したかのような、不可解な強靭さを自覚する。あたかも義和団がひとつの巨大な生き物と化したかのようだ。失われていく同胞とは、個々の細胞にすぎない。いくらか剝がれ落ちようと、母体の生命は失われず存続する。したがって哀《かな》しみや憐れみなどない。義和団はいまや一匹の龍だった。

複数の石油を詰めた樽が転がされ、斜面を下る。樽を撃たせまいと大勢がみずから盾となり、ほとんど無防備に銃撃され倒れては、また新たな盾に入れ替わる。樽の進路に横たわる死体をわきにどける、そればかりに従事する者たちもいた。死を恐れていない手合いは一見してわかる。憑依しているのは孫悟空が圧倒的に多い。みな興奮した猿のように飛び跳ねている。

誰も同胞の死に動揺をしめさない。不死身のはずの義和団が、仲間の死に疑問を持たずにいる。倒れた者は修行が不充分で、神仏の憑依に至らなかったと考えているのかもしれない。自分はちがう、頑なにそう信じているのだろう。

ひとりの人間という単位を信じれば、あまりの命の軽さに意識が遠のきそうになる。冷静さが現実へ引き戻そうとするのを、張は必死で拒んだ。義和団は龍だ、一匹の巨大な龍だ。覚醒に向かおうとする自分の心を、幻影のなかにつなぎとめた。気を許せば脆《もろ》くも崩れ去る。そう理解できている以上、みずからに目を向けられない。

息があがる。さすがに若いころとはちがい、身体に無理がきかなかった。だがそんな苦しさも頭から閉めだした。龍が呼吸困難に陥ろうはずがない。

教民の家々が迫る。銃撃は一瞬たりとも絶えることなく、土嚢の前に義和団員の死体の山を築きあげる。それでも紅巾《ひ》の群れは津波のごとく押し寄せ、着実に土嚢との距離を狭めていく。教民も退かず発砲しつづける。義和団員が血飛沫《ちしぶき》をあげ倒れていく。だが仲間の死体を踏み越え、さらなる津波が土嚢に迫る。

張の眼前で、ついに群衆は土嚢を乗りこえた。銃火が途絶えた。土嚢の向こうで義和団員が刀をいっせいに振りあげ、繰りかえし振り下ろした。抵抗勢力を串刺しにしたのち、家屋へ踏みこんでいく。教民の住居は次々と蹂躙されていった。

そのようすをまのあたりにしたとき、張のなかにわずかに残存した理性が吹っきれた。

津波が銃をも圧倒した。個々の人間が最小単位ではなくなった。もはや幻影ではない。義和団こそ生命だった。発砲など蚊が刺すに等しい。義和団をもってすれば二毛子の勢力に打ち勝てる。いや、その奥に控える鬼子らにも。

樽が家屋に達し、外壁にぶつかって静止した。松明《たいまつ》で火をつける者がいるというのに、義和団員は退避するどころか、なおも踏みこもうと押し寄せる。なにも考えていない、だがそれが当然に思えた。次の瞬間、夏の陽射《ひざ》しのような閃光《せんこう》が視界を真っ白に染め、万物を焼き尽くさんばかりの高温が身体を包んだ。熱風が押し寄せたせいだった。直後、すさまじい鳴動が襲い、一帯を震撼させた。

炎の壁が行く手に立ち昇った。家屋は粉々に砕け散り、無数の欠片《かけら》を空高く舞いあがらせた。すでに突入した義和団員も爆発に呑まれた。だが後続の者らに怖じ気づく気配はない。孫悟空を筆頭に、無数の人影が燃えさかる家屋の残骸に躍りこんでいく。

紅灯照も横一列に並び、炎の前で両手を高々とかざす。あたかも風を操り、延焼の範囲を広めていくかのようだ。実際、強風が吹きつけたせいか、教会の外壁にも飛び火し、炎上しだした。

こんなこともあるのか。張は息を呑んだ。祈りは天に通ずる。迷信深くなくとも実感せざるをえない。降り注ぐ火の粉を全身に浴びるうち、そう思えてきた。

恐れを知らぬ義和団員が、続々と炎のなかに突入していく。張もそれに倣い、業火に身を躍らせた。駆け抜けられると本気で信じた。たしかに周りで火だるまになり頽れる同胞がいる。だが巨大な龍にとっては小さなやけどでしかない。生命は失われてはいない。義和団は未来永劫《えいごう》、存在しつづける。すでに永遠の命脈を得た。

火災を突破し、教会の入り口に迫った。観音開きの扉は閉ざされている。石段に連なる私服の洋人たちは信者にちがいないが、拳銃と小銃を手に応戦している。銃弾を回避しようとする義和団員は皆無だった。真正面から突撃を試みては、まともに弾を食らい突っ伏す。しかし後続の義和団員が途切れなく襲来する。洋人らは叫んでいた。大声を発しながら発砲しつづけた。奴らの神に祈ったのかもしれない。だが石段を登りきった義和団員の群れが、洋人たちを呑みこんだ。銃声は消え、刀で肉を断つ鈍い音が連続し、血飛沫が霧状に舞う。張も混乱のなかに突入した。飛び散る血をいくら浴びようとかまわない。顔も全身も、端《はな》から真っ赤に染めてある。

李が合流した。張はともに石段を登り、扉に体当たりした。後続の義和団員は、みな身体ごとぶつかってくる。先頭にいた張らは潰されそうになりながらも、前のめりに体重をかけ、扉を破るべく圧力を加えつづけた。息苦しさと汗臭さが充満する。やがて扉はしなり、表面に亀裂が走ると同時に、閂《かんぬき》の折れる音がした。一同は教会の内部になだれこんだ。

がらんとした礼拝堂を、全裸の少女が泣きじゃくりながら駆けてくる。保護している暇はない。なにより少女は義和団員にも怯える反応をしめしている。少女は逃げ惑い、礼拝堂の隅にちぢこまった。張らはかまわず奥へと突き進んだ。

祭壇にも人影がある。そこでも半裸にされた少女が横たわり、怯えたように震えていた。すぐわきに、司祭平服をまとった髭面《ひげづら》の洋人が茫然《ぼうぜん》とたたずんでいた。

神父の顔には恐怖のいろが浮かんでいる。儀式の途中で騒音に気づいたのだろう。なにをしていたのか、尋ねようにも言葉が通じない。だが質疑など必要なかった。ひきずるほど長い裾の隙間から、すね毛だらけの脚がのぞいている。神父はズボンをはいていない。

張は刀を片手に、足ばやに神父に歩み寄った。神父は顔面蒼白《そうはく》だった。雄豹《おすひょう》の群れに囲まれた驢馬《ろば》のごとく、ひどく臆したようすで後ずさりした。狼狽した反応のみをしめし、胸の十字架をつかみあげ、威嚇するように突きだす。なにか喋っている。聖書の言葉か悪態か、聞き分けられるものではなかった。

神父の胸もとには、ボタンが狭い間隔で縦列に連なっている。うちふたつが失われていた。ひと月のあいだボタンが欠けたままとは、信者とまともに向き合っていたとも思えない。

張は静かにきいた。「おまえがバルヒェットか」

通じるはずもない。とはいえ質問するまでもなかった。この男にまちがいない。

バルヒェットはふいに、ひきつりぎみの微笑を浮かべた。聖職者にふさわしい、穏やかな声の響きで、なにか喋った。だが目は笑っていなかった。笑顔はむしろ恐怖のなせるわざだろう。信者を丸めこんできた得意の説得に、最後の望みをかけようとしている。

けれども言葉がわからない者に、説得など無意味だった。張は刀を力いっぱい水平に振り、バルヒェットの首を切断した。

噴水のごとく真紅の液体が撒《ま》き散《ち》らされ、礼拝堂を義和団のいろに染めていく。バルヒェットの頭部が床に転がり、胴体は膝を折ることもなく、ただ仰向けに倒れた。

静かだった。誰もなにも話さなかった。どれだけ時間が過ぎただろう、莎娜が礼拝堂に入ってきた。いまだ横になったまま震える裸の少女に、紅灯照が歩み寄る。少女を助け起こし、上着を羽織らせた。

張は刀を腰の鞘《さや》におさめず、ぶらさげて立ち尽くしていた。近くで李が同じようにたたずんでいる。視線が合った。赤い塗料をかぶったかのような顔がある。ふたつの目だけがこちらを見ている。張は長いこと、そんな李の顔を見かえしていた。同じぐらい歳を重ね、ここに行き着いた。揃って血のいろに染まった。

ひと月のあいだ、きょうという運命の日を待ち焦がれた。どういう心境に至るのか と、ずっと考えてきた。いまはっきりとわかった。なにも感じない。

礼拝堂をでるべく歩きだした。吹きこんでくる風はなおも熱気を帯び、火の粉をともなう。だが火事はほどなくおさまるだろう。石油だろうと、紅灯照の妖術だろうと結果は同じだった。あれだけの勢いで燃えれば、すべてが灰燼《かいじん》に帰すまで、さほど時間は要さない。

教民の集落が燃え尽き、異臭のみが立ちこめる。高洛村での戦には決着がついた。騒乱のいっさいは駆逐された、そのはずだった。

だが忌まわしいことに、バルヒェットが死んだのちも、強姦がつづいていた。張は礼拝堂をでたとたん、その事実に気づかされた。

廃墟になった一帯に、義和団の若者たちが輪になり、騒々しく囃《はや》し立《た》てている。中央では、ひとりの紅巾が女を地面に押し倒していた。

女は清国人だったが、教民だろう。生き残っていたにちがいない。激しく抵抗している。

張は人垣を強引に掻《か》き分《わ》け、輪のなかに押しいった。

誰もがいっせいに黙りこくった。なおも甲高い笑い声を発しているのは、女を犯そうとする一名のみだった。

その紅巾は暴れる女の両腕を押さえつけていた。女の顔ばかり見下ろしているからだろう、張に気づく反応もしめさない。しかし、ふと空気の変化を悟ったらしい、紅巾がぼんやりと顔をあげた。張を凝視すると、あわてたように身体を起こした。

間髪をいれず、張は刀を突き、兇漢《きょうかん》の胸もとを貫いた。

返り血がどう飛ぶのか、一夜のうちに嫌というほど学んだ。張は無意識のうちに刀をねじり、噴出する血を傍らに逃がした。

目を剝いた紅巾は、唖然とした面持ちのまま、前のめりに倒れた。いちど痙攣し、それっきり動かなくなった。

周りの紅巾らは気まずそうに沈黙していたが、静寂にはほど遠かった。女がひとり悲鳴をあげつづける。正気を失っているのかもしれない、張はそう感じた。幸い、まだ服を脱がされてはいなかった。

李が張にきいた。「殺すか。どうせ身寄りも死んでるし、ひとり生き永らえるのも辛かろう」

教民の男は全滅した、ついさっきそんな報告をきいた。この女はまだ若い。親にしろ夫にしろ、身寄りが死んでいると李がいったのは、そういう理由だった。

「いや」張はつぶやいた。「放してやれ。洋人の宗教が頼りにならないと、身に沁みてわかっただろう。ほかの生き残りも全員解放しろ」

紅巾がふたり歩み寄り、女を引き立たせた。悲鳴はひときわ甲高く響いた。身をよじって抵抗をしめす女を、紅巾らが遠ざけていった。

ようやくまた静かになりつつある。李が話しかけてきた。「張さん。いいのか」

「なにがだ」

「あの女のほか、教民の生き残りどもだよ。俺らが皆殺ししたと触れまわるぞ」

「事実だろう」

「バルヒェットって奴の問題だとかいってなかったか。宣教師かどうかより、強姦や虐殺を起こす奴が悪いとか」

「ああ。そういった」

「神父なら誰でも首をはねていいわけじゃないんだろ？　だが女の話をきけば、あんたを含め、俺らはそういう連中だと思われるぞ」

張は視線をあげた。周りを囲む顔を眺めまわした。莎娜と紅灯照の少女らもいる。全員が無言でじっと見つめてくる。

陰鬱な気分の向こうに、氷が溶け去ったような感覚がある。張はいった。「どうせ裁判は奴らの都合のままだ。主権が清国に戻らなければ、俺らは虐殺者にすぎん」

徐全が割って入ってきた。「だが清の武衛軍も俺らを敵視してる。どこへ行こうと追い立てられてばかりじゃないか」

李が険しい目を徐全に向けた。「諸外国の圧力あればこそだ。度重なる敗北に母国は打ちのめされ、内政干渉に抵抗できずにいる。だからこそわれわれは、扶清滅洋に生きねばならん」

誰かが叫んだ。扶清滅洋。呼応するかのように群衆が声をあげた。扶清滅洋。扶清滅洋。

反復される合唱を耳にしながら、張は思いを強くしていった。途上で許容される反乱などない。道半ばとは、すなわち未達でしかない。洋人を大陸から海へ追い落とす、それが清国の迎えうる唯一の明日だ。

そのとき、闇があたふたと駆けてきた。「役人がきました！　遠くからも火の手があがったのが見えたようです」

李が呆《あき》れ顔《がお》になった。「あっさり村のなかへ案内したってのか」

「いえ。自然の火事にすぎない、もう鎮火したといって足止めしようとしたのです。しかし祝芾《しゆくふつ》が、現場を見るといってきかぬので」

張はつぶやいた。「祝芾？」

すると李が鼻を鳴らした。「涞水の知県だ。河南《かなん》省固始《こし》の出身だとか。懐柔するのか？」

「逆だ」張は李を見つめた。「脅す」

「清を助け洋人を滅ぼすと、いま方針をきいたばかりだが」

「まずは官兵どもの目を覚まさせねばならん。そのため義和団の存在を認めさせる。洋人の手足になって討伐など賢明でないと、役人の胸に刻みこんでやる」

「面白い」李は周囲に告げた。「散って闇に潜め！」

義和団はたちまち散開した。明かりひとつない夜更けだ、距離を置けば暗がりに消える。息を殺し、じっとしていれば気づかれない。ほどなく千人近い義和団員は、まるで切り株か岩のごとく、闇夜のなかに溶けこんだ。

張は李とともに、その場に留まった。闇も腰が退けたようすながら、近くにたたずんでいる。

提灯《ちょうちん》の明かりが揺れながら近づいてきた。蹄《ひづめ》の音がする。馬の群れだ。三十騎ぐらいか。先頭の騎手は衫《さん》と呼ばれる丈の長い上着を羽織っている。彼が知県の祝芾だろう。後続は甲冑《かっちゅう》に似た革製の防具で身を守る。どちらも宋代からほとんど変わらない装いだ。誇らしげに練り歩いているが、いまや国の伝統は洋人から見下げられている。骨のある役人かどうか、いまにわかる。

先頭の馬がぶつかりそうなほどに距離を詰めてきて、ようやくとまった。口髭をたくわえた面長が、ぼんやりと浮かびあがる。祝芾なる役人は、馬上でさかんに目を瞬《しばたた》かせた。

「これは」祝芾は絶句したようすだった。「なんとも異様な。ひどく焦げ臭いではないか。焼け落ちた家屋は十や二十ではあるまい。それも教民の家々だ」

李がおどけぎみに応じた。「洋火《マッチ》を擦りすぎたんでしょう」

「軽口を叩くな」祝芾は張や李を眺めまわした。提灯のおぼろな光では判然としないらしい。祝芾がきいてきた。「おぬしら、何者だ。妙ないでたちをしているようだが」

張は祝芾を見つめた。「妙？　俺たちにとっちゃ、これが普段着だ」

すかさず李が、短く鋭い口笛を奏でた。紅巾の群れはいっせいに立ちあがり、それぞれ手にした武器で騎兵を包囲した。

知県の護衛たちは声もあげられないほどの驚きをしめしている。祝芾の反応はより顕著だった。あわてふためくあまり体勢を崩し、危うく馬から転げ落ちそうになった。

恐怖に顔をひきつらせながら、祝芾が怒鳴った。「なんの真似《まね》だ！　ならず者の集団が、謀反を起こす気か」

張は歩み寄った。「ならず者だと。俺たちは扶清滅洋の義和団だ」

「義和団」祝芾は声を震わせた。「おまえらがそうか」

李が不敵にいった。「ここは俺たちの村になった。教会の代わりに、我らの拳壇を置かせてもらう」

祝芾は暴れがちな馬の手綱を、必死の形相で引いていた。「ここの神父はどこだ。話がある」

闇が不服そうな顔になった。「わしが村の首長です。なんなりとわしに……」

「神父だ！」祝芾は繰りかえした。「早く神父を呼べ」

洋人の聖職者こそ村の実質的な統治者。やはり役人はそんな認識か。腐敗しきっているると張は思った。「きこえないか」

「なにがだ」祝芾がたずねた。

「神父の弾く、金《きん》の竪琴《たてごと》の音いろだよ」張はいった。「奴らの宗教でいうなら、天使になって飛んでいくところだ」

義和団員が揃って低く笑い声を響かせた。祝芾はぞっとしたようすで、のけぞる姿勢になった。馬が後退しだした。護衛はまだ踏みとどまろうとしている。ところが祝芾が真っ先に手綱を操り、馬の向きを変えた。祝芾は馬を疾走させ、たちまち逃げだした。置き去りにされた護衛らが、泡を食ったように後につづく。

ただちに義和団が波状となり追い立てると、祝芾らの馬はより速度をあげ遠ざかっていった。義和団は歩を緩めながら、歓声をあげ沸き立った。

李が満足げにため息をついた。「爽快な気分だが、宴《うたげ》は無理そうだ。ここに長くは留まれんな」

「ああ」張はうなずいてみせた。「教会を焼こう。死体も埋めなきゃならん。敵も味方もだ。済んだら引き揚げる。安住の地を求むるにはまだ早い」

7

淶水の知県、祝芾はひとり馬を飛ばし、県衙門へ逃げ帰った。

そびえ立つほど高い塀、頑強な門、その奥にひろがる瓦屋根の伝統的建築物は、いずれも仏教寺院の影響をいろ濃く受けている。優美に感じていたはずの彫刻や金の装飾も、いまはひどく頼りない。集団による武力の行使から、身を守ってくれるものではないからだ。むしろ金目の物が略奪できるとなれば、貧しい農民の出ばかりの義和団は、いっそう活気づくのではないか。

中庭で馬を降りると、属官のひとりがきいてきた。「おひとりで戻られるとは、どうされたのですか。楊《よう》副将の騎兵らは……」

衙門へ逃げ帰ったのは二度目、先月の高洛村での事件以来だ。祝芾は焦燥に駆られながら、属官にたずねかえした。「直隷総督はお見えか」

「直隷総督？　栄禄閣下ですか。ご訪問になるとはきいていませんが」

「ちがう。栄禄でなく裕禄《ゆうろく》だ。名は似ているが、栄禄閣下は軍機大臣になられた。代わって直隷総督になったのが裕禄閣下だ」

属官は呆気にとられたようすだった。「どうか落ち着いてください。栄禄閣下と裕禄閣下なら、むろん私も区別がつきます。役職を交替なされたことは忘れておりました。なにしろ最近、異動があまりにも多いので」

呑気《のんき》さに苛立ちが募る。この男は事態の重大さを理解していない。祝芾は早口でまくしたてた。「裕禄閣下はこちらに向かわれておる。お着きしだい、ただちにお通ししろ。それ以外は誰とも会わん」

「御意に。あのう、楊副将はどちらに……」

「いいから指示にしたがえ」祝芾は吐き捨て、石段を駆け登り建物に入った。知県の執務室に飛びこむと、扉を叩きつけた。

各地の名士から贈られた調度品の数々。龍の屏風《びょうぶ》。かつては心安らぐ部屋だった。いまはちがう。なにもかも壊してまわりたい、そんな衝動すら湧いてくる。

接客用の卓には象棋《シャンチー》の盤があった。ふだんなら詰み手を思案するところだが、駒を動かす気にもなれない。

椅子に腰かけ、漆塗りの机に両肘をつき、頭を抱える。じっとしているだけで身体が震えてくる。まだ恐怖が覚めやらない。

楊副将はどちらに。さっき属官はそればかり質問してきた。祝芾がひとりで舞い戻った以上、気になるのも無理からぬ話だった。だが答えられなかった。

副将とは直隷練軍を実質的に統率する。裕禄による命令を受け、楊福同《ふくどう》という副将が、涞水の県衙門に派遣されていた。先月起きた高洛村での惨事への対処だった。

周辺地域を警備するといって、楊は五十人の騎馬隊を率いた。だが同行する祝芾は、すっかり腰が退けていた。たったそれだけの数で、どう太刀打ちできるというのか。地平を埋め尽くすような義和団の群れに。

悪い予感は的中した。ゆうべ突如として数百の紅巾に遭遇した。騎馬隊は包囲され、次々と義和団の餌食になった。祝芾は楊とともに辛くも脱出したが、追っ手を二分するため、楊とは別れざるをえなかった。それから丸一日が過ぎた。ひとりきり馬を飛ばし、祝芾はなんとか衙門へ逃げ帰った。

生きた心地がしないとは、まさにこのことだった。いまも義和団が衙門に押し寄せるのではと気が気でない。

だから楊にも警告したのだ、五十の騎馬隊では圧倒的に数が不足していると。だが楊は鼻で笑った。

彼が本気で取りあわなかったのにも理由がある。

あの高洛村での悪夢の直後、祝芾はただちに応援を求めた。義和団の大軍が村を占拠している。教民の家々は焼かれ、神父も惨殺された。至急、制圧の必要あり。

楊の騎馬隊が村へ向かった。祝芾は衙門で報告をまった。しかし伝えられるところによれば、教民の居住地区はたしかに全焼しているものの、死体がひとつも見つからないとのことだった。祝芾は驚愕せざるをえなかった。百人以上もの教民が姿を消したことになる。

奇怪な事件ではあるものの、集団虐殺とする根拠は発見できず、楊の騎馬隊により付近の捜索がつづけられた。途中、山賊が二十人ほど潜んでいる場に出くわし、半数を捕らえた。収穫はそれだけだったという。

千人前後の義和団など、祝芾の見まちがいだろう、そう一笑に付された。護衛も目にしたと祝芾は食いさがったが、相手にされなかった。

早いうちに増援すべきだと、祝芾は楊に繰りかえしうったえた。だが楊は聞く耳を持たず、五十人の騎馬隊での捜索を続行した。結果がゆうべのありさまだった。

扉の向こうから声が呼びかけた。「直隷総督、裕禄閣下のおなりです」

祝芾は立ちあがった。たちまち眩暈《めまい》に襲われる。よろめきながらも、なんとか直立姿勢を保った。

幕友らが入室してきて頭をさげる。次いで裕禄が姿を現した。金の刺繍を施した唐装に朝帽をかぶった、五十代半ばの顔が祝芾を見つめた。その目には憔悴《しょうすい》のいろが浮かんでいる。

喩《たと》えようのない不安を抑えながら、祝芾は裕禄にきいた。「なにかあったのですか」

裕禄はため息をつくと、向かいの椅子に腰かけた。「涿州《たくしゅう》から義和団の大軍が押し寄せた。その数は一万とも二万ともきいておる。騎馬隊は全滅。楊福同の死亡も確認された。生き残りはおぬしだけだ」

意識が遠のきかけるのを感じる。祝芾はつぶやいた。「なんと……」

「死体は山道に捨てられていた。全身、刀傷だらけでな。眼球はえぐられ、両脚も切断されていた」

またも眩暈をおぼえた。両手を机につかねば、とても立っていられない。

裕禄が唸るようにいった。「どうやら高洛村の一件が、ほかの拳壇を刺激したようだな。各地で義和団が蜂起し、仲間を増やしながら残虐な行為に走っておる」

「教民に自衛を呼びかけませんと」

「むろん手は尽くしておる。だが教民のほうは、むしろ備えも充分でな。小銃どころか、大砲まで置いている教会もある。そうした教民側の武装を、義和団は挑発と受けとったようだ。いっそう闘争心を燃えあがらせておる。殺しても殺しても義和団は押し寄せる。威嚇も威圧も功を奏さない。そのうち教民らは弾が尽き、殺戮《さつりく》の餌食になる。どの現場でもそんな状況だ」

「軍による討伐を強化すべきでしょう」祝芾はかねてからの不満を口にした。「山東巡撫だった毓賢殿と同様、陰で義和団を支援しようとするお方が、少なからずおられます。嘆かわしいことです」

あえて名はだすまいとした。裕禄と親しい人物だからだ。直隷省按察使の廷雍《ていよう》。満州正紅旗《せいこうき》の籍にありながら、義和団に肩いれしていた。

裕禄は不快そうにつぶやいた。「廷雍のことなら、はっきりそういえばいい。たしかに彼は、義和団こそ朝廷に忠誠を誓う義民の集まりだと、ことあるごとにうったえてきた」

「袁世凱閣下は義和団の弾圧に積極的でした。あのようなお方ばかりであれば、義和団が増長することもなかったでしょう」

「どうかな」裕禄がつぶやいた。「袁は袁で、武勲をほしがっていただけの男だ。だがいままでは、彼を賞賛する声は少ない」

不穏な空気を感じ、祝芾はきいた。「とおっしゃいますと?」

「側近でも意見が割れておる。廷雍と同姓の廷杰《ていけつ》は、討伐すべきと主張してやまない」

「皮肉ですな」祝芾は首を横に振った。「裕禄閣下は、お名前がよく似ておられる栄禄閣下と、足並みが揃っておいでなのに」

「八つ年上の栄禄閣下は否定派だ。義和団を助長させたのでは諸外国の反発を買い、かえって内政干渉が強まると批判しておる」

「あなたも同じご意見でしょう?」

しばし沈黙があった。裕禄は複雑な面持ちで応じた。「以前は賛同しておった。しかし楊福同が倒れたとなると……」

にわかに強い畏怖の念を抱きながら、祝芾は裕禄を見つめた。「なにをおっしゃるんです」

「きけ」裕禄は疲弊のいろを漂わせていた。「朝廷でも端郡王載漪殿下や、剛毅殿は義和団支持派だ。とりわけ剛毅殿は、義和拳から義和団への改称を公に認めるべきと主張し、皇太后陛下も同意なされた」

祝芾は驚いた。「改称は知っていましたが、皇太后陛下がお認めになったのですか」

「その経緯から察するに、皇太后陛下も義和団支持に傾いておられるのではと思う」

言葉を失わざるをえない。近代化改革が頓挫させられた例の一件以来、光緒帝は幽閉されている。朝廷に引っぱりだされても、西太后の言いなりだともきく。なら方針はきまったも同然ではないか。大清帝国に忠誠を誓う役人は、総じて義和団を支持せざるをえない。天と地がひっくりかえったようだ。

裕禄がいった。「祝芾。座ったらどうだ」

胃が受けつけ難《がた》いと感じる食物を、眼前に差しだされたような気分だった。祝芾はゆっくりと椅子に腰かけた。「いまさら義和団を義民と見なしたところで、義和団のほうは私たちに容赦しないでしょう」

「義和団を束ねる重要人物に、李来中というのがおる。彼とひそかに通じあっている董福祥から、朝廷の意向を伝えさせる。役人や官兵を襲撃しないよう、李を説得してもらう」

李来中。護衛から情報は得ている。あの夜、高洛村にいた首謀者のひとりが、おそらく李だろう。警戒すべきは、李がどこかで拾ってきた張徳成という男だ。鋭い眼光が脳裏に焼きついて離れない。義和団が凶暴かつ狡猾《こうかつ》な巨大組織と化したのは、張が現れてからだ。

釈然としない思いが募る。祝芾は裕禄を見つめた。「官兵にも納得しない者がいるでしょう。同胞を殺されておるのです。きのう討ち死にしたばかりの楊副将も浮かばれますまい」

「楊と騎馬隊の犠牲により、義和団の強さがあきらかになったのだ」

「連中は扶清滅洋を掲げておるのですよ。大清帝国の軍人を手にかけておいて、清を助けるもなにもありますまい」

「義和団が敵視するのは、彼らを討伐したがる者のみだ」

「しかし栄禄閣下によれば……」

「栄禄閣下は北洋艦隊を率いておられたころ、日本との戦争で叩きのめされた。そのため慎重になっておられる。ただし栄禄閣下も、義和団の弾圧に積極的というほどではない。自国民の命を散らすのは心苦しいとお考えだ」

「義和団取り締まりのご命令を、お下しにならないのですか」

「命令はだす。形式上はな。中心人物を捕らえよ。降伏する者は解散させ、抵抗する者は捕らえるか殺害せよ。だが実行は不可能だ。楊の二の舞になる」

「宣教師が狙われています。高洛村の神父も殺害された可能性が高いのです」

「くどい、祝芾」裕禄はじれったそうにいった。「そのドイツ人神父は以前から問題視されておったそうではないか。いや、ほかの宣教師らもだ。連中が地方行政に介入するようになって久しい。われわれの自治は無視されておる。忍耐にも限度がある」

「ドイツ公使館から圧力がかかるでしょう。ほかの国からも」

「大陸に生きる民が総力を結集し対抗するのだ。諸外国の勢力といっても公使館や租界のほか、天津に停泊する軍艦があるにすぎん。義和団が数で圧倒する」

「諸外国と戦争になります」

裕禄は冷やかな目を向けてきた。「ならんよ。洋人を敵にまわすのは義和団だ。朝廷ではない」

祝芾のなかで、裕禄という男の存在感が、急速に萎《しぼ》みつつあった。いま目に映る年長の人物の顔は、以前と同一のようで、まるでちがって見える。

楊福同を派遣したのは、ほかならぬ裕禄だった。義和団により騎馬隊を皆殺しにされたのは、ゆうべのことだ。なのに突然の心変わりにより、不倶戴天《ふぐたいてん》のはずの敵と手を取りあおうというのか。

重職にある人間が、風見鶏《かざみどり》のような態度をしめすことはめずらしくない。科挙に合格すれば安泰が約束される、この国の官僚組織はたしかに腐敗している。誰もが薄々感じながら口にしないだけだった。だが直隷総督までが信念を持たぬ者とは予想外だ。

いや、もっと悪い。裕禄が楊福同の死から悟ったのは、次はわが身という危機感でしかない。朝廷の優勢な派閥になびくのみならず、義和団の標的にされたくないという恐怖心こそ、方針を転換した最大の理由にちがいなかった。

祝芾は思いのままをつぶやいた。「もしきのう私が殺されていても、復讐《ふくしゅう》の声はあがらなかったのでしょうな」

裕禄が腰を浮かせた。「外へでてみろ。民衆の士気は高揚しておる。農民にとっては天主教《カトリック》こそ邪教だ。扶清滅洋のあかつきには、日照りつづきによる不作も解消されると、みな信じておる。義和団への弾圧など得策ではない」

それだけいうと裕禄は扉に向かった。卓上の象棋盤を一瞥し、ひとりごとのようにいった。「あと二手で詰みだな」

部屋の隅に立っていた幕友らは、困惑のいろを浮かべながらも、裕禄を案内すべく一緒に退室していった。

祝芾は立ちあがらなかった。座ったまま直隷総督の背を見送った。それがせめてもの抵抗だった。だが裕禄はいちども振りかえらず立ち去った。

思いが伝わらなかったのはあきらかだ。祝芾のなかで、無念さと憤りの感情が混ざりあい煮えたぎっていた。国にとって兵とはなんだ。象棋《シャンチー》の駒でしかないのか。

8

あちこちの拳壇の大師兄と引き合わされるたび、張徳成は戸惑いをおぼえた。相手が先んじて頭《こうべ》を垂れるからだった。大仰に地面にひれ伏すこともあった。その都度、面食らって李に目を転じる。李は当然だという顔をしているのが常だった。

天下第一壇の大師となるにふさわしいお方、李が事前にそう触れまわっているのはあきらかだ。張は反発を覚悟していた。静海《せいかい》県独流鎮《どくりゅうちん》の新参者が、勝手に義和拳から義和団への改称を決め、しかも全体を取り仕切ろうというのだ。果たし合いを挑まれてもやむをえない。

ところが、たしかに何人かの大師兄から勝負を求められたものの、その内容となると命がけにはほど遠かった。どちらが多くの仲間を憑依させうるかという競争、崖登り、かけっこ、腕相撲。まるで子供の遊びでしかない。

とはいえ長いこと酒浸りだった元船漕ぎには、充分に応える試練といえた。若者中心の義和団にあって、大師兄はそれなりに年齢を重ねていながら、みな体格の時点で張に大きく勝《まさ》っている。

だがいざ対決となると、どの大師兄も露骨に手心を加えてきて、張に勝ちを譲ってしまう。相手はさも大変な戦いだったかのように、息切れしながら笑いを浮かべ、両手を組み合わせて忠誠を誓う。そんな茶番ばかりが繰りかえされた。

からかわれているのかと思いきや、どの拳壇でも大師兄は、そんな児戯も同然の勝負を経て、いまの地位を獲得したらしい。当人も含め全員が子供なのだろう。

やがて張は悟った。大師兄らは途方に暮れていたにちがいない。義和拳の流行に乗ったはいいが、滅洋の気運が高まってきた昨今、どんな戦略や戦術で挑むべきかわからない。拳壇では虚勢を張っていても、内心は不安だらけだったのだろう。面子《メンツ》のため新参者に勝負を申しこんだが、天下第一壇の大師になりうる者がいるなら、わざと負けてでもその座に就かせてしまいたい。それが大師兄らの総意だったようだ。李も結果を見越していたと考えられる。

きょう初めて顔を合わせた三人は、いずれも義和拳の源流となった拳壇から来た大師兄らだった。さすがに貫禄《かんろく》がちがう。大刀会出身の庄星《しょうせい》、梅花拳の蔡怡《さいい》、それに神拳の雷鼎《らいてい》。いずれも四十前後だが、本物の武術家の風格を備える。

三人はふだん、北京の街なかで勢力の拡大に努めている。大物の彼らが揃って、涿州城近くの森林地帯に出向いてきたのは、新しい軍勢を迎えるためだった。

張は三人と打ち解けられたかどうか、よくわからずにいた。とりあえず三人と並んで木立のなかを歩いている以上、同胞といえるのかもしれない。考えても仕方がない。親睦を深めるのは、きょうという日を終えてからでいい。

開けた土地にでた。本来なら畑がひろがる一帯だった。張は絶句して立ちすくんだ。

紅いろの集団が、地平線の彼方まで埋め尽くしている。紅巾は着実に同胞を増やしてきた。しかしこれほどの大軍は見たおぼえがない。扶清滅洋の旗がいたるところに立つが、その数だけでも大部隊といえるほどだった。

数万からなる新規の紅巾。これまでの義和団とちがうのは、規律正しさだった。無駄口をきかず、軍人のごとく直立不動の姿勢をとる。静寂が保たれているため、遭遇まで気配すら察知できなかった。集団の規模を考えれば驚異だった。

ひとりの若者が進みでて、張の前でひざまずいた。「張大帥。俺は新城《しんじょう》からきた孟《もう》浩哲《こうてつ》といいます。ここにいるのは同郷や地元のほか、易州《えきしゅう》の村人です」

張はいった。「立ってくれ、孟。盧保線沿線の村民ばかりだな。みんなしっかりしてるようだ。線路工事で働いてたのか？」

「いえ」孟が立ちあがった。「工員の仕事は教民らに独占されてました。連中が嫌がらせをしてくるので、俺たち農民も団結したんです」

李が張にささやいた。「沿線の農民らは自警団を結成し、教民に対抗してきた。その彼らが義和団の評判をきき、編入を望んだんだ。こんなに大勢とは思わなかったが」

たしかに頭巾や腹掛けを赤く染めたばかりとおぼしき者が多い。急遽《きゅうきょ》決起したのだろう。

張は孟にきいた。「教民から受けた被害は、嫌がらせだけか？　俺たちは扶清滅洋に命を賭けるんだぞ」

「わかっています。俺らは鬼子を憎んでます。奴らが敷いた線路に殺されそうになったからです」

「どういう意味だ」

「みんな街道で物を売り、輿《こし》や驢馬で人を運び、なんとか暮らしてきました。でも商いはぜんぶ、鉄道の開通で成り立たなくなって」

「なるほど、死活問題だったわけだ」張は孟の手にした武器を眺めた。金属の棒だが、先端は見たこともない形状をしている。「それはなんだ?」

孟はにやりとした。「教民から奪いました。線路工事のための工具です」

「工具……」

「ほとんどの村の連中が、いろんな工具を手にいれてます」

「ひょっとして、線路を外しにかかろうというのか」

「はい。いままでは教民や軍を警戒して、手がだせずにいました。でも支援をいただけるのでしたら」

梅花拳出身の大師兄、蔡怡が腕組みをしていった。「うちから人を貸そう」

神拳の雷鼎もうなずいた。「うちもだ。戦える連中を大勢まわす」

孟は笑顔になり、両手を組みあわせ高々とかざした。「ありがたい! ならば盧保線の馬家堡《まかほ》駅から高碑店《こうひてん》駅までの線路を、すべて取っ払ってご覧にいれます」

馬家堡から高碑店。とんでもなく長い距離になる。清国の単位でいえば二百里、洋人なら百キロメートルだ。

だがこれだけの軍勢をもってすれば不可能ではない。まして彼らは沿線の住民だった。生活拠点も戦場のすぐ近くにある。

孟が顔を輝かせた。「儀式はいつですか」

「なんだと？」張はたずねかえした。

「肉体に伝説の英雄を宿す儀式です。不死身になれるときいております」

もうひとりの大師兄、庄星が堂々と告げた。「儀式は必要ない。義和団に入った時点で、ここにいる全員に神仏が宿る。われわれには妖術を使う者もいるからな、その効力の範疇《はんちゅう》だ」

大師兄らの尊大な振る舞いが、過剰に芝居じみて感じられる。張はふと不安をおぼえた。わきの隊列を眺める。女ばかりの娘子軍が集結していた。妖術は彼女たちの担当だ。

十代の少女揃いの紅灯照のほか、既婚者から老婦まで、それぞれに別部隊ができている。青《せい》灯照、藍灯照、黒灯照。ほかに砂鍋照《サーコー》といって、砂鍋を持ち飯を炊くだけの集団も存在する。紅灯照が評判になって以降、義和団への加入を望む女が増えた。そんな連中により結成された壇だった。

紅灯照の黄蓮聖母こと、莎娜と目が合った。顔を赤く塗りたくった莎娜の大きな瞳が、かすかな当惑のいろを漂わせる。

同感だと張は思った。有力な拳壇の大師兄らが、妖術を信じきっている態度をとる。そんなとき、どういう顔をすべきかわからない。

現状、大半の義和団員には、妖術を常識のごとく受けいれさせている。半信半疑の者もいるかもしれないが、信心が彼らの不安を払拭する。だが大師兄らはどうなのか。とりわけ大刀会出身の庄星が、どんなふうに思っているのかを知りたい。

大刀会はもともと、白蓮《びゃくれん》教の流れをくむ民間宗教、八卦《はっけ》教の道場だった。信者は離門と坎門《かんもん》の二種に分かれていた。離門は武器を持たず、ひたすら香を焚《た》き呪文を唱える。坎門は武術の担当だった。呼吸法のほか、霊薬や呪符を飲むことで不死身となり、刃《やいば》も弾丸をも跳ねかえす、そんなふうに教えていた。義和団の神秘主義の原型ともいえる。

梅花拳や神拳も、それぞれが宗教的背景を有する。大師兄を務める彼らは、半ば奇跡を信じてきたのだろうか。あるいは、すべて人心掌握のためのまやかしと割りきっているのか。

三人の大師兄らは堂々と胸を張り、余裕すら漂わせている。心中を推し量るすべはない。洋人の宣教師にしろ仏教の僧侶にしろ、どれくらい教義を信じているものなのだろう。張や莎娜と同様に、詐術と知りながら役割を演ずるのみか。もしくは疑うことさえ知らない狂信者か、そこまでは至らずとも、信じたいという願望を伝道に託す立場か。

もうひとつ気がかりなことがある。大師兄らの位置だった。三人とも張に遠慮したように、わずかに下がっている。長年のあいだ、張を天下第一壇の大師と認めてきた、そういわんばかりの態度だ。実際、きょう初めて会った孟らは、幹部の人間関係をそんなふうにとらえているだろう。

しがない元舟漕ぎに、こうも易々《やすやす》と頭領の座を譲るものだろうか。誰ひとり異論をしめさないのか。

ふと舟が横波を受けたかのように、足もとがぐらつく気がした。ずいぶん高いところに祀りあげられたものだ、あらためてそう感じる。認められるほどの実績が、自分にあっただろうか。高洛村の奇襲を成功させたからか。紅灯照の妖術のせいか。火薬と石油は想像を絶する炎を生む、ただそれだけのからくりにすぎない。大師兄らは奇跡を鵜呑みにしているのか。または信じるふりか。

より現実的な理由も推測できる。いざというとき、義和団の頭領の首を差しだせるよう、あらかじめ用意している。自分たち以外の者の首を。

ふいに男の声が告げてきた。「張大帥。どうかしたのか」

我にかえった。張はぼんやりと視線を向けた。

大師兄の庄星が気遣うような目で見つめていた。残るふたり、蔡怡と雷鼎も同じ表情をしている。

　邪心や害意など感じさせない、素朴なまなざしに見える。思いすごしだったと信じるなら、そう受容できそうな空気でもあった。

　張は首を横に振ってみせた。「なんでもない」

　李がいった。「張さん。きょう俺たち本隊は、涿州城を攻め落とさねばならん。洋人が先に大砲を持ちこまんとも限らんのでな。こんなに大勢で集まっているところを撃たれたらひとたまりもない」

　張は李を見かえした。「義和団が線路沿いに群がれば、軍も洋人も大砲は使えん。連中にとって大切な交通網を犠牲にはできんだろうからな。破壊活動はこっちに有利だ」

「ああ」李がうなずいた。「鉄道がなくなりゃ敵も援軍は呼べん。ついでに駅も焼き払えば、大勢の洋人を殺せる」

「本隊をふたつに分けよう。一方は彼らとともに沿線へ、もう一方は涿州城へ向かう」

　蔡怡が応じた。「まかせてくれ。ただちに編制する」

　三人の大師兄らが、談笑しながら遠ざかる。庄星がちらと張を振りかえった。だがすぐに前方に向き直り、そのまま立ち去った。

　娘子軍の隊列も移動していく。莎娜も漠然とした不安を感じているらしい、憂いの籠もった視線を投げかけてくる。

　張は動じない態度に努めた。彼女をうろたえさせたくない。いや、すべての義和団に対し、同じ配慮が必要だ。祀りあげられたかどうか知らないが、大帥たるもの、泰然自若を心がけねばならない。

　孫子《そんし》の兵法を、張は胸のうちに繰りかえした。軍の指揮官が陥りやすい危険は五つある。死をも恐れぬは殺されやすい。生への執着は捕虜になりやすい。短気は罠《わな》にかかりやすい。清廉潔白だと裏をかかれやすい。兵を慈しむと迷いが生じやすい。


　その日のうちに張は義和団を率い、涿州城へ進軍した。

　例によって広大な敷地《しきち》が高い城壁に囲まれている。なぜか見張り塔に兵の姿がない。理由はわからないが好機にちがいなかった。張は紅巾の群れに突撃を命じ、みずからも城門を破るべく出陣した。

　迂回《うかい》など複雑な作戦はとらない。策を弄したところで、刀と槍しか持たない義和団には、さして有利に働かない。不死身を信じた者たちの猪突《ちよとつ》猛進、おびただしい頭数、それらふたつだけが武器だった。

ところが、第一波が扉に体当たりを食らわせた瞬間、義和団の雄叫《おたけ》びは怪訝などよめきへと変わった。

門が外されていたようだ。門はすんなりと開いた。

張は妙に思いながら、味方の軍勢を掻き分け、門のなかに足を踏みいれた。

城壁内部にひろがる市街地に、瓦屋根の美麗な建造物が整然と連なる。天円《てんえん》地方の考えに基づき、方形都市にして格子状の道路を有する。その奥に左右対称の本丸が見えていた。儒教の礼を順守し、相応の規模と豪華さを誇る。城としてはなんら変わったところがない。

だが異様なのは、その静けさだった。兵による反撃がない。守備隊はみな道路の左右に片膝をつき、一様に頭を垂れている。まるで城主を迎えるかのようだ。いや、もっと無防備だった。どの兵も小銃を肩から下ろし、地面に横たえている。

抵抗をしめさない兵に襲いかからんと、義和団が津波のごとく突進しだした。

張は呼びかけた。「まて！」

隊列が乱れた。いたるところで大師兄や二師兄が呼びかける。まて、大帥の命令だぞ。その場で待機だ。待機。

軍勢が落ち着くまでしばらくかかった。李が歩みでて、守備隊のひとりに近づいていった。ぼそぼそと会話するようすを、張は離れた場所から見守った。

やがて李が大声で告げてきた。「降伏するといっております！　城を明け渡すと」

一瞬の間を置き、辺りを揺るがすほどの大歓声があがった。興奮したようすの義和団が、いっせいに城内へなだれこむ。格子状の道路はたちまち紅巾に埋め尽くされた。守備隊はなおも微動だにしない。小銃を奪われても頭を垂れつづける。たしかに抵抗を放棄しているようだ。

張は呆気にとられながらたたずんだ。軍の拠点がいともたやすく明け渡された。こんなことが起こりうるとは、まるで予測できなかった。近くに紅灯照が群れていた。莎娜もやはり啞然として立ち尽くしている。全身を真っ赤に染めた少女らを眺めながら、張は思った。義和団の妖術が天に通じたとすれば、いまがその瞬間にちがいない。

9

守備隊から奪った小銃は、城の警備にのみ用いることにした。それもなるべく憑依の不得手な紅巾を選んで持たせた。

教会や洋人の施設を襲う連中に、銃は預けられない。張はそう判断した。義和団員どうしの力の均衡が崩れるし、憑依となれば正気を失うため、味方まで危険にさらされる。弾も不足していた。なにより銃そのものが人数に比してごく少ない。

仮に今後、義和団が銃で武装することがあるなら、それは全員に行き渡るだけの銃が獲得できた場合にかぎられる。むろん弾も必要だ。とてつもない規模の大集団と化した現状では、とうてい期待できない話だが。

涿州城の本丸、その最上階は城主の部屋のようだった。天井から梁《はり》、丸柱に至るまで、この地の歴史を再現した装飾に彩られている。若き日の劉備玄徳《りゅうびげんとく》が彫りこまれ、桃園の誓いを描写した書画が連なる。

開放された窓から斜陽が射《さ》しこむ。夕暮れが近づいていた。喧騒が耳に届く。城壁内の市街地には、数万の紅巾がひしめきあう。この城を義和団の新たな拠点にすべく、総出で作業が進められる。

本丸にも長いこと、大師兄や二師兄がさかんに出入りした。そんな状況も落ち着きつつあるらしい。ふと気づくと、室内にいるのは張と莎娜のふたりだけだった。

莎娜が屋外に張りだした露台に立ち、城内を見下ろしている。その姿はまるで赤塗りの仏像のようだ。張は露台にでて、莎娜に歩み寄った。

微風が吹きつけている。きょうは血のにおいがしない。どこか爽やかに感じられるのは、そのせいかもしれなかった。

眼下に異様な眺めがひろがっている。格子状の道路が真っ赤に染まっていた。胡《フー》同《トン》、すなわち路地や横丁が、紅巾の群れでごったがえす。ひどく賑やかでせわしない。暗くなる前に、それぞれの持ち場なり寝床なりを決めようというのだろう。もっとも、通行人の全員が赤一色というわけではなかった。近所の村民らが、新たな主人に仕えるため、あちこちで仕事を始めている。天秤棒を担いだ物売りも商魂たくましく、すでに胡同を徘徊していた。

莎娜が静かにきいた。「なぜ城が明け渡されたの」

張は応じた。「命令が下ったんだろう。ここの官吏は全員、退去済みのようだ」

「義和団に城をくれてやれって？　そんな命令がありうる？」

「李がいま守備隊を問い詰めてる」張は莎娜を見つめた。「だいじょうぶか」

するとと莎娜が無表情に見かえした。「なに？　気にかけてくれてるの」

「いや。顔いろがわからないんでね」

「そう。ただほっとしてる。まだ生きてるから。わたしもあなたも」

「犠牲がでなかったのは幸いだった」

「いつもこうならいいのに。妖術はいんちきでも、わたしいつも祈ってるのよ。できるだけ人が死にませんようにって」

「きょうは効果てきめんだったな」

「茶化さないでよ」莎娜が小さくため息をついた。「なにもしてないように見えるだろうけど、しんどいんだから」

「わかるよ。人をだましつづけるのは辛いだろう」

「新しく入った女の子たちがいつもきいてくる。どう修行すれば空を舞えるかって」

「空を舞う？」張はきいた。

「風を操るところから始まって、どんどん伝説がひとり歩きしてるの。夢見がちな女の子が多いからかな。わたしが死なないとも信じてる。自分も早くそうなりたいって、よくいわれる」

「みんなに勇気を与えてると思えばいい。あの子たちは少なくとも、きみのおかげで不安から解放されてる」

「いつも集団殺戮の現場に連れて行くのに？」

複雑な気分が頭をもたげる。張は城内を見下ろした。「農村にいても突発的な暴動の犠牲になる。干ばつで食べ物もない。教民でなければ薬も買えないから、死ぬしかなくなる」

「そう信じてついてきたけど」莎娜は露台の手すりにもたれかかった。「どうなんだろ。ときどき女の子たちが怖くなる。わたしが夜中に飛んでたのを見たって、言いふらす子がいるの。それもひとりじゃなく、だんだん増えてる」

「夢でも見たんだろう。もしくは願望かな」

「それが心配」莎娜が虚空を眺めながらつぶやいた。「なぜ嘘をつくのか本人にききたい。でも恐ろしくてきけない。もしかして、わたしがやってることをぜんぶわかったうえで、協力してくれてるつもりなら、だましおおせているよりずっと不安。いつ裏切られるかわからないから」

張は無言のまま市街地の喧騒を目で追った。

身につまされる思いだった。同種の不安は張のなかにもある、それは否定できない。きょうも三人の大師兄らの態度が気になって仕方なかった。彼らの心中をのぞきたいと本気で望む。

もし腹を割って、互いの意思をたしかめあえれば、少しは不安が和らぐだろうか。詐術について共犯意識を持ったほうが、虚勢を張らずに済むぶん健全なのか。

だが、どちらが先に打ち明けるのだろう。すべて嘘だったと先んじて言葉にするのは、とてつもなく不利だ。相手に揚げ足をとられる可能性もある。大師はいんちきだと吹聴されたら、命の危険に晒される。無学ゆえ純粋に信心深い義和団員らが、事実を知った場合どう反応するか、あらためて考えるまでもない。ひとり残らず激昂《げきこう》し、嘘つきを殺すことになんのためらいもおぼえないだろう。

結局は口にださないまま、調子を合わせていくしかないのか。内心馬鹿らしいと思いながら、絵空事を信じて疑わないふりをしつづける。大師兄や二師兄ら全員が、案外その立場かもしれない。

張はいった。「いかにも洋人の作り話って感じのキリスト教より、義和団のほうがましだろう」

「ねえ、張さん」

「なんだ」

「嘘ばかり重ねて、神様の罰《ばち》があたらない？」

思わず黙りこんだ。莎娜が真顔でじっと見つめてくる。

正直に告げるべきだろう。張はそう思いながらいった。「俺はなにも信じていない。そのぶんだけ、きみより俺のほうが強いのかもしれない」

「なにも信じない？　あの世も？　死んだら消えてなくなっちゃうって？」

「若いうちのほうが、ひどく心もとなく感じられるのかもな。この歳になると、あまり心配しちゃいない。考えたところで、死なきゃわからん」

「怖くない？」

「さあ」張はつぶやいた。「考えない、それだけかもしれん」

おぼろにわかってきたことがある。なぜ民衆が洋人の宣教師を嫌悪するのか。答えはひとつだ。この国に受け継がれてきた死後の概念を否定するからだ。

あいつらの創作めいた天国と地獄の教義は、漢民族の信じるそれとあまりに異なっていた。その嘘臭さのせいで、喩えようのない不安に駆られる。農民の誰もが思った、これまで信じてきた死後も、じつは嘘だったのではないかと。

あの世に救いがあると信じることで、現世の辛さを乗りきれる。そんな唯一絶対の信心を、奴らは揺さぶってきた。洋人が現れなければ、黄泉《よみ》あるいは泰山《たいざん》へ行き安眠すると信じたままでいられた。仮に地獄に落ちようとその理由が、奴らの神の慈愛を受けいれなかったからというのでは、甚だ不条理ではないか。ふだん信心に背を向けている自分がそう感じるのだ、少しでも道教や仏教を拠りどころにしていれば、洋人の教義には反吐《へど》がでるだろう。

農村の若者らは貧しく、信仰に通ずるゆとりすらなかった。子供のころ、年寄りからきかされた太古の英雄にまつわる伝説、神秘といえばそれぐらいだ。そんな英雄が神格化し、降臨し味方してくれる、そう信じたくなる気持ちもわかる。

ふとこみあげてきた感情が、義和団員への同情心ではないかと疑う。張は唸り、思いを遠ざけようとした。忘れてはならない。兵を慈しむと迷いが生じやすい。

彼らのためには、もっと前向きな未来を連想すべきだ。張はいった。「義和団の若者たちも、きみを慕う女の子たちも、いままでのように無知ゆえに翻弄されたりはしない。村落が洋人の手から自治を取り戻したら、ものを学べる。みんな読み書きもできるようになる」

莎娜は目を丸くした。「ほんとに？　どうして？」

「李に約束させた。知恵を授かれば、できる仕事も増える。貧しさから脱する第一歩のはずだ」

「そんな世のなかになる？」

「なるとも」

「そのときこそ、利口になった女の子たちが詰め寄ってくるかも。だましたでしょって」

思わず苦笑が漏れた。張はいった。「平和と豊かさを獲得せんがための、罪のない嘘だったと納得してくれるさ。農民もみんな賢くなるんだから、それぐらい理解できる」

「ふうん。なら早くそうなってほしい」

実際には洋人を追いだしても、満州族による支配は継続する。だが義和団の勝利は、貧しき民衆の勝利、すなわち漢民族の勝利だ。従来のように虐げられた存在では終わらない。清は変わる。義和団がその布石となる。

いくらか気が楽になった。若者たちが正しい知識を獲得するのだ。いまの段階で信心を利用しようとも、それは民衆の明日のためだ。

莎娜が張を見つめてきいた。「ねえ。ひょっとして若返った？」

妙なことをきく。張は莎娜を見かえした。「なぜそう思う」

「前のほうが老けてたから」

「ああ。身体の調子はいい。連日走りまわってるからな、酒も抜けた。そういえば、しばらく飲んでない」

「そう」莎娜は微笑したものの、伏し目がちにため息をついた。「紅灯照は大勢いるけど、わたしはひとりきり。気さくに話せる友達もできない。身よりもいない。いまはだましつづけるだけ」

「俺だってそうだ。案ずるな、明日がまってる」

莎娜がわずかに表情を和らげた。黙って張を見つめてくる。張も無言で莎娜を見かえした。

この歳の娘には酷な仕事だろう。けれども有意義だとわかったはずだ。張にとっても好ましく思える心の交流だった。少なくとも、いくらか気が晴れた。妙なものだ、二十代の娘に勇気づけられるとは。

地上から男の声がきこえてきた。「じいさん。ここはもう俺たち義和団の城だ。こんな商売はよそでやりな」

この騒々しさのなかでも、ひときわよく通る声。ほぼ真下の路地で、紅巾のひとりが怒鳴り散らしている。道端に座った老人が相手のようだった。

揉《も》めごとらしい。だが周りの紅巾は物資の運搬に忙しく、誰もかまう素振りを見せない。

張は踵をかえした。「行ってくる」

莎娜もついてきた。「面白そう。一緒に行く」

10

本丸を降りると、外は薄暗くなっていた。軒下の提灯が周りを照らす。紅巾でごったがえす路地に歩を進める。さっきの怒鳴り声が間近にきこえてきた。人混みを掻き分け進むと、露台から見たのと同じ光景があった。

座りこんだ老人は物売りらしい。商品の入った籠を膝の上に抱えている。

紅巾の若者は老人を見下ろし、さもじれったそうに繰りかえした。「何度いえばわかる。ここじゃそんな物は売れねえ。さっさとでてけよ」

張はきいた。「どうした」

若者は張を見ると、大仰に顔をしかめた。「このじいさん、別の物売りについてきちまったらしいんです。ここじゃお守りなんか買う奴いねえって、いってきかせてるんですが」

籠のなかには、てのひらにおさまるぐらいの木彫りの円板が、山のように積んであ生業《なりわい》だった。よく見かける手製のお守りだ。脚を悪くし農業を辞めざるをえなかった連中のった。

「へえ」莎娜が籠に手を伸ばした。「そんなに怒ることじゃないでしょ。せっかく作ったのに」

だがお守りをひとつ指先につまみとると、莎娜は眉をひそめた。張もそれを覗《のぞ》きこんだが、やはり言葉を失った。

繊細な彫刻にはちがいない。龍と鶴が浮き彫りになっている。両者は対峙《たいじ》するのでなく、互いに寄り添うように、同じ方向へと飛んでいる。漢字が四文字、克明に彫ってあった。清日友誼《ゆうぎ》。

日本との友好を願うお守りか。張はいった。「お守りは多種多様だし、これもめずらしくない。馬家堡あたりでよく売られてるな」

若者が苦々しげに応じた。「土産物彫りはなんでもありです。北京にいちばん近い駅なら、倭鬼《ウオーグイ》がよく乗り降りするから、そういう連中に媚びてるんです」

倭鬼とは日本人のことだ。老人はなにもいわず視線を落としている。かなりの高齢に見えた。痩せこけた身体をボロ着に包んでいる。食うにも困る生活を送っているのだろう。

この種の工芸品は、たいてい他者の模倣でしかない。みな近隣の村で作られている物を真似てこしらえるため、ほどなく類似品だらけになる。売れ行きのいい品物なら、より迅速に拡散する。あくまで商いだ。特に思想がこめられているわけでもない。

最初にこれを発案した者の意図は不明だ。日本との戦争は五年前に終わった。純粋に平和を願ったのか、ただ時流を反映し商売に生かそうとしただけか。とはいえ国家間の戦争など望まないのは、農民なら当然の感覚だった。身内が戦地へ赴く。敗北するたび経済が疲弊し、外国人に土地や仕事を奪われる。いずれも望むはずがない。

張はお守りを眺めながらつぶやいた。「洋人はやたら軍隊を誇りたがる。だから奇妙に思うかもな。こんなお守りが流通してることを」

莎娜がきいた。「日本人って洋人?」

「いや。ちがうだろう。すぐ隣りの島国だ」

「洋人じゃないなら、滅洋には当てはまらないのね」

若者は目を剝いた。「倭鬼も鬼子と同じですよ。あいつら鬼子と同じような軍服着てるし、鉄砲持ってるし、鬼子にそそのかされて大清に攻めてきたんですよ。見た目は俺らに近くても、ありゃ鬼子です」

張は首を横に振ってみせた。「日本人は腹立たしいが、西欧文明を取りいれて早々に近代化しただけで、洋人ではない。キリスト教も押しつけてこない」

「でも鬼子の仲間です」若者が語気を強めた。「同族といっていい。倭鬼の奴ら、鬼子の国々には歯が立たないから、さっさと子分になって、俺らの国をいじめにきてるんです。ここなら鬼子の武器で圧倒できるからって、のさばってるんですよ」

わざわざ聞かされるまでもない。清国人なら誰でも思っていることだ。日本に打ち負かされたのをきっかけに、洋人の大陸進出にも歯止めがかからなくなった。みな忸《じく》怩《じ》たる思いを抱いているが、敗戦からもう五年だ。負け犬の遠吠《とおぼ》えばかりでは、なにも始まらない。

張は若者を見つめた。「なぜ日本に負けたか、考えたことあるか」

「だからそれは、奴らが鬼子の子分になって……」

「ただ子分になったのなら、洋人に乗っ取られたはずじゃないか。西欧の技術をうまく導入できたのは、それだけ賢かったからだ」

「倭鬼はずる賢いんです」

「なんでもいい。とにかく利口だったぶん、書いてあるものを理解し、数字を計算し、洋人から買った機械の使い方をおぼえた。俺たちもそうなるべきだ」

莎娜も若者にいった。「みんなが学べるようになれば、わたしたちも強くなる」

若者は腑《ふ》に落ちない顔になった。「張大帥や黄蓮聖母さまがそうおっしゃるなら、そうかもしれませんけど……。黄蓮聖母さまは妖術使えるし、俺らも不死身ですよ。商人じゃあるまいし、数字なんか学ぶ必要ないでしょう。より強い神様に降臨してもらえるよう、鍛錬に励めばいいんじゃないですか？」

張は莎娜と顔を見合わせた。莎娜は困惑のいろを浮かべていた。自分もそんな表情にちがいない、張はそう思った。現時点では、若者の主張に筋が通っている。

莎娜が醒めた面持ちでいった。「そのうちわかる」

「ああ」張もうなずいてみせた。「彼女のいうとおりだ。やがて理解できる日がくるだろう。いまはそれでいい」

若者が見かえした。「それでいいって？」

「だから、鍛錬に励めばいい」

「ですよね。神様が降臨しなかった奴、死んでるし。俺も不死身でありつづけるには、いつでも確実に神様をお迎えできるよう、鍛えとかなきゃ」

莎娜がやれやれという顔になった。同感だと張は思った。

だが若者はさらに饒舌《じょうぜつ》になった。「そのうち觔斗雲《きんとうん》を呼び寄せられるようになって、日本まで飛んでいって、倭鬼を皆殺しにしてやりますよ」

張は醒めた気分になった。老人に対し、ひとつもらおう、そういった。銭を渡し、籠からお守りを一個取りだす。それを若者に握らせた。

若者は面食らった顔で見かえした。

「いいか」張は若者に告げた。「三蔵《さんぞう》は悟空にいった。山賊を追い払うだけでいい、命までとるなと。いうことをきかなかった悟空は、頭の輪が固く締まって痛い思いをした。悟空は悔い改め、三蔵にお供した。三蔵がなぜ天竺《てんじく》へ旅したか、知ってるか」

「ええと……」

「争いの絶えない世のなか、民衆が仏の力により罪から救われ、永遠の平和が訪れるよう、お経を取りに行ったんだ。悟空が外国に戦争を仕掛けるのを許すと思うか？　おまえみたいな考えの持ち主には、悟空が降臨しなくなるぞ」

若者の顔いろが変わった。「そんな。困ります。不死身じゃなくなります」

「そのお守りは持っとけ。山賊は追い払うだけでいい、日本人も洋人も清から撤退させれば、俺たちは平和になる。そう肝に銘じろ」

「はい……」若者は神妙な顔でうなずくと、手のなかのお守りを眺めながら立ち去りだした。ほどなくその背は、雑踏のなかに消えていった。

張は老人を見下ろした。「おじいさん。ここは物分かりのいい人間ばかりじゃないんだ。商いをつづけるなら、売る物を変えたほうがいい。それを抱えてたんじゃ、また難癖をつけられる」

老人は張を一瞥したものの、すぐにまたうつむいた。籠を膝の上に置いたまま、腰を浮かせようともしない。

説得にも疲れてきた。張はその場を離れ、混雑する路地を歩きだした。

莎娜が歩調を合わせながらいった。「あのお守りが模倣品だとしても、たくさん真似されてるってことは、清日友好を願ってる村人が多いってことでしょ？　商いしか考えないからって、心にもないことが彫ってある物を売りたくはないもの」

「どうかな。漢民族は思いついたらなんでもやる。勇気につながる面もあるが、節操なさも生じる」

「あれを売ろうとしていることが勇気かも」

否定はできないが、そこまで高く評価できるかは疑問だった。張は鼻を鳴らした。

「たしかに気性の荒い官兵に見つかったら、咎《とが》められる可能性もある。大豆を売るよりは危険かもな。だが売れるとなれば、かまわないのかも」

「あれそんなに売れる？」莎娜がきいた。

「さあな」

「わたしはあのおじいさんたち、売りたくて売ってるんだと思う」

「好きにすればいい」

「でもあのお守り、ご利益あるかな」

「どうして疑問に思う？」

莎娜の表情がわずかに曇った。「山賊を追い払うだけっていったけど、それで済むのかな。日本人や洋人は、大勢の仲間を引き連れて戻ってくるんじゃない？」

「それこそ戦争だな。だがそんなおおごとになる前に、俺たちを弾圧できないと知ったら、今度は逆に懐柔にかかると思う」

「そんなにやさしい？」

「俺たちは国の軍隊じゃない。民衆だ。洋人らも治安維持のため、蜂起の理由を知りたがる。両者が話し合いの席についたら、こっちの要求を伝えればいい」

「戦争にはならない？」

「ああ。日本人も洋人も、そこまで馬鹿じゃないだろう」

宣教師の布教活動に問題があった、連中もさすがにそう理解する。産業革命を成し遂げたほどの、高度な教育を受けた民族だ。冷静に検証したうえ、自国の非を認めるのにもやぶさかでないはずだ。

李の声が追いかけてきた。「張さん。ここにいたのか」

足をとめ振りかえった。人混みを掻き分け、李が近づいてくる。

張はたずねた。「守備隊からなにか聞きだせたか」

「むろんだ」李は興奮ぎみに告げてきた。「きいて驚け。この城を明け渡すよう命令を下したのは剛毅だ。やはり朝廷の大物が出張ってきた。義士を傷つけてはならぬと申し渡したらしい」

「義士……」

「俺たちのことだよ」

またも信じがたい事態だと張は思った。楊福同や騎馬隊を殺した以上、朝廷との敵対関係はつづくと考えていた。役人殺しは反逆罪と見なされる、それが太古からの常識だった。ところが逆賊のはずの義和団を、朝廷は義士と称した。

李がいった。「直隷総督の裕禄も、俺らとの面会を希望してるそうだ。もう怖いものはない。軍はもはや敵じゃなく味方になったんだ」

「これからどうする？」

「知れたことだ。陝西で洋人どもを蹂躙する。潼関《とうかん》から風陵渡《ふうりょうと》の山西一帯で仲間たちを蜂起させる。娘子関《じょうしかん》から正定《せいてい》へ向かい河北で暴れる。いよいよ総攻撃だ。まず西安《せいあん》へ伝令をださなきゃな」

よほど気が急《せ》いているらしい。返事をまつ素振りも見せず、李は足ばやに去っていった。

莎娜が見つめてきた。「張さん……」

危惧はもっともだ。張は無言のうちにそう思った。

軍が敵でなく味方になった。すなわち義和団は、清国軍と同じ穴の狢《むじな》か。もう民衆の蜂起ではないのか。国と国との戦いなのか。

11

今年六十四になる栄禄は、輿に乗り東華門《とうかもん》大街を紫禁城《しきんじょう》へ向かっていた。

市街地の賑やかさも、軍機大臣の輿が通りかかるとあって、いったん静寂に沈む。果物売りも天秤棒を肩から下ろし、その場にひれ伏す。客寄せしていた靴磨きや代書屋も、黙りこんで道端で頭《こうべ》を垂れる。研《と》ぎ屋《や》の鉄板を振り鳴らす音が途絶えた。牛や駱駝《らくだ》を曳《ひ》く通商人も立ちどまる。

だが視野のすべてが静止するわけではない。日本から持ちこまれた人力車は、かまわず輿を追い抜いていく。ドレスをまとった西洋の婦人が乗っていた。栄禄を一瞥するが、おじぎひとつしない。馬車で行き交う白人の紳士淑女も同様だった。

路上にはさらに欧米各国の軍服も見かける。公使館の警備兵らは、制帽も詰襟の上着も色彩豊かだった。とりわけイギリス兵は鮮やかな赤で、義和団の紅巾といい勝負だ。そんな兵士らも、やはりぶっきらぼうな態度に終始する。小銃を肩に担いだまま、敬礼どころか立ちどまりすらしない。なめられたものだと栄禄は思った。しかしいまに始まったことではなかった。清朝の権威など失墜して久しい。

帝都北京。城壁に囲まれた大都市は、一般市民の家屋から商店、役所まで無数の建物を擁する。都市は南の外城と北の内城に分かれ、内城の中央、さらに城壁で囲まれた広大な区画に紫禁城がある。それ以外の領域が北京の市街地だった。

例外的な反応をしめす軍人らがいた。濃紺絨《のうこんじゅう》の上着をまとった小柄な身体つき、肌のいろも清国人と同じ。長さ二尺半ほどの村田連発銃を肩に掲げる。ふたりの日本兵はしっかり直立不動の姿勢をとり、栄禄の輿に対し敬礼した。

礼儀正しいのはたしかだ。とはいえ日本は油断ならない。欧米と足並みを揃え、大陸の分割支配を目論んでいる。海に沈められた北洋艦隊の無念を、たった五年で忘れられるはずもない。むしろこざかしく憎らしい。

それでも日本人は、直接会う場合にかぎっていえば、欧米人ほど失敬で不作法ではない。先日の柴五郎《しばごろう》もそうだった。

柴は日本公使館に駐在武官として赴任してきた。年齢は四十代半ば、きちんと制帽を脱いでいたため、髪を短く刈りあげているとわかった。口髭をたくわえているが、威厳とは無縁の温厚そうな顔つきが印象的だった。背もさほど高くない。将校准士官軍衣をまとっていなければ、人のいい料亭の主《あるじ》という印象だ。しかも柴は、この国の言語が達者だった。栄禄も通訳を介さず会話できた。

柴は終始穏やかな物腰で、落ち着いた喋り方をする。武衛軍について詳しく、傾聴に値する助言まで披露した。なんの意図があるのだろうかと訝《いぶか》ったが、邪心を秘めているかどうか、最後まで判断がつかなかった。

日本が寄越した駐在武官だ、根っから善良のはずがない。にもかかわらず、また会って話したいとも感じる、ふしぎな男だった。

そういえば柴の護衛を務めていた伍長《ごちょう》も、それなりに言葉が通じた。華奢《きゃしゃ》な身体つき、素朴な目鼻立ちの青年だった。たしか櫻井隆一《さくらいりゅういち》という名だ。下士官を日本軍は下士と呼ぶが、語学を得意とする下士をしばしば見かける。欧米のように尉官でなければ、高度な教育が受けられないという事情はないらしい。

兵の育成にはどんな制度を採用しているのだろう。発足時の参考にしたというフランス陸軍ともちがうようだ。

大清帝国の武衛軍にも合理的な発展が望まれる。ただし日本を手本にしすぎるのは好ましくない。光緒帝の近代化改革を支援するといって、伊藤博文を送りこんできた日本は、政治の実権を奪おうとしていたにちがいない。後ろめたさもあったが、改革は頓挫させて正解だった。大清帝国は未来永劫、朝廷とともにある。

道端で紅巾の一団が人を集め、拳法を披露していた。輿を目にしたからか、ひとまず動きがとまる。見物客らはひれ伏したが、紅巾らは立ったままだ。

義和団か。もはや北京じゅうで見かける。紫禁城外周で警備にあたる官兵は、紅巾らの人寄せ行為を咎めるようすもない。どういう料簡《りょうけん》だろう。暴徒の疑いがある義和団を野放しにしていいのか。

橋を渡り東華門に近づいた。紫禁城は、門のひとつとっても重厚な建築物として、特別な存在感を放つ。大勢の官兵に迎えられ、輿は入城していった。

敷地内は無限ともいえる広さを誇る。開けた石畳の庭園、金色の屋根瓦の建物はいずれも巨大だが、中央にそびえる太和殿《たいわでん》にはかなわない。弘義閣《こうぎかく》と體仁閣《たいじんかく》のあいだ、寺院本堂に似た壮麗な大廈《たいか》が、左右対称にひろがる。

外朝には兵が整列していた。輿はそこで静止した。

栄禄が輿を降りたとき、同じ六十四歳の、いっそう渋みを増した顔が出迎えた。朝帽から後方に垂らした辮髪を黒々と染めている。唐装は兵の軍服と同じく機能的に、袖を絞ってあった。

没個性的な顔つきながら、内に秘めたる闘志を燃やす男。笑顔はほとんど見たおぼえがない。だがこれほど信頼に足る者はほかにいなかった。

盟友にして直隷提督の聶士成《じょうしせい》。バトゥルの称号を得た生粋の軍人だ。日本との戦争でも朝鮮に赴いた。武衛軍では、天津近郊の蘆台《ろだい》に駐屯する三十営をまかせてある。ドイツ式の軍事教練を実践する、近代化の担い手でもあった。

聶は深々と頭をさげた。「お帰りなさいませ」

宮城で顔を合わせるのはひさしぶりだった。栄禄はきいた。「天津にいるはずのおぬしが、どうかしたのか」

「じつは義和団の動向についてご報告があり、一昼夜、馬を飛ばし馳《は》せ参《さん》じました」

「馬だと？　汽車で来ればよいものを」

感情を押し殺したような物言いで、聶が告げてきた。「涿州の義和団が蜂起し、京西の瑠璃河《るりが》駅、長辛店《ちょうしんてん》駅、盧溝橋駅を焼き払いました」

栄禄は衝撃を受けた。「まことか」

「義和団は線路を分解し持ち去ったうえ、枕木も燃やし、沿線の電信柱を切り倒しました。北京と保定の電信は相互不通、総理衙門も確認済みとのことです。汽車も当然、走行が不可能です」

「何日も経ったのに、鉄道を復旧できなかったのか」

「瑠璃河と長辛店間の停車場から橋梁《きょうりょう》に至るまで、線路のすべてが破壊されました。豊台駅《ほうだい》も全焼です」

豊台駅。盧溝橋の東、宮城のごく近くではないか。栄禄は思わず声を荒らげた。「おぬしには鉄道の警備を命じたはずだ！　なにもしなかったのか」

聶の頬筋が痙攣した。なおも仏頂面で聶はいった。「むろん義和団の襲来をきき、ただちに兵を率い急行しました。局地的に遭遇した約三千の義和団のうち、五百ほどを殺害しました。ところが裕禄閣下から、引きかえすよう命令が下りました」

「裕禄？」栄禄は愕然《がくぜん》とした。「本当か」

「端郡王載漪殿下や、大学士の剛毅殿からもお叱りを受けました。義士を傷つけるでないと」

「義士とはまさか……」

「義和団のことです。剛毅殿はそう呼んでおられます」

「ありえん。なにを馬鹿な！」栄禄は我を忘れて怒鳴った。「裕禄も同調しているというのか」

「天津には二万の義和団がおり、わが武衛軍への襲撃を繰りかえしております。しかし交戦するなとの命を受け、静観せざるをえません」

沸々と憤怒《ふんぬ》がこみあげてくる。栄禄は唸った。「武衛軍の総力を結集し、義和団を制圧してしかるべきというのに」

「武衛軍の足並みも乱れております。董福祥の率いる甘軍は、端郡王載漪殿下のご意思に従い、義和団の蛮行を放置する方針です」

なんということだ。董福祥には目をかけてやった。西太后の意向を受け、光緒帝を幽閉した際には、栄禄の右腕となってくれた。だからこそ聶士成と同様に、武衛軍の重要な地位に就かせた。

このところ董が端王の後ろ盾を得て、独自の権限を強めつつあるのは知っていた。だが栄禄に指示も仰がず、暴徒を野放しにするとは。

栄禄は怒りとともに歩きだした。「ただちに協議を持つ」

「閣下」聶が呼びとめた。「くれぐれもご注意を。皇太后陛下は、端郡王載漪殿下と頻繁にお会いになっておいでです」

荒々しい感情が疾風のように心を満たした。端王は西太后に取りいり、武衛軍を骨抜きにするつもりか。

「よくわかった」栄禄は聶に告げた。「だが天津の兵はいつでも戦えるようにしておけ。かならずや皇太后陛下に義和団討伐の上諭《じょうゆ》をお出しいただく」

12

北京で密談が可能な場所を確保するのは難しい。人口が多すぎる。どこへ行こうと耳をそばだてられる。しかも愛新覚羅《あいしんかくら》家の皇族となれば、実質的に人ばらいは不可能だ。側近からは逃れられない。

ところが四十四歳の端郡王載漪にとっては、宦官《かんがん》と距離を置くことも容易だった。載漪はその事実を腹立たしく思っていた。己れの地位向上にしか興味を持たぬ宦官らは、太上皇になり損なった載漪への世話焼きなど、無駄骨だと考えているらしい。周りには怠け者しかいなかった。よってお忍びで紫禁城を抜けだし、もぐりの輿に乗って移動するのに、なんら不都合はなかった。

喜ぶべきことだろうかと、自分の胸にたずねる。むろんちがう。光緒帝のいとこで、西太后の甥《おい》でもある載漪は、朝廷でもっと大きな権限を与えられてしかるべきだった。

載漪の子である溥儁《ふしゅん》は大阿哥《だいあか》に擁立されていた。すなわち皇太子だ。裏切り者の光緒帝は日本と結びつき、西洋化改革を強引に推し進めようとし、西太后の怒りを買った。よって光緒帝は廃位とし、去年の春、溥儁を即位させる見通しが立った。

ところが内城に居座る西欧諸国の公使どもが、溥儁の即位を認めないと反発してきた。正統な血筋として、現皇帝は光緒帝のはずであり、それ以外の者を皇帝としては受けいれられないという。

諸外国にとっては、欧米露日になびいた光緒帝のほうが、大清帝国の君主として都合がよいのだろう。実権を握っているのが西太后であろうと、光緒帝の追放に対し、公使らは頑なに異議を唱えてきた。

結局、溥儁の即位は取り消された。父の載漪も、太上皇になれたはずが、夢は儚《はかな》く潰《つい》えた。載漪は依然として、大勢いる皇族のひとりでしかない。

腹立たしい公使ども。連中がのさばっていたのでは、大清帝国に明日はない。義和団が決起したのはまさに天の配剤だ。いまこそ目にものを見せてやる。

到着したのは寺院の奥深くに位置する、古びた伽藍のひとつだった。四方が開けていて、近づく者があればただちに窓から視認できる。密会に適していると剛毅が選んだ場所だった。

六十三歳になる兵部尚書兼協弁大学士の剛毅は、恭しく頭をさげ、載漪を迎えた。剛毅はいった。「ここなら人目につかぬと思いまして」

載漪は鼻を鳴らしてみせた。「なるほど。世間から爪弾《つまはじ》きにされた日陰者どうし、暗がりがふさわしいわけか」

剛毅が硬い顔になった。載漪の物言いが気に障ったのだろう。しかし事実だった。南方各省で税務監督を務めた剛毅は、苛酷な収奪を繰りかえし、各方面から反発を買った。人望を集める官吏とは呼びがたい。

室内にはもうひとり、白髭《しらひげ》をたくわえた六十歳、董福祥がいた。武衛軍の主力のひとつ、甘軍を率いる男だった。軍人ながら回教徒だけに、奇妙な装飾の数々を身につける。排外主義者の彼も、軍機大臣栄禄から敬遠される立場だった。載漪にとっては最も頼れる味方なのだが。

董福祥は憤りのいろを浮かべていた。「殿下。栄禄閣下が皇太后陛下を説得なさり、朝廷はまた義和団討伐へと傾いております。聶士成の武毅軍も、天津で義和団を弾圧し始めたとのことです」

載漪はため息とともにうなずいた。「知っておる」

「内乱ばかりでは、諸外国の連合軍を敵にまわし戦うなど不可能でしょう。大清帝国の官民は、いまこそ結束すべきです」

「そう焦るでない」載漪はいった。「けさ皇太后に叱責されたよ。諸外国の公使たちが、義和団の蛮行について抗議してきているのに、余があずかり知らぬという態度をとりつづけるのは問題だと」

剛毅が呆れたような顔になった。「公使たちへの応対は総理衙門の役目でしょう。端王殿下が関知なさることでもありますまい」

載漪は剛毅を見つめた。「余もそう申しあげたのだが、皇太后は言いわけにすぎぬと解釈なさったらしい。よって余に総理衙門を仕切るよう命じてきた」

「端王殿下御みずから、総署の首席大臣をお務めになるのですか」

「そうだ。考えようによっては、これは好機だ」

董福祥の目が鋭く光った。「たしかに願ってもないことです。李来中は北京の市街地に、二十万人もの義和団を送りこんでおります。事実上、公使館街を包囲しておるというのに、これまで首席大臣の奕劻《えききょう》が外国公使の顔いろをうかがうばかりで、義和団も表立って暴れられませんでした」

載漪はうなずいた。「余が首席大臣になれば事態は変わる。帝都の警備担当も総入れ替えにする。これからは甘軍の管轄とせよ」

「ありがたき幸せ」董が右のこぶしを胸にあてた。「われら甘軍が北京の守護となれば、義和団と力を合わせ、憎き外国公使どもを討伐してやります」

「あからさまにはまずい」載漪は片手をあげ董を制した。「甘軍は治安維持に努めるふりをしながら、裏で義和団の活動を支援すべきだ。皇太后が完全に義和団支持へと傾くまではな」

「血気盛んなわが兵は、北京入りするや、外国兵と一戦交えるかもしれませぬ」

「敵に弓を引くのは義和団だ。おぬしら甘軍であっては困る。余が首席大臣を務めるのだぞ、国家正規軍どうしの武力衝突が起きたのでは、すなわち国対国の戦争に発展してしまう。余の責任になるではないか」

董は苦い顔になったが、すぐに頭《こうべ》を垂れた。「御意に」

士気が低下してはまずい。載漪は董をなだめにかかった。「余も最大限に努力する。総署大臣に那桐《なとう》、溥興《ふこう》、啓秀《けいしゅう》を任命しよう。三人とも余の方針に賛成している。これで北京にのさばる外国公使どもを孤立無援に追いこめる」

載漪は紙を取りだし、机の上にひろげた。北京の一角を描いた地図だった。

紫禁城を囲む城壁の東側、総理衙門に隣接し、半里四方ほどの区域がある。東交民《とうこうみん》巷《こう》だ。十一ヵ国の公使館がそこに集中している。イギリス、フランス、ロシア、ドイ

東交民巷（北京在外公館区域）略図

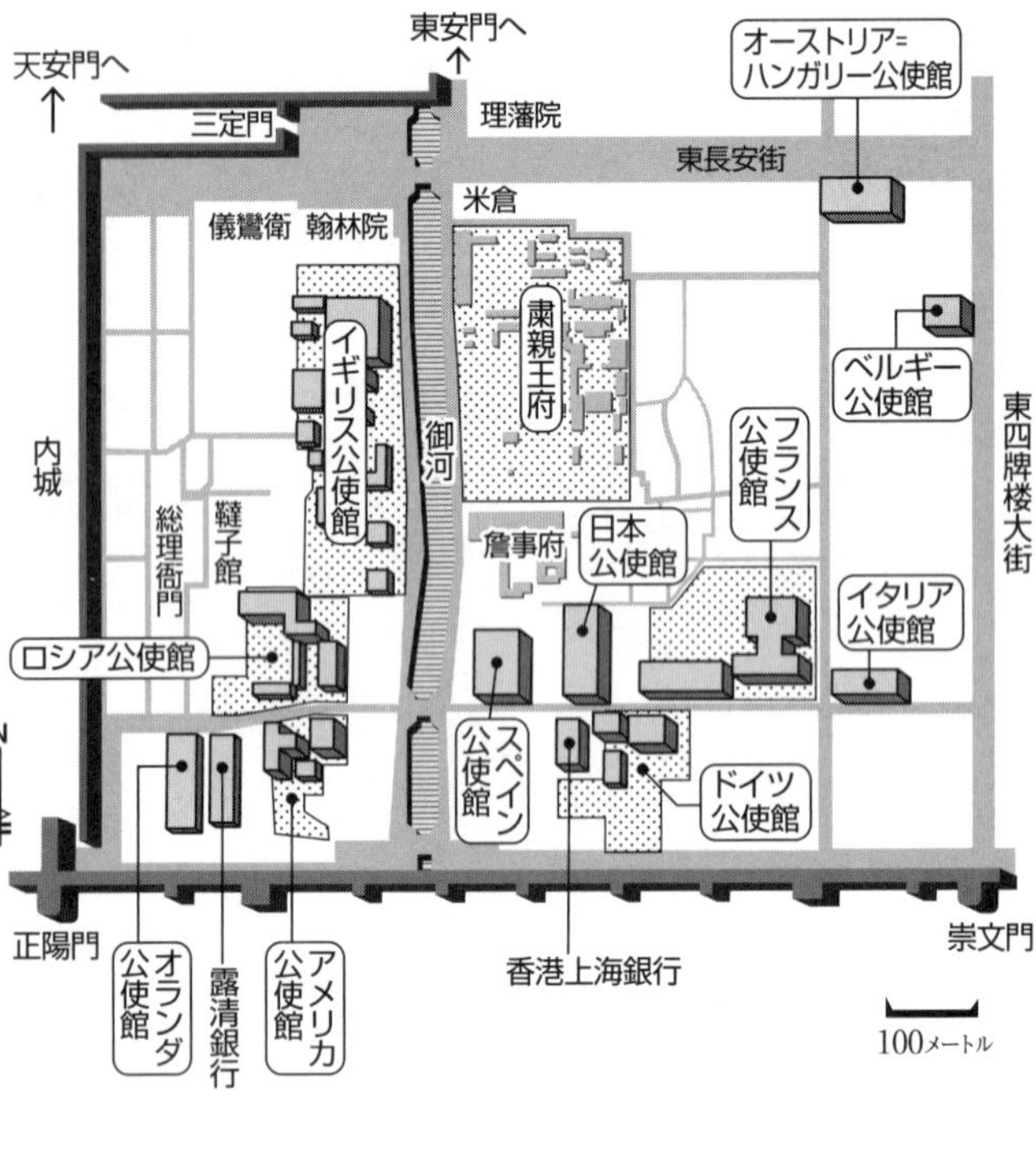

ツ、アメリカ、イタリア、オーストリア＝ハンガリー、スペイン、ベルギー、オランダ、そして日本。公使館職員とその家族、警備の軍人ら、あわせて千人前後が外も出歩けずにいる。二十万人の義和団が包囲しているからだ。近いうち公使らは降伏せざるをえなくなるだろう。

現段階では、公使たちはまだ命の危険を感じていないかもしれない。西太后と栄禄が軍隊を動かし、公使館街を義和団から守ってくれると信じている。だが、その軍隊は甘軍に交替する。公使たちはもう袋の鼠《ねずみ》も同然だった。

剛毅が深刻な面持ちになった。「とはいえ、北京の義和団が勢力を増す一方では、皇太后陛下や栄禄閣下が不審がるでしょう。甘軍は真剣に義和団を取り締まっているのかと」

一理ある。載漪は唸った。「やはり皇太后が義和団に反対なさっていたのでは、身動きがとれん。公使館街への大々的な攻撃など不可能だ。諸外国のほうが先に平和を破ろうとしているとの、確たる証拠が必要になる」

董がいった。「欧米や日本は、現に平和を破ろうとしております。エドワード・H・シーモア海軍中将率いる各国連合軍が、天津から北京へ向かっておるのです」

剛毅は董にたずねた。「どれぐらいの規模だ？」

「二千か三千ときいているが」

「なんだ」剛毅が苦笑した。「そのていどか」

「連中は機関銃や大砲を山ほど抱えている。油断は禁物だ」

載漪は割って入った。「まあ待て」

天津は、諸外国の軍艦が停泊する大沽港を擁する。公使たちは天津と音信不通になる前に、電信で軍艦の陸戦隊に応援を求めたのだろう。二十万の義和団に脅威を感じている証拠だった。天津から北京まで二百四十里ある。その道中にも義和団がまちかまえている。前進は容易ではあるまい。

その諸外国の連合軍が北京に到達すれば、義和団は攻撃されてしまう。外敵が攻めてきたと解釈し、甘軍が応戦するとしても、西太后は自分の膝元での戦《いくさ》を許すだろうか。

載漪はつぶやいた。「やはり外国公使らを絶対悪と見なしうる、明確な証拠があるべきだ。それも諸外国連合軍の到着前に」

剛毅が腕組みをした。「公使が密偵を放っていたのがあきらかになれば、皇太后陛下も諸外国に不信感を持たれるでしょう。極秘裏に国内のようすを探ろうとしたからには、戦争準備とも考えられますから」

「だがそんな都合のいい事態になりうるかな。密偵などどこにいる」

するとと董が低く告げてきた。「たとえ密偵がいたとしても、欧米人では手がだしにくい。日本人なら適役です。ほかの十ヵ国にくらべ、日本公使の地位は高くないときいています。密偵が見つかり処刑されたとしても、復讐を叫ぶのは日本だけでしょう。欧米露はむしろ日本の身勝手な密偵工作を諌《いさ》めるはずです」

載漪は董に目を向けた。「そんな状況をでっちあげろといってるようにきこえるが」

「理想的な状況です」

たしかに日本公使が密偵を放っていたと発覚すれば、西太后も考えを改めるかもしれない。載漪はきいた。「どうすれば日本人の密偵がいたことになる?」

すると剛毅が載漪を見つめてきた。「お待ちを。私が密偵について申しあげたのは、その心当たりがあったからです」

「日本人の密偵が本当にいるのか」

「いえ。ですがひとり、東交民巷から総理衙門に駆けこんできた者がおります。この者はひそかに祖国と縁を切り、大清帝国に身を寄せたいと申しておるのです」

「ほう」載漪は驚いた。「外国勢に裏切り者が」

「この者は当面、東交民巷に留まり、我々の密偵として動くと約束しました。報酬四千元と、以後の身の安全の保障を求めております。私はこの者を処刑すべきと考えていたのですが……」

「いや。そやつは使えるであろう。公使のためでなく、大清帝国の役に立ちたいと主張する以上、処刑しても皇太后が諸外国に脅威をお感じになる理由にならぬ」

「そのとおりです。ですからこの者を動かし、日本人の密偵がいた証拠を作りだすのが賢明かと」

載漪は董にきいた。「どう思う？」

董は無言のままうなずいた。

話はきまったようだ。熟考は常に妙案を生む。載漪はつぶやいた。「よろしい。適切な策を弄し、日本人をひとり血祭にあげよう。密偵には死あるのみだからな」

13

涿州城の本丸、ふだん紅灯照が待機のため用いる窓のない部屋に、張は呼びだされた。

男子禁制のはずの室内には、顔を赤く塗った少女らのほか、三人の大師兄と李がまっていた。莎娜は不満げな表情をしていたが、ここでなければできない話もあるのだろう。

大師兄のひとり、梅花拳出身の蔡怡が声をひそめていった。「なあ。軍は俺らを義士と認めたんじゃなかったのか？」

李がうなずいた。「認めたとも。天津の紅灯照がえらい人気でな、道を歩けば、民衆はひれ伏して拝みだすんだ。直隷総督の裕禄が、黄蓮聖母をぜひ天津に迎えたいといってる。天下第一壇大師の張さんもな」

莎娜が腑に落ちない顔を李に向けた。「なぜ天津に来てほしいって？」

「天津は大沽港がある都市だ。外国の軍艦が停泊する。欧米露日が義和団を制圧しようと、さらなる援軍を送りこむなら、まず大沽から天津に入るってことだ。裕禄はその天津に義和団の主力を置きたいんだろうよ。水際で敵を上陸させないために」

大刀会出身の庄星がにやりとした。「直隷総督の招きとは嬉しい。ご馳走《ちそう》三昧だろうな」

李が庄星を横目に眺めた。「悪いが、大師兄。あんたの拳壇は河北へ移る予定だろう。あっちの義和団を率いてもらわなきゃならん」

張は李にきいた。「俺たちを天津に招きたいという、正式な要請があったのか？」

「あった。先日、使いが公文書を届けにきた。張さん、黄蓮聖母とともに天津へ行ってくれ。裕禄も安心するし、軍による協力も約束される」

神拳出身の雷鼎が妙な顔をした。「武衛軍を取り仕切ってるのは、裕禄じゃなくて栄禄って奴じゃなかったか？」

蔡怡がうなずいた。「問題はそこだ。俺のきいた話じゃ、天津の義和団は軍と足並みそろえるどころか、逆に軍の攻撃を受け、こてんぱんにやられたってよ。ついこないだ、何百人か殺されたばかりらしい」

すると李が唸った。「たぶん聶士成の率いる部隊だ。聶は軍機大臣の栄禄と同い年でな。栄禄と仲がいいうえ、つるんで皇太后陛下を説き伏せ、義和団不支持に傾かせた」

張は呆れた。「なんだって？　西太后と軍機大臣がそういう意思なら、武衛軍は義和団の味方じゃなく敵だろう。もう風向きが変わったのか」

李があわてぎみに応じた。「皇太后陛下もお歳だ、大勢の側近がいるし、おっしゃることもころころ変わる。朝廷の大半は、以前と変わらず義和団を義士としてる」

「でも正式にはちがう。そうだな？　裕禄が俺や莎娜を天津に招きたがってるのは、まず聶士成の軍に立ち向かわせるためか。義和団討伐派の急先鋒《きゅうせんぽう》を倒させ、ふたたび西太后に取りいろうってんだな」

「大清帝国の明日を思えば、結論はあきらかだ。じつは十一ヵ国の連合軍がすでに大沽に上陸を果たし、北京をめざしてる。このままじゃ帝都が攻め落とされちまう。本来なら聶士成も、俺たちと一致協力して洋人どもと戦ってしかるべきだ。奴が裏切り者である以上、さっさと始末しちまうにかぎる」

「北京のほうはどうなってる？」

「それがな」李は苦い顔になった。「二十万の義和団を送りこんだはいいが、欧米や日本の公使らは、東交民巷から退去しようとせん。このあいだ到着したわずかばかりの援軍とともに、徹底抗戦のかまえだ」

蔡怡が鼻を鳴らした。「こっちは二十万だ。東交民巷なんてちっぽけな区域、千人いるかどうかだろ。一気に攻めりゃいい。それとも、北京のほうも武衛軍が刃向かってるのか」

「いや」李は首を横に振った。「北京の守備は、俺が兄弟の契りを交わした董福祥率いる甘軍だ。義和団の弾圧になど走るものか」

張は納得できなかった。「西太后や軍機大臣が不支持なのに、お膝元の北京を守備する部隊が、勝手な動きをとれるかよ」

「そこについては、董福祥から伝言を受けとった。端郡王載漪殿下に、なにかお考えがあるらしい」

「どんな考えだ」

「さあ。詳しいことはわからん。俺たちに対しては、北京での総力戦にいつでも挑めるようにしておいてくれと、それだけでな」

好ましからざる予感がする。張はいった。「李さん。義和団はあくまで民衆の蜂起だ。洋人を追いだし、農村の自治を取り戻すのが目的だ。軍とともに公使館を攻めるなんて、戦争行為じゃないか」

李は真顔になった。「まちがったことはなにもしてない。考えてもみろ。地方でどれだけ教会を焼き、宣教師どもを討伐したところで、あいつらはいっこうに退去しようとしない。公使館という後ろ盾があるからだ。紫禁城と城壁一枚を隔てた東交民巷に、十一ヵ国の公使どもが集結し、皇太后陛下に圧力を加えつづけてる。元凶を取り除かなきゃ、この国は変わらん」

「公使やその身内を殺したりしたら、それこそ十一ヵ国が大規模な軍隊を送りこんできて、大陸全体の占領に乗りだすぞ」

すると李が苦笑を浮かべた。「そんなにおおげさに考えるなよ。民衆の力を見せつけてやるって話だ。公使らはびくついて、遅かれ早かれ逃げだすさ。公使館ってのは捨てられた時点で、建物も土地も大清帝国の所有物に戻る。いったん撤退しちまったら、外国勢はこの国での権限を大幅に失う。宣教師らもこれまでどおりにはいかなくなる」

「本当に公使らを傷つけないか？」

「義和団はもう東交民巷をぐるりと取り巻いてるんだぜ？　その包囲網をじわじわ狭めて、脅しをかけりゃいい。公使たちは近いうち音《ね》をあげる」

そう思惑どおりにことが運ぶだろうか。血気盛んな義和団が、数にものをいわせ、暴走しないと言いきれるのか。董福祥の甘軍との協調関係となれば、なおさら不安が募る。

張は意を決した。「北京へ行く」

一同が驚きの反応をしめした。李も目を瞠った。「なにをいいだすんだ」

「天下第一壇の大師として、義和団の勇み足を抑制せねばならん」

「さっきからいってるだろう。公使らを追いだすのが目的だぞ。あんたが義和団に待ったをかけたら、動けるものも動けなくなる」

「公使らに脅しをかけるにしても効率的なやり方がある。国家間の戦争と見なされないための意思表示も必要だ。俺が仕切る。雌雄を決する帝都での決戦だぞ、俺がいかなくてどうする」

ふいに莎娜が声をあげた。「わたしも行く」

三人の大師兄らが、揃って眉をひそめた。雷鼎がきいた。「なんであんたまで?」

莎娜は震える声でいった。「公使に脅しをかけるんでしょ? 紅灯照の妖術なら、きっと怖がらせられる」

張は莎娜の思いを理解できる気がした。彼女も義和団の暴走を案じているにちがいない。流血沙汰に陥る前に公使らを屈服させたい、そう望んでいるのだろう。

李が当惑のいろを浮かべた。「勘弁してくれよ、張さんばかりか莎娜まで。いいか、天津では裕禄があんたらを歓待しようと、着々と準備を進めてる。いま直隷総督を味方につけなきゃならない重要性はわかるな？　あんたらは天津へ行くべきだ」

ふと頭に浮かんだ考えを、張は言葉にした。「俺は裕禄と面識がない。ほかのお偉方ともだ。身代わりを天津へ向かわせても、ばれる心配はいっさいない」

一瞬の沈黙ののち、庄星が顔を輝かせていった。「俺が行こう。張徳成を名乗る。天下第一壇大師の代役、しっかり務めさせてもらう」

雷鼎が冷やかな表情で庄星を見つめた。「おい。飲めや歌えの酒盛りに期待してるんじゃないだろうな」

「馬鹿いえ。その聶士成とかいう性根の腐った軍人を成敗しに行くのさ」

李は戸惑いを深めたようにつぶやいた。「張さんの身代わりは庄星が務めるとして、黄蓮聖母のほうは……」

莎娜が少女たちを振りかえった。紅灯照のなかでは年長にあたる、十八ぐらいの少女に声をかける。「安妮《あんに》。黄蓮聖母を名乗り、わたしの代わりに天津へ行って」

安妮と呼ばれた少女は、たちまち不安げな面持ちになった。「そんな。わたしでは黄蓮聖母さまのような妖術は、とても使えません」

「だいじょうぶ」莎娜が安妮に微笑《ほほえ》みかけた。「教えるから」

莎娜の声は依然として、かすかに震えている。彼女はどこまで教えるつもりだろう。安妮もどれだけ信じているのか。ふたりだけにしかわからない。

蔡怡がため息をついた。「雷鼎は風陵渡へ行くんだったな。俺はもともと北京入りする予定だった。張大帥、お供するよ」

庄星が不服そうに口を尖《とが》らせた。「張大帥は俺だぞ」

「いや」蔡怡は仏頂面でいった。「ほかの名前じゃ意味がない。張大帥だからこそ北京の義和団を統率できる。黄蓮聖母さま、あんたもだ。北京と天津は離れてるし、官吏に関わらなきゃ、本物が北京にいるとはばれないだろう」

張はうなずいた。「わかった。李さん、北京の大師兄らに前もって伝えておいてくれ。張大帥と黄蓮聖母がそっちへ行くと」

得体の知れない苦いものがこみあげてくる。また自分を偽る要素が増えた。莎娜も道連れにしている。無職のころのように、ふたたび本音で生きられる日がくるだろうか。死ななければの話だが。

14

李来中は、立身出世のためきょうまで生きてきた。平民で終わるのは耐えられないと、子供のころから強く感じていた。

この大陸では過去、民衆による運動が勢力を拡大した結果、国家建立に至った例が数多《あまた》ある。常に頭領が君主となってきた。明《みん》末期に農民反乱軍を率いた李《り》闖《ちん》や張献《ちょうけん》忠《ちゅう》、太平天国の洪秀全《こうしゅうぜん》もそうだ。いずれも清に滅ぼされてしまったが、その清は弱体化の一途をたどっている。いまなら大陸全土の支配も夢ではない。

義和団が新国家に発展すれば、李は初代皇帝の座を手にいれられる。

董福祥との若き日の縁は、まさに渡りに舟だった。彼と兄弟の契りを交わしている以上、甘軍と共闘できる。朝廷での動きも逐一伝わってくる。

すべては順風満帆のはずだった。ところがここへきて、予期せぬ事態が発生しつつある。

激しく雨の降る午後、北京の外城から十五里離れた山中で、李は厩《うまや》に駆けこんだ。董福祥の馬がつないであるのは、とっくにわかっていた。彼は先に到着している。またされずに済むのは幸いだった。開口一番ききたいことがある。

藁《わら》の敷き詰められた狭い室内で、李は董の背に呼びかけた。「どういうことです。公使館職員の日本人を殺すとは」

董がゆっくりと振りかえった。白い顎鬚《あごひげ》を撫《な》でながら、董は無表情に応じた。「ああ。杉山彬《すぎやまあきら》という書記生のことか。馬車でひとり不審に外出した。密偵の疑いありとし、永定門《えいていもん》で処刑した」

「八刀刑にしたでしょう。身体を八つに斬った。あたかも義和団が殺したかのように見せかけた。朝廷でも義和団による惨殺と報告なさった、そう噂にきいております」

「それが不満か」

「当然です。日本人を殺害し、義和団に罪をなすりつけるなど……」

「我々の事情も汲《く》み取《と》ってもらいたい。皇太后陛下と栄禄閣下が、武衛軍全軍に義和団弾圧をお命じになった。端郡王載漪殿下も対応に苦慮しておられる。わが甘軍も表向き従っているところを見せねばならん」

「堂々と諸外国公使に喧嘩を売る勇気がおありではない、そうおっしゃるのですか」

董はむっとした。「聞き捨てならんな。もし皇太后陛下が甘軍の命令不服従をお咎めになり、北京から他所へ移すとおっしゃったらどうする。代わって聶士成の武毅軍や、袁世凱の武建軍が北京に駐屯したほうがいいのか」

「いえ」李は言葉に詰まった。「それは困ります」

「そうだろう。いまは難局を乗りきるため、朝廷の機嫌をうかがわねばならん」

「しかし、このままでは義和団のみが諸悪の元凶となってしまいます。たんなる暴徒とみなしたうえで、諸外国と武衛軍が共同で鎮圧しかねない状況に……」

「それはない」董が李を見つめてきた。「堂々と喧嘩を売る勇気がない、おぬしはそういったな。事実は大きく異なる。我々は公使らに喧嘩を売った。連中のもとへ杉山彬の死体を届けさせた。騎兵隊長の韓捷《かんしょう》によってな」

李は驚いた。「本当ですか」

「嘘などつかん。東交民巷に籠城しておる者たちは、甘軍が義和団と手を結び、公使らに牙を剝いたと理解しておる。心底震えておるよ」

変わったやり方だと李は思った。だが董福祥の甘軍は回教徒ばかりで組織されている。独特の方針があるのだろう。

董が睨みつけてきた。「どうだ。まだ義和団だけが除《の》け者《もの》にされると、妄想を口にするつもりか」

それが事実なら早合点《はやがてん》だった。李は取り乱しながらいった。「いえ。非礼をお許しください。しかし甘軍はだいじょうぶなのですか。公使らを挑発したことが、皇太后陛下のお耳に入ったら……」

「公使らは東交民巷から一歩もでられん。総理衙門に抗議しようと、端王殿下が首席大臣になられた以上、朝廷に報告はなされない。総署でもみ消される。万が一、皇太后陛下や栄禄閣下がお気づきになろうと、日本公使が先に密偵を放った事実がある。諸外国は危険だと、いずれ納得される」

「杉山彬という書記生は、本当に密偵だったのですか？」

「馬車でひとり外城を出入りするなど、不審な行動以外のなにものでもないだろう」

「たしかにそうですが……」

「じつはな」董は咳《せき》ばらいをした。「日本人を外におびきだしたのは、ある策略によるものだ。我々の味方が東交民巷に潜んでいる。寝返った者がいてな」

「ほう。誰ですか」

「それはいえん」

李は笑ってみせた。「あなたは私を、弟と認めてくれたのですよ」

「むろんそうだ。しかしいまは、少しばかり思うところがある」董は藁を踏みしめながらゆっくりと歩いた。「義和団の旗印は扶清滅洋だが、果たして本当に大清帝国を助けるつもりか」

「なにをおっしゃいます。天命ですとも」

「そうか。ならよいのだが」董がまた李に目を戻した。「太平天国よろしく、義和団も国家を名乗る愚行に及ばんともかぎらん。そんな危惧がよぎったのでな」

李は絶句した。直後、己れの反応が好ましくないと自覚した。董の視線はなおも李に注がれている。

動揺を悟られてしまっただろうか。いや、心の奥底まではのぞけまい。そう仮定し、素知らぬ顔を貫くしかない。李はいった。「今後のことを考えますと、軍機大臣の栄禄閣下が厄介です。現状のままでは、栄禄閣下が義和団をお認めになることはないでしょう」

「たしかに対策が必要だ。だが朝廷で栄禄閣下にもの申せる者はおらん」董はふと思いついたように告げてきた。「おぬしが動いてはどうか」

戸惑いが生じる。李は董を見かえした。「私は平民です。栄禄閣下にお会いできる機会すらありません。できることがあるとは思えませんが」

「いや。平民だからこそ可能だ。陝西巷へ行き、捐班《えんはん》の候補県丞《けんじょう》をあたってくれ」

候補県丞。県の次席だった。捐班とは金で地位を買った者を意味する。李はきいた。「なにか重要な職務を担う人物ですか」

「もとは天津電報局の電報係だった男だ。いまは栄禄閣下の暗号電報を担当している。閣下と各方面を結ぶ電報は、すべてこの者を通しておこなわれる」

話が見えてきた。李はつぶやいた。「買収し、偽電報を送らせるのですか。栄禄閣下宛に」

「発信元は、栄禄閣下がふだんあまりお会いにならない者がよいだろう」董はまた顎鬚を撫でながら、天井を仰いだ。「そうだな。江蘇糧道《こうそりょうどう》という役職の、羅嘉傑《らかけつ》あたりが適切であろう」

15

汽車がないのは不便だと張徳成は痛感した。昼も夜も馬車に揺られつづける、なんとも過酷な旅に身を委ねる羽目になった。居眠りするたび体勢を崩し転落しかける。雨や風も凌《しの》ぎがたい。黄砂は息が詰まるほどに吹き荒れ、視界を完全に塞ぐ。人だけでなく馬も同じだ、進路を逸れてばかりいた。

ただし本来の道に戻るには難儀しなかった。線路が外された痕跡をたどって進めばいい。付近一帯が義和団に制圧されているのも安心材料だった。欧米とロシアや日本の援軍は、いまだ天津に足止めになっているはずだ。したがって奇襲を受ける心配もない。

北京の外城、城塞都市の永定門に着いた。甘軍の騎馬隊が周辺を警備している。もとは甘粛省固原《かんしゆくしようこげん》の回教徒らにより結成された部隊だけに、防具にも独特の趣がある。馬上の兵士が張を一瞥した。後続の馬車も眺めまわす。だが荷台の検査すらせず、無言で立ち去った。門前払いにされずにすんだ。

隣りに座る莎娜が、ほっとしたようにため息をついた。その赤く塗りたくった横顔を、張は無言で観察した。顔いろはわからずとも、唇が小刻みに震えている。

赤装束の紅灯照と、紅巾の義和団が乗る馬車の列が、無事に門をくぐった。李の説明どおりだった。董福祥配下の甘軍はたしかに義和団を敵視していない。問題はここからだ。二十万もの義和団が乗りこんだ北京の都市は、いったいどんなありさまなのか。

ところが門を抜けてすぐ、張は拍子抜けした。

牛の群れとすれちがう。天秤棒の物売りも行き交っていた。目抜き通りは往来する人々で混雑している。女が穀物を袋いっぱいに詰め、民家の扉へ引き揚げていく。ごく平穏な暮らしぶり。戦乱は微塵も感じられない。どうなっているのだろう。

馬車は市街地を延々と北上していった。北京という都市の広大さを感じる。どこへ視線を向けようと住民の生活がある。たしかにこの面積に比して二十万人は、たいした数字ではないかもしれない。それにしても、甘軍の騎馬兵はときおり見かけるものの、紅巾はひとりも目に入らない。こんなことがあるだろうか。

かなりの距離を走り、ようやく外城と内城を隔てる城壁が見えてきた。帝都はいちいち壮大だった。地方の城なら本丸に匹敵する規模の建物が、刳《く》り貫《ぬ》かれた城壁の上にそびえている。崇文門《すうぶんもん》だった。やはり甘軍の警備に阻まれることもなく、尖頭《せんとう》形の空洞を抜けていった。

またも景色が激変した。街並みそのものは、外城より内城のほうが発達している以外、さしたる差はない。問題は群衆だった。東四牌楼大街を埋め尽くすのは住民ではない、目にも鮮やかな紅巾ばかりだ。

各国の公使館が集まる西へつづく道は、その入り口に洋風の家具が堆《うずたか》く雑然と積みあげられ、障壁が築かれていた。馬車は北上したが、紅巾が群れをなす大通りの西側、すべての路地が同様に塞いである。おびただしい数の紅巾が押し寄せれば、障壁は一瞬にして突き崩せそうだが、そうしないのは銃撃を恐れてのことだろう。向こう側に欧米露日の兵が待ち構えているにちがいない。

銃撃を恐れる。そういえば妙な空気だ。ここの紅巾らは隙間なくひしめきあい、馬車の進路を空けるのもやっとという過密ぶりだが、にもかかわらず士気が低く感じられる。けだるそうにもたれあったり、座りこんだりするさまが目につく。なにより、天下第一壇大帥の到着だというのに、義和団員はいっこうに沸かない。黄蓮聖母を見ても、多少もの珍しげな表情を浮かべるだけで、ほとんど無関心に近い。こんな状況はいままで経験したことがなかった。

東長安街と交わる角で、馬車は停《と》まった。大師兄の蔡怡が真っ先に降り立ち、周りにたむろする紅巾らに近づく。やはり北京の義和団員らの動作は緩慢だった。しゃがんでいた何人かが、億劫《おっくう》そうに立ちあがる。

張は莎娜とともに降車した。後続の馬車からも紅灯照の少女らがぞろぞろと降りる。みな萎縮した態度だった。

ようやく紅巾らが周りに集まってきた。全身を赤いろに染めた少女らを間近に見ると、さすがに異質なものを感じるらしい。畏怖をしめす若者もいる。それでも涿州あたりの反応とは大ちがいだった。

みな妙に醒めている。義和団も帝都北京でしばらく暮らすと、都会のいろに染まるのだろうか。昼夜問わず公使館街を包囲し、路上に野宿しているだけのはずだが。

蔡怡が呼んだ。「張大師！　こちら、ここの拳壇の大師兄、嘉偉《かい》だ」

張は歩み寄った。四人の紅巾が、木箱を椅子がわりに腰かけている。年長らしき四十代の髭面が嘉偉らしい。だがほかの三人ともども、立ちあがろうともしなかった。

彼らの赤装束も近くで見ると、ひどく汚れている。長いこと水浴びすらしていないだろう。においは気にならなかった。自分も同等の悪臭を放っているにちがいない、張はそう思った。

　嘉偉がきいてきた。「あんたが張大帥か」

「そうだが」

　すると嘉偉は隣りに座る三十前後の細面を指さした。「こいつは二師兄の永壮《えいそう》。北京にいる義和団のなかじゃ、いちおううちが第一壇ってことになる」

「世話になる」張は両手を組みあわせた。「今後よろしく頼む」

　だが嘉偉は挨拶をかえさなかった。軽く鼻を鳴らし告げてきた。「ここは東交民巷の北東の角でな。東交民巷ってのは約二里四方、鬼子にいわせると一キロメートル四方の区域で、十一ヵ国の公使館がある。それ以外にも連中の銀行があったり、総理衙門など朝廷の施設も含まれる」

「二十万人の義和団員が、ぐるっと包囲してるわけだな」

「いや」二師兄の永壮がぶっきらぼうにいった。「西と南は囲んでない。城壁で行きどまりだ。二方を囲めば、鬼子を追い詰めたことになる」

「洋人はどれぐらいいる？」

「軍人とそれ以外を合わせて、千人ほどが東交民巷に籠城してる。ほかに西安門大街の北側、西什庫聖堂《せいじゆうこ》にも何百人か立て籠もってる。そこいらの教会にも二毛子を閉じこめてある」

蔡怡が眉間に皺を寄せた。「おい、二師兄のくせに、その口の利き方はなんだ。こちらは天下第一壇、静海県独流鎮の張大師だぞ」

永壮が不満げな顔で腰を浮かそうとした。だが嘉偉は片手をあげて制した。

嘉偉も依然として立ちあがらなかった。「張大師、悪く思わんでくれ。俺もこいつも、ほかの奴らも、みんなくたくたに疲れきってる。正直、嫌気もさしてる」

張はきいた。「なにか理由があるんだろうな」

「あるとも、ふたつほどな」嘉偉はため息をついた。「まずひとつは、甘軍の態度だ。あいつら、本当に俺たちの味方か。韓捷って騎兵隊長が、永定門の外で倭鬼を惨殺しときながら、それを俺ら義和団のせいにしやがった」

「なんだって」張は心底驚いた。「日本人を殺した?」

「ああ。公使館で働いてた職員らしいが、馬車でひとり街をでたんで、戻ってきたところを八つ裂きにしたってよ」

「なぜ殺したんだ」

「さあな。怪しいところがあったんじゃねえか。とにかくぶっ殺したはいいが、上に理由を問いただされ、あろうことか自分は手を下してないといいだした。義和団が倭鬼に襲いかかったんで、騎兵隊は止めようとしたってよ。おかげで俺らの仲間が何人か官兵に引っ張られて処刑されちまった。その場に居合わせてもいなかった奴らだ」

「不条理な話だな。もうひとつは？」

嘉偉は莎娜を一瞥してから、また張に目を戻した。「その女子《おなご》にもききたいんだがな、妖術なんてほんとにあるのか。それ以前に、孫悟空や劉備が降臨して不死身になれるって話、眉唾だよな」

張は絶句した。莎娜の目がさかんに泳いでいる。張は莎娜の手に軽く触れて、動揺をあらわにしないよううながした。

蔡怡は嘉偉を睨みつけた。「なにをいいだす。おまえらは義和団だろう。不死身でなくて、武装した鬼子の兵隊らに立ち向かえると思うか」

嘉偉は蔡怡を見かえした。「俺がききたかったのも、まさにそこよ。こないだ東交民巷に攻めいろうとしたら、鬼子の反撃を食らった。各国の軍隊がいっせいに発砲してきて、仲間が大勢死んだ。俺らは撤退するしかなかった」

「そんな話か」蔡怡が顔をしかめた。「修行が充分でないから、神仏が降臨してくださらなかった、それだけだ。数で圧倒すれば勝てたはずだ」

「同胞が次々と死んでるのにか」嘉偉は後ろの男の腕をつかんだ。「こいつの弟はふたりとも、鬼子の銃弾を食らって川底に沈んだ」

「未熟な連中を死なせたくないなら、多少なりとも頭をつかえ。正面突破ばかりじゃなく作戦を考えろ」

嘉偉が憤然とした反応をしめした。「やったとも！　闇に紛れ、御河の河川敷《かせんじき》を抜け、東交民巷の奥深くまで侵入したんだぞ。あんたらが分け与えてくれた洋油の樽や、火薬も使った。イギリス公使館を吹っ飛ばしてやると意気ごんでた。ところがどうだ、銃にはさっぱり歯が立たねえ」

永壮も怒りのいろを浮かべていった。「あの夜以来、みんなが気づき始めた。神様なんか降りてこねえ。俺らはだまされてる。ぜんぶまやかしだってな」

どうやら東交民巷に奇襲をかけた結果、公使館を守る軍隊に撃退されたらしい。不死身を信じていたぶん、衝撃も大きいのだろう。

張は永壮を見つめた。「まやかしではない」

「なに？　農民だと思って馬鹿にしてるのか。俺は少し読み書きができるし、商いを教わったこともあるんだ。村じゃ秀才で通ってた。その俺が思うに、俺らは利用されただけだ。あんたらの身勝手な天下獲《と》りにつきあわされた。大勢で襲いかかれば、公使館も攻め落とせるってんだろ？　だがそれまでに何千人死ぬと思う」

「なあ、永壮」張は穏やかな物言いを心がけた。「常識でものを考えるな。そもそも俺たちがなぜ生きてるか、それすら答えはでないんだ。この世は奇跡で満《み》ち溢《あふ》れてる。起こりもしないと思ってたことが起きるもんだ」

「ねえよ。俺はな、それなりに本を読んできた。憑依してるとかいってる連中は、みんなそう思いこんで、一時的におかしくなってるだけだ。理屈で考えればわかる話だ。神様が降臨して不死身になるなんて、そんな子供じみた絵空事に、命を投げだせるかよ」

嘉偉がうなずいた。「俺も二師兄に賛成だ。不死身なんて嘘っぱちだ」

張は苛立ちをおぼえた。いまさら正論をまくしたてる永壮が腹立たしい。同意する嘉偉もだ。わかりきった事実を主張してなんになる。利口だといいたいのなら、奇跡にすがらなくても戦に勝てる方法を考えたらどうだ。どうせ戦術も戦略も立案できない、武器のひとつもろくに使いこなせない烏合の衆が、なんとかして洋人の支配に打ち勝とうというのだ。勉強したければ、地方自治を取り戻してから好きなだけすればいい。現段階で幻想から醒めたことを誇って大人ぶるなど、拳壇を仕切る資格もない。

皮肉な状況だと張は思った。義和団の神秘をいんちき呼ばわりしていた自分が、正反対の主張をしている。本心ではまるで信じていないのに、逆の立場で説得しつづける。

滑稽だ、頭の片隅でそうささやく声がする。しかしいまは方針を変えるわけにいかない。張はいった。「神仏の降臨により不死身になった男たちを大勢見てきた。よく考えてみろ。事実でなければ、こんな短期間のうちに、これほど義和団が勢力を拡大できるものか」

永壮は表情を険しくした。ゆっくりと腰を浮かせる。「そうかよ。なら試させてもらう」

次の瞬間、永壮は腰の鞘から偃月刀《えんげつとう》を抜き、素早く水平に振った。刃《やいば》を莎娜の首すじに這わせ静止した。

莎娜が目を見開き凍りついた。

刀を莎娜に突きつけたまま、永壮が声高に叫んだ。「妖術で逃れてみろよ！　できねえってんなら、ただじゃすまさねえ。そこにいる女子《おなご》どもも、俺らの慰みにでもさせてもらおう」

義和団員らが下品な笑い声を響かせる。少女たちが寄り添いすくみあがった。

張は永壮を見つめた。「おまえの相手は俺だ」

「ほざくな」

「神仏の降臨が見たいんだろ。紅灯照の妖術とはちがう。利口ぶっときながら、その差もわからんのか」

「なんだと」永壮は額に青筋を浮かべた。刀を莎娜の首もとから遠ざけると、張に向き直った。「悟空でも憑依させてみな。猿みたいに跳ねまわれよ。叩き斬ってやる」

「勝てる相手を前にしてるうちは、悟空も降臨しない」

「ふざけろ、こいつ」永壮が刀を振りあげ挑みかかってきた。

張は永壮の腕を掌握し、懐に呑みこんで無力化した。ぎょっとした永壮が、張から逃れようと暴れる。肩と肘と手の逆関節をとり、ひねりあげると、永壮は悲鳴を発した。刀が地面におちた。張は永壮を突き飛ばした。よろめきながら後退した永壮は、その場に尻餅をついた。

周りが静まりかえった。嘉偉は唸りながら永壮を一瞥した。永壮は苦痛に顔をしかめ、なんとか立ちあがろうと手足をばたつかせている。

張は大声で告げた。「きけ！　紅灯照の妖術は洋人を倒すための武器だ。その威力を知りたくば、黙って見守るがいい。一両日中には奇跡をまのあたりにするだろう。おのずから死を選びたいのでないかぎり、黄蓮聖母はむろんのこと、紅灯照に指一本触れるでない。義和団を敗退に向かわせる拳壇には、ほかの拳壇も容赦せんぞ」

空気が変化したのを感じる。紅巾らの顔に緊張が走っていた。紅灯照を威嚇するように距離を詰めていた男たちも、不吉さを感じたかのように後ずさりする。

表情を変えないよう努めながらも、張は内心ほっとしていた。ここの連中も、まだ信心を完全に失ったわけではなさそうだ。

嘉偉がゆっくりと立ちあがった。尖った目を張に向けながら、嘉偉は低くいった。

「そのときが来るのを楽しみにしておく」

蔡怡が周りに怒鳴った。「きょうの非礼は許してやる。さっさと散れ。今度規律を乱したら承知せんぞ」

ざわめきがひろがった。紅巾らが散開していく。永壮もばつの悪そうな顔で立ちあがった。嘉偉にうながされ、一緒に歩き去った。

紅灯照の少女らが、泣きそうな顔で莎娜にすがりつく。張はそのわきにたたずんだ。

周りに紅巾がいなくなったのを見てとったからだろう、莎娜が張にささやいてきた。「どうする気なの?」

少女たちの手前、突っこんだ質疑応答はできない。それは莎娜もわきまえているだろう。張は角の建物を仰ぎ見た。教会だった。東交民巷の北東の角にはカトリック教会が存在する。

信心を喚起するほかに、義和団をまとめあげるすべはない。張はつぶやいた。

「堂々としていろ。いわれたとおりにやればいい」

16

日没まで張は準備を進めた。東四牌楼大街と東長安街の交わる角に建つ教会は、すでにもぬけの殻になっていた。そこに石油の詰まった樽を四本運びこむ。作業に慣れている蔡怡と手分けし、礼拝堂の壁と床に石油を撒いた。玄関近くに紙を敷き、粉末火薬を振り撒いておく。北京の紅巾らにも協力させたものの、彼らは樽の扱いに四苦八苦していた。おそらく心得を有する者が皆無なのだろう。いちど襲撃を果たしたなどと、この体たらくでよくいえたものだった。

礼拝堂をでると、玄関外の階段を前に、紅灯照が集合していた。莎娜を中央に、少女らが横一列に並び、紅灯籠をさげる。もう一方の手には、やはり真っ赤な扇子を持つ。

北京の義和団が遠巻きに見物する。紅灯照は彼らに背を向け、教会を仰いでいるため、誰にも表情は見られていない。だが対面した張は、少女たちの怯えた顔に気づいていた。莎娜も鼻の頭に皺が寄るほど歯を食いしばっている。よほど緊張しているようだ。

張は莎娜に近づき、耳もとでささやいた。「焦るな」

「そんなことといったって」莎娜が小声で応じた。「うまくいかなかったらどうするの」

「心配するな。そのときはまた、なんとか言いくるめる」

夜空を仰ぎ、うっすらと見える雲を観察した。地表が冷えていく速度には地域差がある。よって陽がおちた直後から空気が流れだし、風が吹く。舟漕ぎのころからの常識だった。

長いこと北京にいる紅巾の若者らに、旗が毎晩どうはためくか、それとなくきいておいた。日暮れからしばらくは北東の風が吹くようだ。すなわち風は南西方向、東交民巷の内部へと吹きつける。いまは無風に等しいが、間もなく変化が生じる。

紅巾の群れのなかで、大師兄の嘉偉が声を張りあげた。「そろそろ約束の時間だ。妖術とやらを見せてもらおうか」

少女たちがひるんだ反応をしめした。いまにも泣きだしそうな者もいる。

張は紅巾に向き直った。「大師兄。あらかじめ申し伝えたとおり、義和団に静観を順守させろ。妖術がいかなる結果につながろうと、急いて事《こと》を起こすな。突入などもってのほかだ」

二師兄の永壮が腕組みをしながら、からかうような口調でいった。「頼まれたって斬りこんだりするかよ。その赤装束の女子《おなご》らにまかせておきゃいいんだろ？　ならそうさせてもらうまでだ。無駄に命なんか賭ける気はねえ」

張は黙って踵をかえし、また教会へと歩きだした。

数で圧倒しているとはいえ、東交民巷に籠城している十一ヵ国は侮れない。路地を塞ぎ、突入可能な経路を極端に減少させている。御河の河川敷も突破口にならなかった。そもそも狭い場所からの侵入を余儀なくされた場合、大軍は列にならざるをえず、迎撃される可能性も高くなる。有能な軍指揮官が防御にあたっているのかもしれない。

いまは義和団員に奇跡を信じさせ、士気を高めることが先決だ。突入のための戦略は、あらためて練る必要がある。ゆえに紅巾らには待機を呼びかけた。今宵《こよい》のうちに犠牲者が続出したのでは元《もと》の木阿弥《もくあみ》になる。

教会から蔡怡が駆けだしてきた。「準備が整った。もうなかには誰もいない」

「よし」張は松明を取りあげた。取灯児《マッチ》を擦って点火する。「始めるぞ」

松明を教会正面の階段に投げた。火は階段から玄関へと、徐々に燃えひろがっていく。まだ火薬や石油には届かない。序盤のゆっくり燃えるさまも計算のうちだった。

莎娜が扇子を振りながら声を張りあげた。「穆桂英下山《ぼくけいえいかざん》！」

ほかの少女たちも叫んだ。「樊梨花下山《はんりかかざん》！」

穆桂英も樊梨花も、京劇に登場する女将軍の名だった。それらが降臨し憑依したというのだろう。莎娜は意図的に演じているようだが、少女らの一部は別人のように激しく舞いだした。本気で憑依を実感できているのかもしれない。

とたんに視界が眩《まばゆ》いほどに輝きだした。直後、火炎が龍のごとく立ち昇り、高温の熱風が押し寄せる。瞬時に教会全体が激しく燃えさかった。

紅巾らにどよめきがあがった。みな驚愕に目を見開きながら後ずさる。紅灯照は一歩も退《ひ》かず、呪文を唱えながら舞いつづけた。

火災のおかげで遠方までが照らしだされた。東長安街を埋め尽くす無数の紅巾らは、みな恐れおののく反応をしめしている。

狙いどおりだと張は思った。ここの義和団は石油と火薬の効果的な用い方を知らない。真の爆発の威力を目にしただけで、妖術のごとく受けとめる。

炎は激しかったが、その勢いは真上に向かっている。依然として無風だった。莎娜が扇子で教会を扇ぐ。紅灯照の少女らもそれに倣った。

微風を起こしたところで影響など生じない。義和団から訝しげな声があがりだしたころ、張は風が吹きつけるのを感じた。

首尾よく夜風が吹きだした。それもかなり強い風だ。火炎が南西に傾いたのが、はっきりと見てとれる。火の粉もさかんに舞いだした。

教会の奥にある建物二棟が、たちまち延焼した。義和団がいっせいに沸いた。その威勢のよさ、騒々しさは涿州城の義和団に匹敵した。張は安堵《あんど》しながら、胸にこみあげるものを感じていた。初めて北京に凱歌《がいか》をきいた。

上空の風はより強いらしい、立ち昇った火柱はさかんにうねり、容赦なく広範囲に炎をもたらす。東交民巷の火災は、北東の隅から南西へとひろがりだした。予想をうわまわる効果だ。火の勢いは増すばかり、風も途絶えることを知らない。

感慨に浸っていた張は、徐々に現実に引き戻されていった。周囲の熱狂ぶりに警戒心が喚起されたからだ。

紅巾の誰もが刀や槍を振りあげ、扶清滅洋を連呼している。興奮の度合いが尋常ではない。

やがて集団の一部が猿のように跳ねまわりだした。群衆のそこかしこに同じ反応が見られる。気の早い連中に憑依が始まったらしい。まずいと張は思った。手がつけられない事態に発展せねばいいが。

とりわけ東長安街の喧騒はすさまじかった。張は手近な足場に乗って遠方を眺めた。

愕然とせざるをえなかった。紅巾らは東長安街に面した洋館に攻めこもうとしている。オーストリア＝ハンガリー公使館だ。すでに塀を乗り越え敷地へなだれこんでいる。公使館の向こう側の路地でも、騒動が発生しているようだ。紅巾の群れが突入していく。洋人らが築いた障壁があるはずだが、かまわず殺到する。

ただちに足場を降り、張は人を掻き分けながら、嘉偉のもとへ急いだ。「大師兄！どうなってる。なぜ突撃させたんだ」

嘉偉は寝耳に水だという顔で見かえした。「突撃だと？」

「東長安街から公使館や路地へ侵入してる。撃たれるぞ」

「不死身の連中だろう。ちがうのか」

じれったさを嚙みしめながら張は怒鳴った。「全員に神仏が降臨してるわけではない！　犠牲者がでてもいいなら話は別だ」

苦い表情を浮かべた嘉偉が、近くにいた永壮に告げた。「あっちは別の拳壇だ。ただちに制止させろ」

永壮があわてぎみに応じた。「この混雑じゃ伝令もだせない」

ここで地団太を踏んでいたところで、なにも解決できない。張は人混みに身体を捻じこんだ。東長安街へ向かおうと躍起になる。ところがそのとき、けたたましい銃撃音をきいた。

散発的な発砲ではない。想像を絶する速度で連射している。

公使館の屋上に、激しく点滅する光を目にした。銃火だった。機銃掃射にちがいない。形勢は一瞬にして逆転した。勇ましい咆哮《ほうこう》が、いまは叫びに変わっている。紅巾らが東長安街を逃げ惑い、こちらへ押し寄せてくる。

混乱は尋常でなく拡大していった。いつしか風向きが変わったせいもある。炎はさっきと逆方向に、路上へと吹き流されてきた。通りをはさんだ向かいの建物に延焼している。頭上におびただしい量の火の粉が降り注ぐ。義和団員の服が燃えだした。火だるまになり地面を転げまわる。同胞らが布をかぶせ、必死に消火を試みる。

紅灯照はなおも教会の前で扇子を扇いでいたが、逆風に踏み留まれなくなったのだろう、退避を開始した。炎に包まれた教会の尖塔《せんとう》が崩れ落ち、道路側に倒壊してくる。少女たちは散りぢりに逃げていった。莎娜はどうなったのか。ここからではわからない。

張は臍《ほぞ》を噛んだ。自分の落ち度だろう。神仏の降臨を受け、攻撃に転じた連中を責められない。それが義和団だと承知していたのだから。

17

夜明けを迎えた東長安街は、ひたすら静寂に包まれていた。

焦げ臭いにおいが、まだ一帯に漂う。角にあったはずの教会から数軒先に至るまでは、完全に焼け落ちていた。東交民巷の北東の隅は焼失したことになる。ただし、そこから攻めこめるわけではない。むしろ瓦礫は路上にまで溢れ、新たな障壁と化している。崩れかかった赤煉瓦の塀の向こうに、欧米露日の兵士が潜んでいる可能性が高い。侵入を試みれば、たちまち銃撃を食らうだろう。東交民巷は依然として、十一ヵ国の公使館関係者らと軍が籠城する、難攻不落の敵地だった。

ひと晩じゅう駆けずりまわり、あちこちの拳壇の大師兄に声をかけ、事態の収拾を呼びかけた。ようやく状況が落ち着いたのが夜明け前だった。

北京の義和団は猜疑心が強い。幻想からもすぐに覚める。ゆえに機銃掃射を受け、早々に撤退した。不死身を信じきっていないから、千人ていどの籠城にも決死の突撃を試みない。東交民巷を攻め落とせずにいる最大の理由は、そこにあるとわかった。

もしや彼らは、地方の義和団より利口になり、常識をわきまえつつあるのか。

昨晩の喧騒が嘘のようだった。いま路上には隙間なく紅巾らが寝そべり、眠りこけている。鳥のさえずり以外には、なにひとつきこえない。

東四牌楼大街沿い、石造りの建物の外壁に背をもたせかけ、張は地面に座りこんでいた。莎娜も並んで腰を下ろしている。周囲には紅灯照の少女らが横たわっていた。

明け方、みな疲れきったようすで眠りにおちた。誰も野宿を厭《いと》わない。

ただし張自身は一睡もしなかった。深く長いため息をついた。

莎娜がささやいてきた。「寝てなかったの？」

「ああ」張は小声でいった。「きみもか」

「ええ。そろそろ顔洗いたいけど、無理よね。井戸も見当たらない」

「辛いな。ここじゃずっと赤い塗料を落とせない」

「素顔でいるよりましかも。ろくな表情をしてないだろうし」

「ゆうべの結果は俺のせいだ。謝る」

「あなたのせいじゃないでしょ」莎娜は虚空を眺めていた。「でも皮肉よね。不死身だと自信を持たせたかったのに、薬が効きすぎちゃって」

「否定してたのは上っ面だけで、心の奥底ではみな信じたがってたんだろう。信心を甘く見ていた」

ふいに集団の足音を耳にした。拝炉と巡回にでていた十人ほどが戻ってくる。大師兄の嘉偉と、二師兄の永壮、ほかに蔡怡も同行していた。

ぞろぞろと近づいてきた一群が、張の眼前で立ちどまった。嘉偉が声をかけてきた。「張大帥。話がある」

張は腰を浮かせた。莎娜も座っているわけにいかないと思ったのだろう、困惑ぎみに立ちあがった。

永壮はこれまでのように嚙みつくような物言いではなく、ただ真顔でつぶやいた。「あんたにききたい。俺だけでなく、みんなに答えてくれ」

その態度の変化にどんな意味があるか、張は考えた。なにかを悟ったようでもあるし、ただ疲れているだけにも思える。なんにせよ永壮のむきだしにしていた敵愾心《てきがいしん》が、いまは見受けられない。問いかけに応ずるほかなかった。張はうなずいてみせた。

しばらくのあいだ、永壮はためらうように辺りに視線を配った。やがて張に目を戻し告げてきた。「義和団の教えは真の奇跡か。それとも民間信仰か。あんたが本当はどう思ってるか教えてくれ」

質問の声をききつけたのか、寝そべっていた紅巾らが、そこかしこで起きだした。紅灯照の何人かも顔をあげた。

張は無言でたたずんだ。民間信仰。大師兄であれ二師兄であれ、義和団員からそんな言葉が発せられるとは予想外だった。

張り詰めた空気のなか、張は思いのままつぶやいた。「興味深い問いかけだ。逆にききたい。奇跡と民間信仰はどうちがう」

「本物かいんちきかってことだ」永壮はそういったものの、すぐに発言を悔いるように、弁解じみた態度をしめした。「言い直そう。いんちきではなく、俺たちの誰もが、こうあればいいと願って信じようとすることだ。現実ではないと知りながらな」

「どこでそんな概念を知った？」

「馬鹿にするなよ。鬼子が持ってきた聖書の絵を見りゃわかる。神様からあの世まで洋人の趣味に彩られてる。想像で思い描いてるから、ああなるんだろう」

そこから教義の空想性に気づきえたのか。農民の出にしては、柔軟な思考の持ち主だった。すでに嘉偉らには話したのだろう、みな怪訝ないろはしめさない。

張は永壮を見つめた。「民間信仰って言葉自体、どこできいたんだ？」

「俺のじいさんがいってた。村が貧しかったんで、神様の像の代わりに、ただの石を置いてた。太公望呂尚《りょしょう》が釣りをしていたときに腰かけてた石だという。本当かときいたら、じいさんが答えた。民間信仰みたいなものだと。そのときは意味がよくわからなかったが、ゆうべの火事を見るうち、なぜかじいさんの言葉が頭をよぎった」

勘も悪くないようだ。張はいった。「紅灯照の妖術にまつわる儀式も、こうあってほしいとの願いから実践してるにすぎず、本当は効力がない。そう思ってるのか」

「わからないから、あんたにきいてる」

「もし奇跡が実在しないとなれば、そのときはどうするつもりだ」

嘉偉が静かに告げてきた。「張大帥。俺たちはみな、宣教師どもの横暴に堪え兼ね、どうにかせねばと立ちあがった。それが義和団だ。鬼子の支配から村を取り戻すため、俺らは戦う。だがそのために神仏の降臨や、不死身の肉体を拠りどころにしていいかどうか、疑問を感じてる。妖術や憑依が奇跡でなく、永壮のいう民間信仰なら、そういう心がまえでいなければならん。戦いに勝ち、生き延びるのに必要なのは、しょせん自分の力だと」

沈黙のなか、すでに大勢が起きだしていた。みな答えを求める目を向けてくる。あたかもこの質疑を待ち望んでいたかのようだ。

張は魂を奪われたような気分で立ち尽くした。無学の農民は奇跡にすがるしかない、そんな考えを根底から覆された。

彼らは理解を求め、日々学び、成長してきた。嘉偉や永壮だけではない。ほかの紅巾らも共感をしめしている。

ただ紅灯照の少女らは、不安げな面持ちを浮かべていた。しかし彼女らとて、揺るぎない信仰心に支えられているのなら、そんな顔はしないだろう。答えを欲しているのは同じだ。

考えてみれば、自分もしがない元舟漕ぎにすぎない。ここにいる者たちと大差ない。奇跡がなければ人心をつなぎとめられない、そんな考えに縛られていたこと自体、農民らよりずっと幼稚だったのかもしれない。

張はうなずいてみせた。「わかった。正直、どういうものの言い方が適切かわからん。それでも答えよう」

嘉偉が大声で告げた。「寝ている者は起きよ。起きている者は心してきけ。張大師がわれわれに真実を伝えてくれる」

あちこちで寝ている紅巾が揺り起こされる。大通りを埋め尽くす者たちが、徐々に立ちあがりだした。気づいてみればはるか遠方まで、同じ反応が見てとれる。誰もが静寂を保ち、張の言葉をまっている。

知らぬうちに、義和団はみな思いを同じくしていたのか。彼らは想像していたより知恵者だったのか。

いや、まだわからない。奇跡という答えのみを求めている可能性もある。その場合、ほとんどの者が失望するかもしれない。大師に怒りを募らせ、殺意を抱くことも充分にありうる。

それでもかまわないのではないか。張はそんなふうに思った。彼らは自立しようとしている。この張徳成の死体を踏み越え、若者らが成長するのなら、それも貢献になる。民衆はもはや暴徒でなくなるのだから。

意を決し、張は静寂に声を響かせた。「理解できる者だけきいてほしい。義和団の憑依も紅灯照の妖術も、永壮のいうとおり民間信仰だ。本当に奇跡が起きるかどうかはわからん。人が存在すること自体が奇跡で、その意味がわからんのと同じだ。俺は当初、まやかしだと感じたが、義和団には必要だとも考えていた。なぜなら、精神的な支柱を持たず戦うのは、非常に困難だからだ。自己を見失いがちなとき、人智《じんち》を超えた奇跡の存在を信じれば、心の拠りどころとできる」

群衆にざわめきがひろがった。

紅巾の若者がきいた。「つまり、本当じゃなかったんですか。黄蓮聖母さまが扇子を扇いで、火が燃えひろがったのではなかった、そういうことですか」

紅灯照の少女らは、すがるような目を莎娜に向けた。莎娜が怯えたようにうつむいた。

張は応じた。「はっきり打ち明けよう。俺たちは奇跡を信じていなかった。だが天がなににどう味方するのか、そもそも天とは意思を持つのか、真実はわからん。それでも最後に思いが通ずる、そう信じることは、どうしようもなく正しいのではないのか。達成のための信念、信心を支える信仰として、こうあってほしいという願いが自然に教義となった。そこは洋人らのキリスト教と同じだ」

若者のひとりがつぶやいた。「奴らと同じ……」

「だが」張は語気を強めた。「人があってこその教義だ。先に教義ありきではない。洋人の宣教師らはそこを履きちがえている。だから我らには我らの神がある。戦うのは俺たちだ。目に見えるような奇跡の後ろ盾はなくとも、思いは天に通ずる。なぜならここは、俺たちの大陸だからだ。俺たちはこの土とともに生きる。なにもまちがっていないはずだ。天に意思があるなら、正しきに味方するはずだ」

口をつぐんだ。すべて言い尽くした、そう自覚した。義和団に、紅灯照に、特殊な力がないと認めた。いままでだましていたと宣言したも同じだった。安易に解釈するなら、ただの嘘つきと結論づけられるだろう。短絡的な答えだとしても、まちがってはいない。この場で大帥を吊《つ》るしあげたうえで、のちに告白の意味を知るだろう。

今度の静寂は長くつづいた。たたずむ者たちの険しい視線が交錯する。張はうつむかざるをえなかった。

だが次の瞬間、永壮が刀をかざして怒鳴った。「戦うのは俺たちだ。扶清滅洋！」

当惑に満ちた沈黙の訪れ、そんな悪《あ》しき予感は、一秒ののちに払拭された。視野を埋め尽くす紅巾らの群れが、いっせいに声をあげた。扶清滅洋。

その響きは慟哭《どうこく》に似ていた。決意の強さが耳の奥にまで反響し、魂を揺さぶる。

「きけ！」嘉偉が周囲に呼びかけた。「我らは自力で戦う。よって鍛錬を積み、敵に打ち勝つ手段を考えねばならん。人事を尽くしたうえで天命をまつ。すべては鬼子を追いだし、わが村を取り戻すためだ！」

鼓膜が破れんばかりの喚声が辺りに響き渡った。

張は半ば茫然としながら莎娜を眺めた。莎娜の目には涙が浮かんでいた。

胸に熱いものが溢れるのを、張もたしかに感じた。初めて烏合の衆が立ちあがろうとしたとき、民間信仰を心の支えとした。いまその段階を超え、信心の意義を理解し、自立に目覚めた。戦いを通じ、誰もが急速に進歩した。

気づかされることがあった。思い立ったらなんでもやる、そんな性格揃いの漢民族は、それだけ早くに成長の機会を得るのではないか。少なくとも、農民が読み書きできる日本や、産業革命を成しえた西欧と比較し、なにが劣っているというのだろう。漢民族に本質的な優劣の差などない。むしろ漢民族こそ、大いなる伸びしろを秘めている。無学の農民が、信仰心の意義や目的意識の重要性をたちどころに理解したのだ、知性が育たないはずがない。

読みちがえていた。己れを恥じねばならない。悲観的になるあまり、農民を自分と同じかそれ以下と思いこんでいた。だが事実は異なる。漢民族は栄えうる。偉大な国となりうる。

蔡怡が歩み寄ってきて、深刻な表情で張にささやいた。「思いきったことをいったな。だが、みんな賛成ってわけじゃねえぞ」

意味はすぐに理解できた。紅灯照の少女らが泣いている。莎娜の涙とは異なるだろう。ただ衝撃を受けているにちがいない。彼女たちが理解できる日はくるだろうか。

扶清滅洋の連呼は、いまや大通り沿いの建物を、いや北京じゅうを揺るがすほどだった。大陸を守り抜く決意に至った人々の声だ。神仏もきっとこの叫びに心打たれるだろう。そう、もし天に意思があるのなら。

18

渤海《ぼっかい》に面した大沽から、海河を北西にさかのぼると、すぐ天津の中心部に行き着く。

諸外国軍による大砲の砲声がこだまする。市街地では涼帽をかぶった住民らが逃げ惑っていた。敵兵の姿はまだ見えないが、おそらく時間の問題だろう。

西太后がこのありさまを目にしたら、きっと激怒するにちがいない。なんと間抜けな采配、栄禄とは大ちがいだ、似ているのは名前だけか、と。

裕禄は気が気でなかった。側近の瞿冠志《くかんし》と、わずか四名の官兵を連れ、大沽から馬を飛ばしてきた。みな致命傷は負わないまでも、全身ぼろぼろのありさまだった。生きているだけでも奇跡といえる。混乱ばかりがひろがる天津の西門、三進四合院の大きな屋敷《やしき》の前で、やっと馬から降り立った。

「ここか」裕禄はきいた。

瞿がうなずいた。「ええ。張徳成大師は独流鎮から天津へ進駐されてすぐ、ここを行館となさいました」

行館とは旅先の臨時宿舎だった。実際、門口には大きな黄いろい旗が立ち、天下第一壇と記してある。

もとは富豪の屋敷だったのだろう。しかし義和団が一方的に接収し本拠とした。張徳成にはそれだけの権限を公に認めた。大沽に欧米ロシア日本の軍艦が大挙して押寄せ、陸戦隊が上陸してくる状況を考慮すれば、ここ天津に義和団最強の精鋭を迎える必要があった。

張と紅灯照の黄蓮聖母を、裕禄は無条件に歓待した。ふたりが天津の義和団に召集をかけるでもなく、屋敷に籠もって宴ばかり開いているときいても、いずれときが来れば立ちあがるだろう、そう思っていた。

ところがどうだ。この窮地にあって、張大師とはまるで音信不通となっていた。大沽砲台は諸外国軍の猛攻撃を受けている。現地に留まるわけにもいかず、聶士成の武毅軍に防衛のすべてを託し、裕禄はここまで撤退してきた。大師に事情があるなら、みずから直接うかがわねばならない、そう思い直行したのだった。

閉ざされた門の向こうに、瞿は何度も呼びかけたが、返事がなかったらしい。浮かない顔で引きかえしてきた。「不在のようです」

　気が動転しそうだ。裕禄はうろたえざるをえなかった。「まさか屋敷を襲われたのではあるまいな。なかのようすを見よう」

　官兵らが門に体当たりを繰りかえし、無理やりこじ開ける。裕禄は瞿を伴い、中庭へと立ちいった。前後を官兵がふたりずつ警備する。

　広々とした庭を突っ切りながら、裕禄は自分を落ち着かせようと必死だった。戦局はずっと裏目にでてばかりだ。

　もともと天津の義和団は、民衆に味方するどころか、ひどく横暴に振る舞っていた。大師兄や二師兄でない、ごくふつうの義和団員ですら、親王や郡王より不遜で傲慢だった。輿に乗った文官に出くわすたび、一喝し文官を輿から降ろさせ、その場にひれ伏せさせる。従わなければ刀を抜いて斬りかかる。

　軍と義和団が協調し、諸外国軍に立ち向かえとの命が下っても、義和団はいっこうに戦おうとしない。紅巾らは治安を乱してばかりいるため、聶士成が鎮圧に乗りだす始末だった。以後も聶の武毅軍と天津義和団は抗争を繰りかえすばかりで、とても外国兵の進軍をとめるどころではない。

　天下第一壇大師の張と、紅灯照の黄蓮聖母を迎えれば、天津義和団も目を覚ます。

裕禄はそこに期待をかけていた。だがふたりが来てからも状況はまるで変わらない。むしろ義和団の傍若無人ぶりに、さらなる拍車がかかった。

何度か張のもとに使いを走らせ、義和団員をまとめあげ戦線に加わってほしい、そんなふうに申しいれた。しかし張からは、近いうち紅灯照の妖術により敵陣と租界を焼き尽くす、そういう空想めいた返事があるばかりだった。どこまで本気かもわからない。

義和団に期待する戦力は、その圧倒的な人数にある。不死身の伝説や妖術など、地元の役人は誰も信じていない。むろん裕禄も同感だった。なのに張はいまだ奇跡を起こせると豪語してくる。ただの喩えなのか、大げさな物言いなのか、あるいは盲信の類いなのか。真意がわからなくなってきた。

天津ではすっかり人気者となった紅灯照らも、街を巡回しては歌ったり踊ったりの客寄せ行為をおこない、投げ銭を受けとる日々を送っている。それが生活の糧となっているようだ。まるで巡業一座ではないか。当初こそ人々を震えあがらせていたが、いまは顔を赤く塗っているだけの愛くるしい少女の集団だった。戦場に送りだそうとすれば、民衆がこぞって阻んでくる。彼女たちは娯楽や余興以外に、いったいなんの役に立っているのだろう。

裕禄らは屋敷の玄関を入り、廊下を突き進んだ。奥の部屋に祭壇が設けられている、以前にそう報告を受けた。張大帥がいるとすればそこだろう。

ふと話し声をききつけた。裕禄は片手をあげ、一同に静止するよう合図した。

呂律《ろれつ》のまわらない男の声がいった。「おい安妮、酒だ。もう空になってるぞ。気を利かせて、すぐ次のを用意しとけよ」

陶器が軽くぶつかりあう音がする。酒瓶を運んでいるのかもしれない。若い女の声は、戸惑ったような響きを帯びていた。「そろそろ大沽へ行かれたほうがよくありませんか？」

男の声が、さもおっくうそうに拒絶する。「いまさら行ってどうなるよ」

「でも、庄星さん。せめて返事だけでも差しあげたほうが……」

「へっ」男の笑い声がきこえた。「どうせ負け戦《いくさ》だ、うっかり顔をだしたんじゃ吊しあげられちまう。ほっときゃいい」

瞿が眉をひそめ、裕禄を見つめてきた。裕禄も仰天せざるをえなかった。

張徳成と黄蓮聖母には、ふたりが天津に到着した日に会った。声も記憶している。あのふたりにまちがいない。だが張はなぜか庄星と呼ばれている。

安妮という女の声が、いっそう当惑を深めたようにささやいた。「ほうっておけば、鬼子の軍勢が攻めいってくるでしょ」

「そうだな。腹いっぱい食えたし、たっぷり礼金も受けとった。今夜あたり、ずらかるのも悪くないな」

「でも黄蓮聖母さまは……。わたしにしっかり代わりを務めるよう、おっしゃってくださったし」

「代わりって？」男の声がせせら笑った。「ここの紅灯照は戦《いくさ》になんか興味ないぜ。義和団もだ。間抜けな裕禄が優遇してくれるんで、好き放題やってるだけさ。本気で戦いを命じられてみなよ、みんな蜘蛛《くも》の子を散らすように逃げてくぜ」

「そうはいっても、庄星さんもここでは、張大帥としての役割がおありでしょう」

「ここの農民出身のろくでなしどもは、武毅軍との喧嘩に明け暮れてばかりだ。奴らを説得したところで鬼子に太刀打ちできるわけねえ。そんなことより、こっちへ来いよ」

「まって。ちょっと。こんなときに」

「なにがこんなときだ。おまえは俺の慰みものになってりゃいいんだ。それ以外になんの役に立とうってんだ？　妖術でも使おうってのかよ。風吹かせてみろよ、ほれ」

裕禄の憤りは限界に達した。官兵に目で命じる。一同は廊下を突き進んだ。すかさず官兵が扉を開け放つ。

ひどく酒臭い部屋だった。白酒《パイチュー》の瓶がいくつも床に転がっている。椅子が倒れ、女に男が覆いかぶさっていた。

男がはっとした顔をあげる。官兵が男の後頭部を殴りつけ、左右のわきを抱え引き立たせた。女のほうも、仰向けに寝た状態から半身を起こした。やはりひどく取り乱している。

張徳成を名乗っていた庄星なる男は、泡を食ったようすとは対照的に、ずいぶんくつろいだ寝間着姿だった。安妮という女は、もう少し状況をわきまえているらしく、顔を赤く塗ったうえに赤装束だ。どちらも体裁悪そうな表情を浮かべる点は共通している。

裕禄は詰問した。「いまの話はまことか。ふたりとも偽者か」

庄星が狼狽をあらわにしながら告げてきた。「裕禄閣下。ここへお越しになるとは……。そのう、どう説明していいものか、義和団には特殊な仕来りがありまして、天下第一壇大師もひとりとは限りませんで」

瞿が庄星を睨みつけた。「おぬしは張徳成を騙《かた》ったではないか！　義和団をまとめる意思もなく、逃亡を画策するとはなにごとだ」

「義和団をまとめます、いまからでも。安妃、おまえからも説明しろ。いや、申しあげろ。敵の間諜《かんちょう》が聞き耳を立ててることも多いから、油断させるためにひと芝居打ってたんだ。そうだろ？」

しかし安妃のほうは、おろおろとしたようすで首を横に振るだけだった。

裕禄は怒鳴った。「この狼藉者を引っ立てろ！」

官兵らが連れだそうとすると、庄星は身をよじって暴れた。「まってくれ、誤解だ。ここの義和団を仕切れるのは俺だけなんだ、頼む。見逃してくれ」

瞿が裕禄にささやいてきた。「どこへ連行しますか。大沽へ引きかえすのは無理ですし、天津城も陥落の恐れがあります」

「人目につかない場所で八つ裂きにすればいい。天津城内に捨てておけば、戦地だけに目立たぬ。張徳成が義和団の内輪もめで殺されたと記録せよ」

「庄星でなく張徳成が、ですか」

「どうせ本物の張は黄蓮聖母とともに雲隠れだろう。連中の無責任さに歯止めをかけるのにもいい」

「御意に」瞿は床に目を移した。「この女はどうされます？」

安妃は半身のみ起きあがった状態で、震えながら見上げていた。目に涙が溢れているものの、よほどの恐怖からか、声を発することさえかなわないらしい。

裕禄はうんざりしながらいった。「このまま捨て置け」

瞿が念を押してきた。「よろしいのですか」

「ほうっておいても、べつに害は生じん。ただの足手まといという意味では、ほかの紅灯照らと同じだ」

いまになってようやく、部屋に飾られた祭壇に気づいた。道教や仏教のほか、多様な信仰の寄せ集めだった。さすがにそらぞらしく感じられる。裕禄は祭壇に背を向け歩きだした。

中庭にでたとき、武毅軍の騎兵らしき者が駆けてきて、裕禄の前にひざまずいた。らしき者としかわからなかったのは、全身に返り血を浴び、防具の紋さえ判然としなかったからだ。

騎兵の息は乱れていた。「申しあげます。大沽砲台の守備隊は全滅。諸外国軍に占拠されました」

瞿が目を剝いた。「なんだと？」

裕禄は動揺とともに騎兵を見つめた。「聶士成は？　武毅軍の主力はどうなった」

「軍は敵と交戦中でありますが、天津義和団が聶殿の屋敷を襲い、家族を人質に連れ去り……。聶殿はそれを追っていき、いまのところ消息不明です」

義和団。この期に及んでなお抗争か。無秩序にして無教養な輩どもの蜂起に期待したのがまちがいだった。いや、だからこそ優秀な指導者を呼ぶ必要を感じた、そこまでは正しかった。

ところが、あろうことか頼みの綱の張徳成は偽者だった。どこまで運に見放されているのか。

瞿が深刻そうにつぶやいた。「閣下。朝廷に報告の使いをださねばなりません」

眩暈がひどくなり、ほとんど天地が逆転したかのようだった。著しく鈍った思考を自覚しながら、裕禄は瞿にいった。「わが軍の圧倒的優勢と報告せよ」

「閣下？」

「いま申したとおりだ、二度とたずねかえすでない！」

冷やかな沈黙があった。瞿が険しい表情で頭《こうべ》を垂れた。「御意に」

おぼつかない足どりで、裕禄は中庭を突っ切った。なぜこんな報告を命じてしまったのか。わからない。いまならまだ撤回もきく。けれどもなにもいいだせない。

大敗を喫した、そう認めたところで、無残な処刑だけがまっている。ならば戦場で命を散らせたほうがましだ。敵を前にしてもなお踏みとどまれる勇気が、自分のなかにあればだが。

当初は義和団討伐に足並みを揃えた。だが朝廷が義和団支援に傾きだしたと知り、そちらに同調した。おかげで栄禄とは袂《たもと》を分かった。名の似た者どうしの意見の対立。どちらが正しかったか、結果は火を見るよりあきらかだった。天津では治安悪化と抗争を招くばかりで、外国勢力との戦《いくさ》にすらならなかった。

これからどうする。絶望の淵《ふち》に突き落とされたいま、ひとつだけ確定しつつある理念がある。生きていても仕方がない。

19

莎娜はひとり、夜更けの東四牌楼大街を歩いていた。

陽が沈んでから、義和団はあちこちで野宿をする。いまも道端には紅巾らが寝そべり、すっかり眠りこけていた。静寂にいびきもきこえる。かなりの人数だが、通りの幅は十丈もある。邪魔にもならない。

この時間も東交民巷の周囲に居残っているのは、義和団のなかでもとりわけ若い衆に限られる。大師兄や二師兄、年長者のほとんどは通りを一本か二本入った、規模の大きな寺院あたりで休息をとる。紅灯照の少女らも特別な待遇を受けている。毎晩、屋根つきの建物が用意される。

ふだんは莎娜もそこで寝る。しかし今宵は難しそうだった。少女らと顔を合わせることさえ心苦しい。

妖術が嘘だと伝えた。みな衝撃を隠せないようすだった。罪悪感ばかりが胸のうちにひろがる。少女たちを傷つける言動は避けるべきだったか。いや、事実を明かさないのはなお好ましくない。初めからだまさなければよかった、それに尽きるのだろう。

莎娜は少女たちを勧誘したわけではなかった。娘子軍をつくる発想もなく、ただ自分ひとりが義和団に加わるつもりだった。例外的に女の紅巾がいてもかまわない、そんな思いつきから衝動的に行動しただけだ。

義和団に同調した理由も、宣教師や二毛子への憎悪ばかりではなかった。張徳成という人物に、ふしぎな親しみやすさを感じたからだ。元舟漕ぎという縁だけではない。廃業したのち、酒におぼれたように思えて、じつは己れを見失わずにいる。後家になってからも、ずっと色街で働いてきた莎娜にとって、張は大人の男に感じられた。肩書きや権力、金のことを気にかけないあたりも尊敬できる。

孤独から逃れたかっただけではないのか。そう自問してみる。いや、寂しさを埋めたかったわけではない。むしろひとりのほうが気楽だった。亡き夫は生前、莎娜に酷い仕打ちをした。扱いは家畜以下だった。両親は莎娜を夫に売り、そこその金を得た。そのための婚姻だった。纏足では逃げだすことさえ難しい。思いかえすたび辛くなる。大人など信用できない、特に男はそうだ。けれども張はちがった。歳の差が開いているがゆえ、結ばれるかどうかを心配しなくていい、そんな気楽さもありがたい。とにかく身を寄せていたい。それ以上のことは考えなかった。

商いは辞める決心をした。赤く染めた服をまとい、顔も赤く塗っていたとき、少女たちがなにをしているのかとたずねてきた。義和団に入るというと、一緒にいきたい、みなそういった。危険だから連れて行けないと断った。しかし少女らは泣いてすがってきた。

莎娜は彼女たちを置き去りにできなかった。身寄りもなく、色街で身体を売って糧を得るしかない、そんな暮らしぶりの苛酷さを知っていた。身に沁みてわかっている。かつて莎娜も同じ立場だったからだ。

学がないぶん、常識知らずの女の子も多かった。莎娜の妖術を本気に受けとるなど、これまでのつきあいを考えれば、ありえないと思っていた。けれどもそうではなかった。彼女たちは黄蓮聖母に救いを求めた。心から奇跡に依存していた。

気持ちがわかるぶんだけ、どうにも割りきれず、ただ苛立たしくなる。しかし腹を立てたところで、自分の責任でしかない。

嫌気がさし、誰もいない暗がりに腰をおろした。うずくまり両手で顔を覆う。なにもかも忘れたい、いや、みずからが消えいりたい。

そう思ったとき、異様な物音を耳にした。はっとして顔をあげ、暗闇に目を凝らす。

北の方角、通り沿いの建物から、集団が外に駆けだしてくる。足並みの乱れぐあいは、統率のとれた軍隊とは根本的にちがう。義和団でもないようだ。武器や防具の音はいっさいきこえない。はだしの足音のようにも思える。

ほどなく状況が飲みこめてきた。人の群れを吐きだす建物は複数にのぼる。いずれもキリスト教会だった。正面の扉は開け放たれ、灯籠の光がいくつか動きまわる。通りはすでに黒山の人だかりだ。

寒気が全身を覆った。あれは二毛子たちだ。集団脱走している。

二毛子、すなわちキリスト教に改宗した裏切り者の漢人。北京の市街地を占拠した義和団は、住民にまぎれていた二毛子らをあぶりだし、一網打尽にした。数千人にものぼったため、複数の教会に分散させ閉じこめた。

莎娜が北京入りしたころには、もう二毛子たちは教会で囚《とら》われの身だった。教会ごとに見張りの紅巾がふたりずつ立っていた。扉が固く閉じられていて、なかはのぞけなかったが、牢獄《ろうごく》そのものと解釈した。

宣教師のいいなりになって傍若無人に振る舞う二毛子。北京では一掃されている。

安堵せずにはいられない。少なくとも北京では、二毛子の存在を恐れる必要がなかった。

だがいま事態が大きく動いた。いったい誰が二毛子らを逃がしたのだ。灯籠を手にしているのは、涼帽をかぶった町人らしき男たちのようだ。しかし彼らのささやきあう声は、漢民族の言語とは思えない。おそらく倭鬼だ。日本人が漢人の町民に変装し、教会の見張りを襲い、二毛子らを解放している。

莎娜は跳ね起きるも同然に立ちあがった。

道端にも動きがあった。寝そべっていた義和団員らが、あわてたように身を起こす。にわかに騒々しくなった。怒鳴り声が夜の静寂を破る。おい、二毛子たちが逃げるぞ。まて、とまれ。

間髪をいれず、いくつかの灯籠の光が、素早く道端を駆けてきた。明かりが揺れるたび、低い呻き声が漏れ、刀でなにかを断つ重い音が響く。

紅巾らのほとんどは、路上に駆けだすことなく、闇のなかに留まっている。いや、そうではない。殺されたのだ。町人に扮《ふん》した倭鬼が闇にまぎれ、義和団員を片っ端から手にかけていく。液体のなかの泡に似た音は、おびただしい出血を意味するにちがいなかった。

二毛子の群れは莎娜のいるほうへ近づいてくる。莎娜は恐怖にすくみあがり、声もでなかった。

紅巾も全滅したわけではなかった。倭鬼の暗殺者はごく少数だ、むしろ生き延びている紅巾のほうがずっと多い。二毛子を追って紅巾らの黒い影が飛びだしてくる。刀を振りかざし、二毛子の集団に背後から襲いかかる。

だがそのとき、けたたましい銃声が耳をつんざいた。一発や二発ではない、一斉射撃だった。莎娜は後ずさろうとして転倒した。地面に尻餅をつきながら、道端に物陰を必死で求めた。

通りの西沿い、東交民巷に連なる建物の屋上に、銃火がいくつも閃《ひらめ》いている。敵の目は闇に慣らしてあったらしく、義和団員を確実に狙い撃ちにする。地上で倭鬼が灯籠を振り、合図を送っていた。それにより紅巾の位置を伝えているようだ。

二毛子の群れが莎娜の眼前を駆け抜けていく。数千人が途切れることを知らず通過する。行く手は崇文門の手前、西へ折れる道の入り口だった。群衆はそこへ吸いこまれていく。どうやら倭鬼は二毛子たちを、東交民巷へと誘導しているようだ。いま入り口の障壁は取り除かれていた。二毛子らは競うように、公使館街につづく道へなだれこんでいった。

銃声がなおも鳴り響く。視界を横切る二毛子の群れから身を隠そうと、莎娜は躍起になった。足がもつれ、また転倒した。全身に鈍い痛みがひろがる。

するとそのとき、なにか小さな物体が転がってきた。

心臓が凍りつくような思いだった。身じろぎひとつできず、莎娜は縮みあがるしかなかった。

物体は莎娜の足もとで静止した。奇妙だった。手を伸ばして触れてみる。毬《まり》のようだ。

駆けてきたのは、ずいぶん背の低い人影だった。近づいてようやく、年端もいかない幼女だとわかる。幼女のほうも、莎娜の存在に驚いたらしく立ちすくんでいる。

莎娜は震える手で毬を取りあげ、幼女に差しだした。すると幼女はそっと両手を伸ばしてきて、黙って毬を受けとった。

別の人影が迫ってきた。今度は大人だとわかった。距離が詰まると、ひどく瘦せ細った男だと判明した。幼女を抱きあげながら、ありがとう、莎娜にそういった。

男が走り去るのを、莎娜は唖然としながら見送った。二毛子の群れを凝視する。

集団の顔ぶれは莎娜の予想と大きくちがっていた。ぼろぼろになった単衣《ひとえ》の服をまとった、生気を失った老若男女ばかりだ。みな瘦せ衰え、ふらつきながらも前屈姿勢で、なんとか駆け足を維持している。

思わず目を疑わざるをえない、混迷した気分に陥った。ならず者はどこにいるのだろう。

ふいに灯籠の光が迫った。目の前に刀が突きつけられる。人影が仁王立ちしていた。莎娜はまたもすくみあがった。

涼帽をかぶった町人の姿。だが倭鬼にちがいなかった。ほどなく中年男の声が問いかけた。「誰《シェイ》だ」

莎娜は息を呑んだ。理解不能な言語ではない。誰だ、たしかに男はそういった。

灯籠が莎娜に近づけられた。顔をたしかめたらしい。莎娜の目には、相手の姿は判然としなかった。

刀が遠ざけられた。ため息がきこえる。男がつぶやいた。「ここは危ない。帰れ」

訛りがある。やはり漢人ではない、倭鬼だった。けれども男はそれ以上なにもいわず、身を翻すや駆けだした。揺れる灯籠が二毛子の群れに並走し遠ざかっていく。

なおも恐怖が覚めやらない。莎娜はへたりこんだままだった。と同時に、耐えがたい屈辱を感じる。強い憤りが湧いてきた。

なぜ殺さなかった。女だと知り、情けをかけたのか。顔を赤く塗り、赤装束に身を包んでいる。灯籠で照らしたからにはわかったはずだ。

辺りはいっそう騒がしくなっていた。二毛子の群れは、ほぼ全員が東交民巷への退避を完了した。追跡してきた紅巾らに対し、公使館側の外国兵らによる激しい銃撃が始まっている。

北西の空がぼうっと明るくなった。その方角に夜明けがあるはずもない。東長安街だ。大規模な火災が起きているらしい。

戦場に身を置きながら、莎娜は逃げることさえできなかった。危険を知りながら、力が入らない。半ば放心状態のまま弛緩《しかん》している、そう自覚した。悪夢のなかのようだ。

20

東安門に近い東廠胡同《とうしょう》に、栄禄の屋敷がある。

栄禄は狭い部屋に座り、鏡のなかに映る自分と真正面に向き合っていた。

理髪師が頭に剃刀《かみそり》の刃を這わせる。辮髪以外、きれいに剃っておく。一日も欠かさない。宮中においてはなにより重要な身だしなみだ。

不可解な状況にも、心を落ち着かせる必要がある。いまは熟考するにも好都合だった。

昨夜、東交民巷の周辺で散発的な戦闘があった。義和団が公使館街へ押しいろうとし、外国兵らの反撃に遭った、そう推測した。だが事実はちがうようだ。

暗闇のなか、東交民巷を抜けだした少数の日本兵が、教会に閉じこめられていた漢人クリスチャンを解放したらしい。三千からなる教民は、みな東交民巷に逃げこんだという。

公使らはなにが目的なのだろう。人道的にキリスト教徒を見過ごせなかったのか。しかし籠城中に三千人もの非戦闘員を抱えたのでは、食糧どころか寝る場所さえ不足してしまう。

密偵に使うのか。ありうる。現に真夜中、日本兵が東交民巷をでて市街地に暗躍したのだ、出入り可能な経路は確保されているのだろう。北京育ちの漢人なら言葉にも支障がない。町民のふりをして外部の情報を入手したうえ、商人と取引し物資まで調達できるかもしれない。

ひとりで馬車に乗り外出した杉山書記生を、端郡王載漪は日本公使の密偵と主張している。眉唾ものの話と思っていたが、どうもわからなくなってきた。

公使館付の軍人らは、警備のためだけにいるのではないのか。東交民巷周辺に義和団が殺到した以上、防御に全力を注ぐのはわかる。身を守るための発砲もありうるだろう。しかし闇に紛れ、東交民巷の外で戦闘行為に及ぶとは、やりすぎではないか。人道的行為という大義名分があるのかもしれないが、なぜ先に総理衙門を通じ相談しないのだろう。教民がとらわれている事実さえ確認できたなら、甘軍が救出に動けたというのに。

まさか総署の首席大臣になった載漪が、朝廷への報告を怠ったか。いや、いくらなんでもそれはありえない。そこまで無能ではないだろう。董福祥の甘軍も同様だ。公使らを義和団から守りきらねば、諸外国の怒りを買う。大清帝国との開戦の口実にもなる。そんな事態は避けねばならない。子供でも理解できる理屈だ。

公使らは籠城しながら、わざわざ義和団を挑発しているようにも見えてくる。なぜ敵対関係を煽《あお》ろうとするのか。ひょっとして、天津から北上してくる援軍と関係があるのだろうか。義和団が公使館街を攻撃する構図をつくりだし、援軍に反撃させる。各国の軍隊が大挙して北京に押し寄せ、実権を奪う。

栄禄は寒気をおぼえた。そうなのか。これは諸外国による、義和団を逆利用した帝都攻略か。国際法上、諸外国が合法的に軍隊を北京へ進駐させうる、そんな下準備を整えたうえでの策謀か。

ふと脳裏をよぎるのは、紫禁城で面会した柴五郎駐在武官の顔だった。彼は平和と共存を求めていた、少なくともそう見えた。あの穏やかな表情の奥に陰謀が潜んでいたのだろうか。とてもそうは考えられない。

しかし昨晩の教会への襲撃は、教民救出に失敗した一ヵ所を除き、すべて日本人の仕業だった痕跡があるという。

苛立ちとともに、栄禄は椅子の背に身をあずけた。とたんに理髪師がびくっとして、剃刀を浮かせた。

「ああ」栄禄はつぶやいた。「すまぬ。剃ってもらっているのを忘れていた」

理髪師はこわばった笑いを浮かべた。「だいじょうぶです。お怪我はなさっていません」

ため息が漏れる。軍機大臣として今後どのような立場をとるべきだろう。

廊下にあわただしい足音がきこえた。女だとわかる。多くの妻を持つ栄禄の若き許嫁《いいなずけ》が、息を切らしながら飛びこんできた。「江蘇糧道の羅嘉傑殿から、電信でございます」

差しだされた紙が小刻みに震えている。栄禄は妙に思いながら受けとった。「羅嘉傑か。どれ」

福建省上杭《じょうこう》出身の羅嘉傑は、ふだん蘇州《そしゅう》にいて、上海や江寧《こうねい》の動向に精通している。江蘇糧道とは役人の長い肩書きの略称だった。彼は職務上知りえた情報を、栄禄に伝達してくれる。以前からそのように要請してあったからだ。

老眼鏡をかけ、文面を眺めた。暗号通信が平文に直してある。いつもながら細かく読みにくい字だ。

だが次の瞬間、栄禄は愕然として身体を起こした。

ひっ。理髪師が小声を発したのがわかる。見上げると、また剃刀をひっこめていた。

頭に切り傷ができたかどうか、いまのところわからない。たしかめようとも思わなかった。そんな些細《ささい》なことを気にかけてはいられない。

栄禄は立ちあがった。「ただちに皇太后陛下にお目通りを願わねば」

理髪師があわてぎみに布を取り払う。「辮髪を整えませんと」

「ついてまいれ。歩きながら頼む」栄禄は廊下へと向かいだした。

自然に歩が速まる。理髪師に後ろ髪を引かれる感触がある。頭皮に痛みが走る。それでも歩調は緩められない。栄禄の脈拍は早鐘を打っていた。予想だにしなかった事態だ、まさしく国家存亡にかかわる。外国人に心を許したのは、やはり誤りだった。不覚だ。致命的な失態だ。

21

早朝から東四牌楼大街は騒然としていた。紅巾のみならず甘軍の騎馬兵も入り乱れている。

義和団はもはや以前のように、ただ東交民巷を包囲せんと群れるばかりの集団ではない。それぞれの拳壇が持ち場を決めあい、昼夜の警備についても協力体制を整えようとしている。もっとも、出身もちがえば壇が成立した経緯も異なる烏合の衆どうしだ、ひとつにまとまるのは難しい。にもかかわらず、なんとか団結しようと互いに歩み寄る、それゆえに生じた混乱だった。甘軍が口だしするせいで、いっそう収拾がつかなくなっている。

張は喧騒のなかを、嘉偉や永壮とともに巡回した。

甘軍が神経を尖らす理由はあきらかだ。東交民巷に籠城する欧米露日の軍隊は、ただひたすら公使館の守備に徹するのみ、これまではそう思っていた。ところが夜中のうちに事態は急変した。敵は東交民巷の外へ攻めてきた。

キリスト教に改宗した漢人は、北京にも大勢いた。義和団はそんな二毛子らを、東交民巷の外にある複数の教会に閉じこめておいた。総数は実に三千以上。驚いたことに敵は、闇に紛れて東交民巷を抜けだし、教会を襲った。敵は救出した二毛子らを東交民巷のなかへ導いた。

三千人がぞろぞろと大通りを移動すれば、夜中だろうと見張りの目につきそうなものだ。事実、東長安街の一ヵ所だけは、すぐに甘軍の騎兵隊が駆けつけた。洋人による銃撃音が豪快に響き渡ったからだ。それ以外の教会、とりわけこの東四牌楼大街沿いでは静寂のなか、いつの間にか二毛子らが奪われていた。暗躍した敵は、監視に立つ最少人数の紅巾を、手早く効率よく始末したらしい。

嘉偉が歩きながら苦々しげにいった。「東長安街の教会を襲った鬼子は、総じて間抜けだった。派手にぶっ放しやがるから、相互に死傷者がでた。二毛子も大勢が犠牲になったらしい。問題はこの近辺の教会だ」

張はうなずいた。「いくつもの教会で、ほぼ同時に見張りが殺された。俺たちが駆けつけたころには、三千人もの二毛子が東交民巷に逃げこんだ後だった」

永壮がしかめっ面で首すじを掻いた。「どうやら倭鬼が町民に化けて、東交民巷の外をふらついたらしいな。どの見張りも刀で一撃のもとに仕留められてる。不意打ちだろう。汚《きた》ねえ奴らだ」

倭鬼、すなわち日本人だ。路地をふさぐ障壁の向こうに、いまも日本兵の警備する姿が垣間見《かいまみ》える。張はつぶやいた。「なぜ日本人はああも熱心なんだろうな。怠惰さがのぞく洋人とは大ちがいだ」

嘉偉が鼻を鳴らした。「知れたことだ。日本は距離も近いし、鬼子より先に大陸を奪おうと考えてやがる。五年前の戦争で俺らを負かしたと自信満々なんだろう。北洋艦隊は軍艦をうまく乗りこなせなかったが、陸の戦《いくさ》はちがうぞ」

永壮が息巻いた。「そうとも。俺たち義和団が相手になってやる」

二十万の義和団が、ごく手狭な公使館街を包囲する。そこだけ見れば圧倒的優勢だ。だがそれは、この戦《いくさ》全体の構図ではない。世界を敵にまわしている。むしろこの大陸が、日本や欧米に包囲されていると考えるべきだ。ここは対立の縮図、最前線にちがいない。敵がとてつもなく強大であるからこそ、清は全力で抗えない。報復を恐れているからだ。

味方の意思統一すらなしえていない。甘軍が義和団を認めていても、武衛軍のほかの部隊は異なる方針を持つ。東交民巷を攻めあぐねているのは、そのせいでもある。

張はいった。「突入して公使らを皆殺しにしたんじゃ、外国が大挙して清に攻めてくる。俺たちは世界と戦ってるのも同じだ。なんとか公使らを降伏させなきゃならん。宣教師による村落の支配をやめさせるのが、俺らの目的だからな。その条件を公使らに飲ませないと」

嘉偉が見つめてきた。「達成のときは遠のいたな。二毛子が三千人も連中の味方についた以上は」

永壮は腑に落ちない顔を嘉偉に向けた。「その三千人には、年寄りや女子供も含まれてる。もともと飯が食いたくて教会に媚びた連中だ、たいした戦力にはならん」

「いや」張は考えを口にした。「そうでもない。北京に生まれ育った連中は市街地に詳しい。敵も貴重な情報を得られる。二毛子が町民に扮して東交民巷を抜けだし、俺らを探る可能性もある。日本人とちがって言葉もわかるし、武器や食糧すらまんまと調達するかもな。金さえ払えば協力しそうな商人が、北京にはうようよいる」

「畜生」永壮が吐き捨てた。「二毛子め。鬼子の手先ども。さっさと始末しとくんだった」

ふいに上半身裸の男たちが、目の前を横ぎった。みな筋骨隆々で、つるはしや円匙《えんし》を担いでいる。男らは騎馬兵に迎えられ、ともに歩き去っていった。

永壮は眉をひそめた。「なんだ、あいつら」

嘉偉が応じた。「掘り屋だよ」

「ああ」張はつぶやいた。「すごい速度で穴を掘る職人の集まりだな。蟻《あり》とも呼ばれてる」

「そのとおりだ。突貫工事によく駆りだされる。報酬が高いぶん、落盤で生き埋めになるのも恐れん連中の集まりだとか」

「甘軍に雇われたのか。なにをする気だ」

「さあな」嘉偉が足をとめ、ふと思いだしたようにいった。「新参の拳壇が拝炉にくると伝えてきた。俺と永壮が相手をする」

「わかった。またあとで会おう」張はふたりと別れ、混雑のなかに歩を進めた。

胡同に折れてすぐ、間口の広い赤煉瓦の建物がある。この近辺にいくつもある休憩所のひとつだった。もとは縫製屋だったが、店主含め全員が避難したらしく無人と化していた。空き家は義和団が接収する、それがいまの北京の掟《おきて》でもある。

なかに入ると、莎娜が机に向かっていた。筆を手に作業中らしい。小さく裁断した紙が山積みになっている。朱墨で一枚ずつ、殺という文字を大書する。

莎娜は赤装束に身を包んでいたが、もう顔を赤く塗ってはいなかった。妖術の使い手として、義和団員を畏怖させる必要がなくなったからだ。ごく自然な二十代の女の顔がそこにあった。もっとも、淡々と殺の文字を書きつづける姿は、なんとも不気味であることにはちがいない。

張は隣りの椅子に腰かけた。「なにをやってるんだ？」

手を休めないまま莎娜が応じた。「教会から二毛子を奪ったのは倭鬼でしょ。鬼子より倭鬼こそ強敵ときいたけど」

「そのとおりだ」

「だから倭鬼を怯えさせる方法を考えた。これを東交民巷のなかにばら撒《ま》く」

「ほう」張は一枚を手にとった。「洋人には通じないだろうが、たしかに日本人ならこの字も理解できるだろうな。だがうまく風に乗って、東交民巷の上空に運ばれたとしても、日本人の手に渡るかどうか」

すると莎娜が顔をあげ、背後に顎をしゃくった。

張は振りかえった。思わず声を失う。壁と思っていた一面に、びっしりと紙が積みあげられていた。手を伸ばし数枚を引き抜く。すでに殺の字が大書してある。

莎娜がいった。「夜更けから始めて、ずっとつづけてる」

「見上げたもんだ。紅灯照の女の子たちは手伝ってくれないのか」

莎娜の目が沈鬱に淀《よど》みだした。張は理由がわからず困惑をおぼえた。

そのとき、奥の戸口に物音がした。

少女たちも顔を赤く塗っていなかった。赤装束でもない。ごくふつうの旗袍をまとい、風呂敷《ふろしき》に包《くる》んだ荷物を携える。みな気まずそうな態度をのぞかせながら、旅支度を整えようとしていた。ときおり莎娜に視線を向ける少女もいる。だが莎娜は少女らにかまわず、ひたすら筆を走らせている。

男も何人か現れた。やはり紅巾でなく、地味ないろの単衣に着替えている。ひとりは張の知る顔だった。

蔡怡が少女らに告げた。「陽が沈む前に二十里歩く。頑張ってついてこい。はぐれたらそれきりだ」

張は立ちあがった。「蔡怡。行くのか」

「ああ」蔡怡は荷物を肩にかけながら、ぶっきらぼうに応じた。「村に戻る。日照りつづきでも、ほうっておいちゃ土はますます悪くなる。しんどくても耕さないとな」

「でもあんたは、梅花拳出身の大師兄……」

「よしてくれよ。一時の気の迷いみたいなもんだ。弾を食らっても死なずに済むと信じたなんて、どうかしてた」

戸惑いばかりが募る。張は蔡怡を見つめた。「いてくれないか。重要な戦いだ」

「戦い？」蔡怡は苦笑を浮かべた。「あんたを含め、みんな大人だったんだな。死んでもかまわねえって、そんなふうに割りきれるなんて、俺にゃとても真似できねえ」

「奇跡を信じてたのか」

「いまじゃ少数派かもしれねえし、それゆえに馬鹿にされる存在だろうけどな」蔡怡は真顔になり、少女らを指さした。「この子らにとっても同じだろうぜ。あんたや黄蓮聖母さまが本当だというから、信じたまでの話だ」

沈黙を守る少女たちの暗い表情に、抗議の意思を感じる。張はなにもいえなかった。彼女らは莎娜についてきた。しかし紅灯照として戦力に利用してきたのは、ほかならぬ張自身だった。

蔡怡は小さくため息をつくと、張に告げてきた。「達者でな。最後の最後に、神仏が降臨してくれるのを祈ってる」

それだけいうと蔡怡は、ほかの男たちとともに外へでていった。少女らがあとにつづく。みな声を殺して泣いていた。涙を溜《た》めた目が莎娜に向けられる。足を止めたひとりを、後続の少女が歩くよううながす。結局、みな別れの言葉を口にしなかった。少女らは砂埃の舞う胡同の雑踏へと消えていった。

暗がりに莎娜とふたりきりになった。張は無言で立ち尽くした。

莎娜がつぶやいた。「あの子たち、またどこかの色街で働くしかない」

罪悪感が胸のうちにひろがる。張はいった。「すまない。俺が打ち明けたせいだな」

「いいの」莎娜は筆を手にしたまま告げてきた。「命の危険に晒されるのと、どっちがいいか、いつも考えてきた。あれが真実を知ったうえでの、彼女たちなりの答え」

「きみも辛いだろうな」

「わたしは平気。あの子たちに軽蔑されても、無事に帰してあげられたことを誇りに思ってる」

「彼女たちはきみを頼りにしてた。母親がわりでもあったんだろう」

莎娜が静かに筆を置いた。「そう。両親の顔も知らない子が多かったから、少しでも役に立ってあげたかった」

張はまた椅子に腰をおろした。「きみは親を知っているか」

「ええ。父母は酷い人たちだった。記憶も年々、薄れてくけど」

詳しく聞く気はなかった。莎娜は後家だ、きっとそれなりの事情がある。ただ亡き夫のみならず、親も恋しいのだろう。莎娜の寂しげな横顔を眺めていれば、誰でも察する。

いつしか莎娜は涙ぐんでいた。目もとを指先でぬぐうと、張に向き直った。微笑を浮かべて莎娜はいった。「なぜそんなに見つめるの」

「さあ、なぜかな。肌艶がいいと思ってた。赤く塗ってないのはひさしぶりだから」

「あなたのほうは、ひところ若返ってたのに、また最近老けてきてる」

「そうか。苦労が絶えないせいかな」

「気持ちだけでも若くないと、わたしとは釣り合わないかも」

張は莎娜を眺めた。莎娜が目を泳がせながら、また筆を手にとった。

しばし沈黙があった。張はきいた。「いまのはどういう意味かな」

「父だったらよかったかも。それぐらいの年齢だし」

「きみみたいな娘がいたら大変だろう」

「なにがどんなふうに大変なの？」

卓上に並ぶ殺の字に、張は無言で目を落とした。実の娘ならきっと、意地でもほかの仕事に就かせた。それは断言できる。

にわかに外が騒がしくなった。蹄の音もきこえる。風圧により砂埃が吹きこんできた。嘉偉の呼ぶ声がする。張大帥。

張は立ちあがり、間口から駆けだした。

嘉偉と永壮は近くにいた。紅巾らとともに胡同の先を眺めている。なぜか幌《ほろ》つきの馬車が列をなし接近してくる。甘軍の騎兵隊が先導していた。

目の前までできて、騎兵隊は静止した。浅黒い顔の男が手綱を操りながら見下ろす。右の頰から首にかけ大きな痣があった。

男がいった。「騎兵隊長の韓捷だ。皇帝陛下の上諭に基づき、義和団を荘《しょう》親王殿下と剛毅殿の指揮下に編入する」

動揺にも似た吃驚《きっきょう》の反応が、紅巾らのあいだにひろがる。永壮が韓捷を見つめた。

「指揮下というと……」

「おぬしら義和団は、大清帝国の武衛軍と肩を並べる存在になった。そういう意味だ」

周囲で歓声があがった。だがその声量はまちまちで、どこか疑わしげな響きを帯びてきこえた。

張も釈然としないものを感じながら、韓捷にたずねた。「馬車の荷物はなんですか」

嘉偉が笑った。「飯だろう。軍人に昇格したからには、食わせてもらえるはずだ」

韓捷は無表情のまま、片手をあげ後方に合図を送った。

荷台から乱雑に放りだされたのは小銃だった。次から次へと地面にぶちまけられる。

紅巾らは今度こそ喜びの声をあげ、支給品に群がりだした。嘉偉や永壮も血相を変え駆けていった。

だが張はその場に留まった。黙って韓捷を見上げる。韓捷も目を逸らさなかった。

軍人に昇格と嘉偉はいった。義和団が軍になる、それは昇格なのか。自分も含め、紅巾は清の正規兵ということか。受容しがたい話だと張は思った。義和団は民衆の蜂起だ。朝廷は依然その事実を無視するのか。

22

軍機大臣の栄禄は、儀鸞殿《ぎらんでん》東室につづく前室に控え、御前会議の再開を待っていた。

いくら大清帝国の存亡をかけた御前会議とはいえ、十六日から四日もつづくと頭がのぼせる。儀鸞殿東室には王や大臣、六部《りくぶ》、九卿《きゅうけい》が集合し、七十一名がひしめきあっていた。蒸し暑くてかなわない。贅《ぜい》を尽くした煌《きら》びやかな装飾は結構だが、風通しの悪いつくりだった。列席者の派手な礼装と金の反射ばかりで目が疲れる。よって休憩時間にはこうして中座し、直立して背すじを伸ばす。ずいぶん楽になる。

鏡に映る自分の顔を眺め、細い口髭を撫でて整えた。もう六十四歳か。初めて官職に就いたのは十六歳のころだった。内務府大臣、工部尚書、総理各国事務衙門大臣。さまざまな職を経験した。西太后の側につき、康有為《こうゆうい》による政治改革を挫折させたものの、軍には近代化の必要を強く感じている。

いまの大清帝国には列強に立ち向かう力はないため、列強とは協調関係を築く必要がある、ずっとそう思ってきた。義和団を鎮圧し、東交民巷の公使たちを救うべきと考えた。だがいまや風向きが変わったようだ。

なんと天津の外港大沽で、清国軍が列強の軍隊に対し圧倒的優勢を誇っているらしい。列強がこぞって軍艦を送りこむ大沽における勝利は、大清帝国武衛軍の強さの証明といって差し支えないだろう。こんな状況であれば、考え方も根本的に変化する。

列強に同情できない理由はほかにもある。三日前、栄禄の許嫁《いいなずけ》が西欧人から託された問い合わせ文書を持ってきた。その照会なる四ヵ条の内容は、実のところ問い合わせなどではなく、列強による一方的な内政干渉の通告だった。皇帝を別の地へ移し、各省の租税徴収を列強が代行するうえ、軍事権も列強へ譲渡せよとある。最後に西太后への隠退要求までしたためてあった。西太后が激怒しないはずがなかった。

栄禄はこれまで、多少は列強の意思を汲むべきと考えていた。だがあまりに身勝手な要求には翻意せざるをえない、そんな心境だった。

新たに創設した武衛軍が、大沽で予想以上の活躍をみせている。いまこそ列強に思い知らせるべきだろう。眠れる獅子は、さきの日本との戦争においてはまだ起きていなかった。いまこそ真の目覚めのときだ。

儀鸞殿東室が静寂に包まれた。四日目の御前会議が再開されたようだ。

進士のひとりが歩み寄ってきて一礼した。「栄禄閣下。御席へどうぞ」

「しばし待て」栄禄は苦笑ぎみに応じた。「もう四日も同じようなことを話し合っておる。中座も許されるようになってきた。少しばかり遅れてもかまわぬだろう」

はあ。進士は曖昧に応じて引き下がった。

西太后が玉座に戻ったらしい。列席者全員が立ちあがってから、大きくひれ伏すのが見える。幽閉されている光緒帝も、御前会議には引っぱりだされていた。

皇帝が幼いころから、西太后の垂簾聴政《すいれんちょうせい》がつづいている。すなわち西太后が皇帝の玉座の後ろに簾を垂らして控え、代わりに摂政政治をおこなってきた。その皇帝ももう二十五歳だった。だが皇帝は政治改革を画策し、挫折したため西太后に実権を奪われた。西太后はもはや簾の陰に隠れてはいない。皇帝と並んで堂々と居座っている。

翰林侍読学士《かんりんじどくがくし》の劉永亨《りゅうえいきょう》が意見を求められ、ぼそぼそと応じた。「義和団はわが大清帝国の正規軍ではございません。宣戦布告後、列強の近代兵器による火力には立ち向かえぬゆえ、多数の犠牲が強いられましょう。さらに列強の公使館攻撃となれば、国際法上ありえぬことでして、開戦は人民に途方もない災厄となりえます。いまいちどお考え直しのほどを」

光緒帝が控えめに告げる。「余も賛成である……。大清帝国の現在の兵力と財力では、日本および欧米列強と戦うことなど、とても……」

そのとき、西太后の低く重いひとことが響いた。「皇帝」

張り詰めた空気が漂う。光緒帝はそれきり黙りこんでしまった。

董福祥の声が告げた。「わが甘軍、帝都北京に兵力を集中させております。義和団は扶清滅洋の旗印の下、大清帝国に忠誠を誓う者ばかり。一挙に東交民巷に攻め入り、公使らを殲滅《せんめつ》できます」

載漪も同意をしめした。「現在、北京の義和団は二十万を数えます。無限の兵力といって差し支えありません。義和団を先鋒《せんぽう》に立てることにより、公使館攻撃も民衆の反乱にすぎず、武衛軍の攻撃ではなかったと主張できます。かくなるうえは義和団にも武衛軍の銃器を分け与え、より強力に武装させるべきかと」

光緒帝が弱々しくいった。「それでは武衛軍が義和団を後押しした物証が残るだろう」

「いえ」載漪が語気を強めた。「なにも残りませぬ。洋人どもの身体は八つ裂きにし、大地に肥料としてくれてやります。証拠がどうとか、そんな生ぬるい馴《な》れ合《あ》いなど諸外国に対しいっさい不要。大沽における圧勝がすべてを物語っております」

董福祥の声がより大きくなった。「左様《さよう》！　天津にも十万の義和団が集結しております。武衛軍のみによる勝利ではございません。まさしく大清帝国の民衆が奮い立った結果にございます」

天津から東交民巷へ駆けつけようとする列強の援軍に対し、西太后は当初、警告を発しようとした。すなわち、東交民巷は武衛軍が責任を持って義和団から守るので、各国とも援軍を寄こしてはならない、そう釘《くぎ》を刺す方針だった。だがいまや義和団は京津鉄道を襲撃し、線路を破壊した。援軍の第一陣すら北京に近づけずにいる。西太后がなにもいわないうちに民衆が動いた。強硬な姿勢に拍車がかかるのも当然といえた。

西太后の声が響いてくる。「民衆が力をつけておる。人心こそ国家を支える。仮に人心を失ったとすれば、なにゆえ国家が存立する」

董福祥が怒鳴った。「いまこそとき至れり。皇太后陛下、皇帝陛下、大清帝国に栄光あれ！」

喝采と雄叫びが儀鸞殿東室を揺るがす。栄禄はため息をついた。御前会議で何度同じことを繰りかえすのか。きのうの時点で、すでに公使館へ最後通牒《つうちょう》を発してある。いまさら開戦か否かを論じる必要もないだろう。宣戦布告をしたも同然なのだから。

そろそろ決議か。席へ向かわねばならない。栄禄は歩きだそうとした。

そのとき、さっきとは別の進士が駆けてきた。「栄禄閣下」

「いますぐ行く」

「いえ。そうではありません」進士は表情を硬くしていた。「裕禄閣下から伝言です」

裕禄か。北洋大臣にして直隷総督の裕禄は、いま天津にいる。大沽におけるわが軍を率いている。先日の圧倒的優勢の報せも、裕禄からもたらされた。

栄禄はきいた。「大沽はその後どうなった？　列強を海へ追い落としたか」

「それが」進士が声をひそめた。「圧倒的優勢というのは、じつは事実に反しており、三日前に大沽砲台を列強に占拠されたとのことで」

「なんだと！」栄禄は思わず声をあげた。

儀鸞殿東室がしんと静まりかえっている。列席者たちが眉をひそめ、こちらに目を向けていた。

西太后の声が呼びかけてきた。「栄禄。どうかしたのか」

まずい。だがいま西太后の御前に馳せ参じたところで、詳細がわからぬままでは、なにも申しあげられない。

栄禄は進士にささやいた。「占拠されたとはどういうことだ」

「額面通りそのままの意味にございます。わが軍は手痛い敗北を喫しており……。そのう、裕禄閣下によれば、恐ろしくてとても本当のことは申しあげられなかったといちど喜ばせてから失望させるほうが、どれだけ怒りが増幅するか想像もつかないのか。栄禄は歯軋《はぎし》りとともに歩きだそうとした。

するると進士が呼びとめた。「栄禄閣下。もうひとつございます」

「なんだ」

「先日届いた照会四ヵ条なる問い合わせ文書ですが、事実無根と判明しました」

衝撃が全身を貫いた。栄禄は進士につかみかかった。「どういうことなんだ」

西太后の声がじれったさの響きを帯びた。「栄禄」

進士はいまにも泣きそうな顔でいった。「江蘇糧道の羅嘉傑が作った偽物だったようです」

「なぜ羅嘉傑はそんなことを」

「わかりません。戯れで作ったにすぎない物が、まさか御前会議に提出されるとは思わなかった、そんな噂もございます」

忍耐の限界という響きの籠もった、西太后の低い声が呼んだ。「栄禄」

栄禄は小走りに駆けだした。儀鸞殿東室に入るや、玉座に向かいひれ伏す。

西太后の声が告げた。「楽にせよ」

顔をあげた。鈿子《でんす》と呼ばれる頭飾りに金いろの絹糸で彩られた袍《ほう》、獣の爪のごとき指甲套《しこうとう》。西太后は意外にも機嫌がよさそうだった。自身の希望だった開戦へと意見がまとまったからだろう。むろん大沽の圧勝を信じていることも、要因のひとつにちがいない。

微笑とともに西太后がいった。「決議を前にいっておく。そなたの働きは称賛に価する。よくぞ武衛軍をここまで育てあげた。大沽にて列強を打ち破るほどに」

栄禄はふたたびひれ伏した。「義和団の多大なる支援がありますゆえ……」

董福祥が怒鳴った。「皇太后陛下、皇帝陛下万歳！　大清帝国万歳！」

列席者たちがいっせいに沸いた。光緒帝は複雑な面持ちだが、西太后は満足そうな笑みとともにうなずいている。

身体の震えがとまらない。栄禄は全身から汗が噴きだすのを感じていた。いまさら宣戦布告の撤回などできようはずもない。このままなし崩しでいくしかない。

開戦の火蓋は切られた。一刻も早く東交民巷を攻め落とさねば。公使らから降伏を勝ちとらないかぎり、列強十一ヵ国に対し優位には立てない。

董福祥が主張するままに皆殺しにさせたのでは、全世界の恨みを買う。公使らを捕虜にし交渉に持ちこむのが唯一の打開策に思えた。

タイムズのモリソンという記者は、西太后を無慈悲な女帝扱いした。ドイツ公使フォン＝ケットレルは、情の細やかな老婦人と評した。

どちらもなにひとつわかっていない。栄禄はそう感じた。笑っている西太后こそいちばん恐ろしい。


轟く銃声に、張徳成は跳ね起きた。

昼下がりだとわかった。まだ頭がぼうっとしている。眠りから覚めきっていない。しかし張は、半身を起こした姿勢で耳を澄ました。二度目の発砲音をきいたとき、反射的に立ちあがった。砂埃がしきりに舞うなか、建物の陰から駆けだした。

夜を徹しての巡回つづきで、疲労が蓄積している。日中に休息をとるのが習慣になった。この時刻には義和団も東交民巷への襲撃を控えるはずだ。なのにいま、銃声が絶え間なく響いてくる。

紅巾の群れを掻き分け、東長安街を走り抜ける。行く手は騒然としていた。オーストリア＝ハンガリー公使館前に、濃霧のごとく煙が立ちこめる。それだけ局地的に発砲が集中している、その証だった。

路上に馬車がさまよい、義和団が群がる。紅巾らが高齢の洋人を引きずり降ろした。社交服姿だが、血まみれでぐったりとしている。まだ息があるとは思えない。装いからすると高貴な立場にある者だろう。まさか公使か。

小銃で武装した紅巾らが、公使館のわきにある道に攻めいろうとする。だがその奥には障壁が築かれていた。日本兵のほか、諸外国の軍勢が垣間見える。障壁の隙間から銃身が無数に突きだしている。紅巾らは次々と狙い撃ちされ、地面に頽れる。

張は怒鳴った。「やめろ。撤退させろ！　こんな真っ昼間に突入するのは無謀だ」

顔見知りの二師兄、俊南《しゅんなん》が近くで告げてきた。「位の高そうな鬼子が、馬車で逃げようとしやがったんです。仕留めておくにかぎります」

くだんの洋人はすでに死体と化し、紅巾らに高々と掲げられている。革製のカバンも奪いあいになっていた。洋人の所持品だろう。

敵側にも愚かな手合いがいたものだ。白昼堂々と馬車で東交民巷をでるなど、無謀の極みとわからなかったのか。東長安街には義和団がひしめいている。いまや集団の興奮に歯止めがかけられない。洋人の死体が八つ裂きにされるまで、さほど時間を要すまい。

張は俊南に大声でいった。「大師兄らを集めろ。それぞれ拳壇を落ち着かせるようにいえ。虞悠悠《ぐゆうゆう》の店の前まで、みなを退き下がらせる」

「わかりやした」俊南が駆けだし、紅巾の群れのなかに消えていった。

銃を持たせたとたんこれだ。張のなかに苛立ちがこみあげた。あれが公使だとしたら、もはや取りかえしがつかない。

自分になにができるだろう。総理衙門に事情を説明しようにも、張と莎娜は本来、北京にいないことになっている。官吏に素性を明かしたのでは、天津にいる身代わりたちが危険に晒される。よって姿を現せない。すべてを甘軍に委ねるしかなかった。

痛烈な無力感が襲う。天下第一壇大帥を名乗っておきながら、手をこまねいているしかないのか。

23

大師兄ばかりの寄り合いを総壇という。北京にいる義和団は二十万人、拳壇の大師兄だけでも数千人にのぼった。なかでも強い権限を有する拳壇に絞り、百人前後の大師兄らが内城の東端、朝陽門近くに集合した。

総壇による協議を、東交民巷から距離を置いた場所で実施するのは気がひける。だが提案したのは張だった。天下第一壇大師の権限を行使し、場所をここに決定した。きのう北京に着いたばかりの李来中も賛同した。李はあいかわらず、ひとりだけ赤くない馬褂をまとっている。

いざというとき、東交民巷での騒動を聞きつけ急行できるよう、会合は路上での立ち話となった。陽がおちて間もなく、全員で焚火を囲んだ。

李は張の隣りに立ち、忌々しげに声を張った。「あえて戦場から遠のいた場所で、我らは議論せねばならない。それだけ重要な事案だからだ。申し開きがあればきこう。なぜドイツ公使ケットレルを殺した？」

大師兄らは一様に黙りこくった。どの顔にも深刻ないろが表れている。

そんななか、洪川《こうせん》という大師兄が強気に告げてきた。「われわれは銃を与えられた。騎兵隊長の韓捷殿も、同胞として迎えるとおっしゃった。敵である鬼子の中心人物が、東交民巷から姿を現したのだ。撃たないほうがおかしい」

張は静かにたずねた。「殺さず生け捕りにしようと、なぜ考えなかった？」

洪川が当惑したようすで口をつぐんだ。ほかの大師兄らも目を泳がせている。

焚火の周りはふたたび沈黙した。吹きつける風をきっかけに火勢が増したのを、薪《まき》の燃えさかる音にきく。

李がため息をついたのち、張にささやいてきた。「撃った若者らを責めるのは酷だ。実際、彼らはどういうわけか、甘軍により身柄を拘束されちまった。公使暗殺の犯人として、朝廷で処刑されるらしい。董福祥に事情をきこうとしたが、会う約束がとれん」

甘軍は二枚舌だと張は思った。義和団を仲間とみなしながら、公には武衛軍全体の方針である暴徒鎮圧に足並みを揃えている。董福祥なる男は信用ならない。

とはいえ韓捷率いる騎兵隊は、実際に義和団と協調関係にある。韓捷自身は不愛想だが、彼の部下らは銃の使用法を手取り足取り教えてくれる。戦闘中も何度となく彼らに救われた。兵士らはともに戦う意義を理解している。

ただそれは朝廷の総意ではない。董福祥は軍機大臣である栄禄の顔いろをうかがってばかりいる。

張はいった。「李さん。どうも腑に落ちないんだが」

「なにがだ」

「ドイツのケットレル公使は、なぜ東交民巷をでようとした？　東長安街に姿を見せたら、俺たちに襲われると予想できなかったのか？」

「たしかに不用意な振る舞いだったな。洋人の思考は理解しがたい。ましてケットレルは、これまでもドイツ公使館の屋上から義和団を狙撃させたり、俺らの同胞をなぶり殺しにしたり、残虐を絵に描いたような男だった。俺らの恨みを買ってないと思ってたのだとしたら、とんだお花畑だ」

事件は二日前に起きた。ケットレルは突然のように、オーストリア＝ハンガリー公使館前で馬車に乗ろうとした。そこは東長安街に面している。すなわち東交民巷の北辺だった。馬車が走りだせば当然、義和団が群れている道を進むことになる。すでに武装済みの義和団に狙撃されるのは必然だった。

張は李を見つめた。「公使館側には、ときどき妙な動きがある。日本人の公使館職員も、単独で馬家堡駅に行き来し、甘軍に捕まり処刑された。誰かが誘いだし、俺らに殺させようとしてるんじゃないのか」

「誰かって、誰がだ？」

「ドイツ公使を動かすぐらいだから、相当な大物だろう。総理衙門あたりじゃないのか」

「ああ」李は納得したような顔になった。「総理衙門はいま、端郡王載漪殿下が仕切っておられるからな、充分にありうる。敵を弱体化させるべく、巧妙な罠を張っているんだろう」

「だが公使暗殺は義和団のせいにされた。載漪は義和団員が処刑されるのを、黙って見ているつもりか」

「皇太后陛下の方針がころころ変わるって話、前にしたよな。敵は東交民巷に籠城してる千人だけではない。十一ヵ国連合軍が天津からこっちへ向かってる。欧米露日を向こうにまわし、堂々と喧嘩を売るとなれば、そりゃ躊躇するだろう。だから小規模な戦闘を何度となく生じさせ、少しずつ敵に損害を与えてるんだよ」

義和団はそのために利用されているのではないか。朝廷直属の軍隊による武力行使ではないから、戦争行為にあたらない。そんな抗弁に使われてはいないか。張が疑問を呈そうとしたとき、駆けてくる足音がした。官兵だった。怒鳴り声が響き渡った。「李来中。李来中はここにいるか」

李が応じた。「私です」

官兵が息を弾ませながら、皺くちゃになった紙を嘉偉に差しだした。「董福祥殿からの言伝《ことづて》だ」

血相を変えた李が、その紙をひったくる。官兵は、たしかに渡したぞ、そういって走り去っていった。

しばらくのあいだ李は文面を見つめていたが、やがて目を大きく見開いた。「これはすごい」

「どうした」張はきいた。

「皇太后陛下がついに決意なされたぞ！」李は歓喜に満ちた表情でいった。「御前会議の結果だ。外国公使たちに対し最後通牒を発した。二十四時間以内に北京を去り帰国せよと」

大師兄のひとり、冠宇《かんう》がきいた。「公使らに降参を迫ったのか」

「そうとも！」李が興奮ぎみに応じた。「従わなければ総攻撃するとﾞ脅しをかけたんだ」

張は困惑せざるをえなかった。「まってくれ。それは宣戦布告ってやつじゃないのか」

「ああ」李は大きくうなずいた。「宣戦布告だ。これで心置きなく戦えるぞ」

大師兄らが喚声をあげた。小銃や刀、槍を振りかざし、扶清滅洋を連呼しだした。

両手で制しながら、張は大声で告げた。「きいてくれ！　みんな、軍人になりたかったのか？　甘軍のお偉いさんが突撃しろといったら、突撃するのか。俺たちはみな、自分の村のために蜂起したんじゃなかったのか。宣教師の支配から実権を取り戻すため戦ってきたんだろう？」

総壇は静まりかえった。探りあうように視線が交錯する。

李が冷やかにいった。「宣教師を村から追いだすためにも、その元凶となった首魁《しゅかい》どもを倒そうというんだ。なにもまちがってはいない」

張は李にたずねた。「元凶となった首魁ども。欧米やロシア、日本の公使たちのことか」

「当たり前だろう。いまこそ官民一丸となり、東交民巷に巣食う邪悪な連中を屈服させるのだ」

　また大師兄らが沸いた。今度の声量は、さっきよりずっと大きかった。

「よせ」張は思わず吐き捨てた。「それじゃ戦争になる。十一ヵ国が本格的に攻めてくる。勝ち目はなくなるぞ。あくまで民衆による闘争でなきゃならん。強引に改宗を迫ってきた宣教師に対し、俺たちの暮らしを守るために抗ってるんだ。でなきゃ正義が失われるだろう」

「正義が失われる？　なぜだ」李が険しい目を向けてきた。「奴らはそもそも、大清帝国の領土を奪うべく攻めてきて、そのまま居座ってる。戦う俺たちにこそ正義がある」

　大師兄たちは李の言葉にうなずいた。嘉偉が告げてきた。「張大帥。あんたのいうように、当初の俺たちは教会を焼き、宣教師を殺すだけの集団だった。妖術と奇跡を頼りに、ありあわせの刀や槍を武器にし、鬼子の銃に立ち向かった。だが成長し、より現実的に考え、もっと大きな目的へと歩みだした。あんたが目を覚まさせたんだぞ。曖昧な信心にすがるのでなく、己れの力で戦うのだ」

　張は嘉偉を見つめた。「己れの力というが、それをいえば敵のほうが強いぞ。忘れるな、もう不死身ではないんだ」

「わかっている。最初からそうだった。いちどたりとも不死身だったことはない」

「死ぬかもしれない。いや、死ぬだろう。なのに戦おうというのか」

嘉偉は小銃をかざした。「いまの俺たちにはこれがある。悟空や張飛《ちょうひ》が降臨しなくても、鬼子に対抗できる同等の武器がな」

全員が同調した。小銃を誇らしげに高々と掲げ、咆哮に近い声を発した。

碧成《へきせい》という大師兄が張に怒鳴ってきた。「軍人になりたかったのかとあんたはきいたな。現実的に考えれば、そのとおりだ。国を守るため力を必要とした。甘軍に仲間と認められて、俺たちは軍人となった。大清帝国のために戦う軍人だ」

張は醒めた気分でつぶやいた。「もういちどきく。死んでもかまわないのか」

一同にまた静寂がひろがった。

別の大師兄、向豪《こうごう》がきっぱりといった。「かまわん。村に宣教師がいなくなるんだ。教民も皆殺しにできる。俺たちの平穏を取り戻せる。なら命を賭ける価値がある」

総壇はいっせいに沸き立った。その興奮の度合いは、かつての憑依をもうわまわっている、そう感じられた。

張は忸怩たる思いを噛《か》み締《し》めていた。現実に目を向けさせようとした。奇跡に頼る段階より進歩したはずだった。彼らもそう自覚している。だが義和団はいまや、より恐ろしい教義にとらわれてしまったのではないか。

ふいに女の声が叫んだ。「教民を皆殺しにするなんて正しくない」

またも沈黙がひろがった。大師兄らが訝しげな顔で、声の主を探し求めている。

全員が赤装束だけに、紅灯照を発見するのにしばし時間を要したらしい。やがて一同の目が莎娜に注がれた。

壇の代表が集まっている。紅灯照の黄蓮聖母も、総壇に出席していて当然だった。

莎娜がいった。「みんな二毛子と呼ぶけど、教民は敵じゃないと思う。東交民巷に逃げこむ前、教会に閉じこめられてた教民たちを見たの。ごくふつうの人たちだった。争いも求めてない」

嘉偉が鼻を鳴らした。「二毛子は宣教師の手先だ。改宗しない俺たちに嫌がらせをし、暴力を振るい、しまいには女房や子供を殺した」

「いえ」莎娜はひときわ甲高い声でうったえた。「そういう手合いは、もともと強い者につきたがるならず者でしょ。宣教師が雇い主だったというだけで、信仰は関係ない。教民はただ純粋に、キリスト教に救いを求めただけ。信心を持つという意味では、わたしたちと変わらない」

碧成が真顔で吐き捨てた。「俺たちにはもう信心なんかない。いんちきな教義の実態を知ったからな」

笑いの渦が巻き起こった。冠宇もおどけたしぐさをした。「というより、この女は なぜいまもここに顔をだしてる？　銃を撃てるわけでもないんだろ？　慕ってた女子《おなご》たちも逃げちまって、もうひとりきりだ。なにができる？」

別の大師兄、昆山《こんざん》が口もとを歪《ゆが》めた。「知れたことだ。扇子を持って舞うんだよ。風を操って、空高く舞うってさ。仙女みたいに」

総壇に下品な笑い声がひろがった。莎娜は耐えきれなくなったらしい、輪を外れて立ち去りだした。

「おい」洪川がしかめっ面でいった。「女を泣かすな。顔が真っ赤だったじゃねえか」

またも一同はげらげらと笑った。李までが目を細めている。

とてもつきあってはいられない、そんな気分になった。張は焚火に背を向け、集団から遠ざかった。

暗がりのなかを歩く莎娜の背を見つけた。ひとりで帰すのは危険だった。

張は小走りに追いかけた。肩に手をかける。「莎娜」

莎娜はその手を振り払った。泣き腫らした目が張を睨みつけた。「強いものにすがって、ご飯にありつけて、銃を手にできる。それで満足。二毛子のならず者と、軍に加わった義和団と、どこがちがうの」

思わず言葉を失った。張は無言で莎娜を眺めるしかなかった。

わずかに返答をまつような素振りを見せたものの、張が黙っていたからだろう、莎娜はまた足ばやに歩きだした。

うら寂しさの漂う夜道を、焚火がおぼろに照らしだす。背後から宴に似た陽気な声が耳に届く。その囂然《ごうぜん》たる空気とは無縁に、莎娜の後ろ姿が遠ざかっていった。

24

栄禄は大臣執務室の格子窓から外を眺めた。広大な中庭には等間隔に官兵が並び、人形のように微動だにしない。その前を鮮やかな朝袍《チャンパオ》が横ぎっていく。

光緒帝が散策している。めずらしいお姿だと栄禄は思った。幽閉されて以降は紫禁城で見かけることはめったになかった。御前会議に引っぱりだされたのち、それなりに自由な時間が与えられているらしい。痩せ細った外見は、もし袍をまとっていなければ、科挙に合格したての青年と見紛《みまが》うほど威厳に欠けている。皇帝の権限を西太后に奪われたばかりか、風格すら失ってしまったようだ。

もっとも光緒帝自身にも責任がある。いま連れ添っている后妃は、皇后にしては地味な色彩の氅衣《しょうい》だった。実際、彼女は皇后ではない。この距離からもわかる。西太后の姪《めい》にあたる皇后は、もっと肌のいろが濃く、気の毒なことに西太后に似て馬面だった。第二后妃の瑾妃《きんひ》は、氅衣の上からもわかる寸胴。ほっそりとして美しい第三后妃の珍妃《ちんぴ》を、まだ若い光緒帝が連れ歩きたがる気持ちも理解できる。

しかしいま国家は前代未聞の憂事にある。しかも離宮でなく、皇城の真んなかで珍妃と仲睦《なかむつ》まじくしていたのでは、西太后の目に触れる。そうならなかったとしても、宦官らが西太后に告げ口するだろう。

西太后がみずからの権力を強化するため、姪を無理やり皇后にした経緯は、誰もが知るところだった。なのに光緒帝は珍妃にばかり執心し、夜をともにしつづけた。幽閉から解放されたとたん、このような振る舞いでは、西太后の神経を逆撫《さかな》でして当然だった。

またも宮中が騒然とするのだろうか。国家存亡のかかった危機的状況だというのに。

背後で端郡王載漪の声が告げてきた。「皇帝陛下も困ったものですな。せめて皇后陛下とよりを戻されたなら、みな心が休まりましょうに」

皇族でありながら、大臣の栄禄に対し遜《へりくだ》った物言い。載漪はいつもそうだ。年長者への一応の敬意と考えてきたが、本心はまるで異なるようだった。

栄禄は振りかえった。載漪が董福祥を伴い、いつしか室内に立っていた。

疫病神どもが。栄禄は苛立ちとともにいった。「こんな事態を招いておきながら、よくもぬけぬけと」

載漪は表情を変えなかった。「とんだ災難でしたな。羅嘉傑があんな事実無根の電報を寄越すとは」

「端王殿下。貴殿の差し金だろう」

「なんの根拠があって、そのようにおっしゃる？」

「朝廷に義和団を後押しさせ、ついに宣戦布告に至らしめた。なにが照会四ヵ条だ。これで欧米にロシア、日本の軍勢が大挙して大清帝国に押し寄せる。国家を終焉《しゅうえん》に導く気か」

「十一ヵ国の公使を、ただちに殺すとは申しておりませぬ。捕虜とし、各国に兵を退《ひ》くよう書面で伝えさせればよい。大陸全土はわが大清帝国の支配下に戻ります」

「人質をとり、要求を呑ませるわけか」

董が見つめてきた。「これは戦争です。諸外国は愚かにも、我らの懐深くに公使らを住まわせました。それがなにを意味するか、身をもってわからせるときがきたのです」

栄禄は憤りを募らせた。「粛親王府《しゅくしんのうふ》を焼いておいて、どこが戦争だ。甘軍と義和団は、列祖列宗の霊を祀るところを、ことごとく破壊しておるんだぞ」

載漪が冷徹な目を向けてきた。「栄禄閣下、どうか現実的にお考えいただきたく存じます。皇太后陛下は義和団とともに外国勢と戦う決定を下された。武衛軍は等しく敵に抗わねばならない。ところが天津の聶士成は、あいかわらず義和団討伐に執念を燃やしておるとか」

「報告があった。天津租界では義和団が混乱に乗じ、略奪を繰りかえしておる。外国軍よりも義和団のほうが、治安を乱す脅威になっておる。だからまず真っ先に制圧せざるをえんのだ」

「武衛軍全軍に、義和団との共闘を徹底するよう、命令をお下しなさい。敵は諸外国のみです」

「余に指図するおつもりか。たとえ端王殿下であっても越権行為だ。武衛軍は軍機大臣の余が仕切る」

載漪がやれやれという顔で黙りこんだ。その面持ち自体が腹立たしかった。

栄禄はいった。「今後、東交民巷で起きたいっさいを、余すところなくご報告いただく。むろん物的証拠もご提出願う。ありもしない話に振りまわされたのではかなわぬのでな」

董福祥が白髭を撫でながら、平然と告げてきた。「そう思いまして、つい先ごろ発生した事態にまつわる物品をお持ちしました」

官兵が運んできたのは、ぼろぼろになった洋物の革製カバンだった。栄禄はそれを受けとり、開けて中身を確認した。

地方で巷に貼りだされる掲示物が、数十枚おさまっている。義和団の動向について報じる、瓦版の類いだった。前身だった義和拳、さらにその源流となった神拳や梅花拳に関する記述も目立つ。蜂起に至る経緯として、宣教師の横暴がさかんに綴《つづ》られていた。

董が説明した。「東長安街で死亡したドイツ公使ケットレルの所持品です」

公使殺害。あらためて狂気の沙汰だと痛感する。だがいまは新たな疑問が湧いてくる。栄禄はきいた。「ケットレル公使はなぜこんな物を持っていた？」

載漪が淡々といった。「東交民巷に潜伏中の、わがほうの密偵からの報告によれば、各国公使館は義和団についての情報を得るべく、事前に地方の瓦版を収集していたようです」

公使らにとっては、暴徒の内情を知る唯一の資料だったわけか。より気になることが浮上した。栄禄は載漪を見つめた。「東交民巷に密偵を送りこんでいるのか？」

「というより、わがほうに寝返った敵が一名おりましてな」

「戦争準備に受けとられかねん行為だ。杉山書記生のことを、とやかくいえる立場ではなくなる」

董が口をはさんだ。「勝つためにあらゆる手段を尽くしておるのです。掘り屋を呼び、侵入用の地下坑道を掘らせるなど、戦術も多岐に及びます。地下坑道の出口も密偵の手引きなしには、位置を決められませぬ」

「掘り屋？」栄禄は驚いた。「いつ始めたことだ？」

「じきに敵陣の中枢に達します」

怒り心頭とはこのことだった。栄禄は怒鳴った。「なら掘りだした時期はずっと前だろう。皇太后陛下のご決断がつい先日というのに、それを待たず勝手に作戦行動を開始しておったのか」

載漪は硬い顔になった。「栄禄閣下。さっきからご不満のようだが、なら皇太后陛下に申しあげればいい。照会四ヵ条は偽物、大沽での勝利も事実無根。皇太后陛下はどうおっしゃるでしょうか」

栄禄は口ごもらざるをえなかった。照会四ヵ条、大沽での勝利。いずれも栄禄が西太后に報告した。偽の電報とは思わなかった。裕禄が嘘をついたのも想定外だった。自分はだまされただけだと弁明したくなる。だが役職は軍機大臣だ。朝廷への報告について全責任を負う。

議論に優勢を悟ったのか、載漪が余裕を漂わせた。「栄禄閣下は皇太后陛下から命ぜられておるでしょう。東交民巷へ赴き、公使らに降伏を受けいれるよう通達せよと」

耐えがたい状況だと栄禄は思った。室内をうろつきながらつぶやいた。「甘軍の騎兵隊や義和団に音《ね》をあげる公使たちではない。どんなに劣勢でも降伏など口にせんだろう」

董が咳ばらいをした。「その件ですが、栄禄閣下。軍機大臣である閣下の英断なくば、使用できない戦力がございます」

栄禄のなかに不快な電流が走った。「大砲のことをいっておるのか」

「ご明察のとおりでございます」

「余の許可を得ずとも、すでに甘軍は大砲を十門も武器庫から引っぱりだしたであろう。知っておるぞ」

「お借りしたいのは、あの旧来のちっぽけな大砲ではありませぬ」

ふいに沈黙が生じた。こみあげる焦燥とともに、動悸《どうき》が激しく波打つ。

「まさか」栄禄はいった。「クルップの巨大砲を築こうというのか」

返事をきくまでもない。載漪も董も真顔で見つめてくる。最初からその要請を意図していたことはあきらかだった。

栄禄は怒りとともに吐き捨てた。「ありえん！　許可などできん。砲口の直径一尺、砲身四丈の巨大砲だぞ」

こんな事態に陥るずっと以前に、栄禄はケットレル公使に申しいれた。最新鋭の強力な大砲を購入したい。できればどの国の軍隊も導入していない、唯一絶対の威力を備えたしろものが望ましい。北洋艦隊が日本に大敗した苦い経験から、栄禄は火砲の強化をこそ最優先課題と考えていた。

砲身は洋人の単位で十メートルにも及ぶ、そう伝えられたとき、まるで想像がつかなかった。部品は分解された状態で運ばれてきた。ドイツ人の技術者も派遣された。五年間は武衛軍のため働くという契約だった。公使館街への攻撃となれば、さらなる報酬と保障を与え、忠誠を誓わせねばならない。それ以上に気遣わしいことがある。

栄禄はきいた。「架台や砲架をどこに建設するのかね？　本来は港を守るため、海沿いの開けた土地に築く。アメリカも同規模のランカスター砲台をウィンフィールド・スコット砦《とりで》に建築中だが、用途はゴールデンゲート海峡の防御だ」

載漪の顔いろは変わらなかった。「粛親王府が全焼した跡地はかなり広大です。もともと北京の地盤は軟らかく頼りないが、煉瓦でしっかりと架台を築けば問題ないと、技術者が申しております」

「粛親王府の跡地だと？　そんな至近距離から公使館街を砲撃するのか。だいいち、砲架は複雑な機構を成しておる。無数の歯車により、巨大な砲身の向きと角度を変えうる。完成まで優にひと月かかる」

董の目つきが鋭さを増した。「敵の援軍が北京に達するのを、涞水の義和団が全力で阻めば、ひと月は持ちこたえられるでしょう。それまでに完成させればよいのです」

意図が見えてきたとたん、眩暈を覚えた。栄禄は額の汗をぬぐった。「援軍を北京に寄せつけないための巨大砲か」

「むろん東交民巷内の公使館への攻撃にも用います。他方、北京の外へも砲撃すれば、敵の進軍に歯止めをかけられます。巨大砲の射程は三十里もあるはずですから」

「おぬしは帝都北京をなんだと思っておる。湾岸の要塞島ではないのだぞ」

載漪は依然、物怖《ものお》じしたようすを見せなかった。「皇太后陛下は、すでに了承なさいました。あとは軍機大臣であられる閣下の承諾のみです」

またしても絶句せざるをえない。栄禄は載漪を睨みつけた。根は小心者のはずの載漪は、わずかに目を泳がせた。

　こみあげる憤怒をかろうじて抑制しながら、栄禄はつぶやいた。「すでに皇太后陛下のお耳にいれたというのか」

「悪く思わないでいただきたいのです」載漪の声が微妙に震えだした。「国家の行方を左右する一大事ですので」

「陛下が賛成なさるものか。内城で巨大砲を撃てば堂子《タンツ》に当たる可能性がでてくる。皇族が本家の祭礼をおこなう、聖なる場所だぞ」

「東交民巷の南から北を狙えば、その危険もあるでしょう。しかし粛親王府跡地は東交民巷の北端にあります。南へ砲撃するぶんには安全かと」

「なにが安全だ」

「閣下。皇太后陛下はむしろ積極的であられるのです。架台の建設が始まれば、公使らは心中穏やかでいられなくなると、皇太后陛下も期待を寄せておられます。栄禄閣下による降伏の要求にも追い風になると」

　栄禄は黙らざるをえなかった。真意は西太后に直接尋ねねばならない。だがおそらく、載漪のいうとおりなのだろう。こればかりは虚言とは思えない。栄禄がただちに西太后のもとへ赴き、問いただせる立場にあることを、載漪も知っているからだ。

載漪はまた落ち着きを取り戻しつつあった。「閣下が東交民巷に行かれる際には、甘軍の騎兵隊に守らせます。義和団が強い味方であることも、そのときおわかりになるでしょう」

「いや」栄禄は首を横に振ってみせた。「気持ちはありがたいが、そんな大げさな護衛は必要ない」

「皇太后陛下も是非にとおっしゃっています」

董も栄禄を見つめてきた。「閣下が逆に人質にとられる事態となっては、わが甘軍の面目が立ちませぬ。公使らは粛親王府跡地あたりに呼びだすのが適切かと。周囲はわが騎兵隊と義和団が固めます」

ふたりの射るような視線に、栄禄はふと弱腰になった。動揺を顔に表すまいと努める。

降伏の要求を突きつけるため出向く、そんな名目ながら、ひそかに停戦に向けた話し合いを持とうと思っていた。立ち会う側近も数人なら、なんとか口どめできるだろう。ところが載漪と董は、そんな栄禄の狙いを見透かしているようだ。密談が不可能な状況に追いこもうとしている。

どうすればいい。困惑を深めたとき、自然に目が自分の手もとにおちた。カバンのなかに瓦版の紙束が数十枚。

　ごくわずかながら可能性が残されている、栄禄はそう悟った。義和団は宣教師による支配に反発し蜂起した。十一ヵ国のうち、キリスト教の布教活動と無関係な国がひとつだけある。日本。会って話すならあの男しかいない。

25

栄禄は柴五郎に会うことにした。公使でなく駐在武官だが、こちらの言語に通じているため、通訳なしでも話せる。そういって載漪らを説き伏せた。

ケットレルのカバンも柴にかえす。そこについても朝廷の合意を得た。ただし栄禄には、別の思惑があった。停戦を呼びかける手紙をしたためておき、瓦版のなかに紛れこませる。騎兵隊や義和団による監視の目があるため、密談は無理そうだが、手紙で真意が伝えられる。名案のはずだった。

ところが直前になり、董福祥がカバンを預かると申しでてきた。騎兵に運ばせる、そういって譲らない。

言外の意思をちらつかせてきている。中身をあらためる、ゆえに余計な物をしのばせるな。董はそう匂わせていた。栄禄は手紙を断念せざるをえなかった。

なんとかして柴に停戦の意向を伝えたい。衆目の監視に、わずかでも隙が生じるだろうか。

正午、曇り空だった。戦闘もなく静かだ。栄禄は輿から外に降り立った。砂塵《さじん》とともに風が吹きつける。

無残な眺めだ。粛親王府は跡形もない。広大な焼け跡がひろがるのみだった。いたるところに瓦礫が残る。足もとの土は黒ずんでいた。

敷地の北端、かつて霊殿があった辺りには、三丈四方に煉瓦が組んである。巨大砲の建設が始まり、架台が築かれている。竹製の櫓《やぐら》のなか、すでに鉄の支柱が数本立つ。着工したばかりだが、公使らは巨大砲だと気づいているだろう。ドイツの軍人がいればわかるはずだ。

物理的な脅しの材料を背にし、騎兵隊が横一列に並んだ。あちこちに三角旗がはためく。栄禄はその中央に立った。

董福祥が近くでささやいた。「騎兵隊長の韓捷も位置につきました」

栄禄は振りかえった。東長安街まで紅巾の群れがひしめきあっている。静寂が保たれていた。みな固唾を呑むようにこちらを見守る。

甘軍はすでに義和団を手なずけたようだ。載漪の説明どおりだった。願わくは、紫禁城に帰るまでそのままであってほしい。この期に及んで見境なく反乱を起こすなどご免こうむる。

前方に向き直った。粛親王府跡地の南端が、両軍の領地の境界線だった。その向こうは公使らと外国勢が籠城する区画になる。東交民巷もかなり狭くなった。崩れかかった家屋が連なり、いたるところに土嚢が積まれている。それらの陰から外国兵が頭をのぞかせる。

地下坑道を利用した奇襲は、たちまち敵兵に気づかれたときく。猛反撃を受け、戦果は挙げられなかった。地下坑道も塞がれてしまったらしい。公使側は徹底抗戦の構えだ。できれば平和の使者として訪れたかった。

だが目を背けられない現実はもうひとつある。

天津で裕禄が自殺した。けさ報告が入った。大沽から上陸してくる諸外国の軍勢を、天津で食いとめる組織的な戦力は、事実上機能していない。ひと月後には北京が戦場となる。

東交民巷からふたりの男が姿を現した。濃紺の軍服、痩せた身体つき。洋人のように背が高くはない。こんな場所で再会に至るとは思わなかった。柴五郎中佐が堂々とした足取りで近づいてくる。櫻井隆一伍長は村田連発銃を携えていた。拳銃は腰の皮套におさめている。

ずいぶんやつれている。疲労困憊《ひろうこんぱい》にちがいないが、毅然《きぜん》たる態度を崩さない。憎むべき日本人ではあるものの、話せる相手として選んだだけに、本音をぶちまけたい衝動に駆られる。停戦を協議したい、開口一番そう告げたかった。

しかしそうもいかない。董福祥以下、甘軍が目を光らせている。

柴と櫻井は近くまで来ると、立ちどまり敬礼した。抗議のまなざしがあった。気まずく感じながらも、栄禄は虚勢を張った。尊大に見えるよう、ゆっくりとおじぎをする。「お痩せになった。柴中佐」

柴は仏頂面だった。紫禁城のときとちがい、いっさいの愛想をのぞかせない。「お元気そうで」

栄禄は櫻井を眺めた。「またこの伍長を伴っておられる。将校らにご不幸でもあったのかな」

すると柴が冷静に応じた。「以前にも申しあげたとおり、彼は支那語がわかりますので。櫻井伍長。ひとこと申しあげろ。なんでもいい」

櫻井が栄禄に告げてきた。「閣下。降伏するならいまのうちです」

栄禄は面食らったが、妙に嬉しくなって笑った。

直後、ひやりとした気分になる。笑い声をあげてしまった。及び腰になって周りを眺める。

ところが騎兵隊は同調したかのように、いっせいに笑いだした。董福祥まで口もとを歪めている。

どうやら勝ち誇った笑いと解釈したようだ。栄禄は内心ほっとしながら、櫻井に目を戻した。「やはり愉快な若者だ。皇太后陛下もお気に召すだろう」

櫻井がきっぱりといった。「西太后に仕える気はありません」

その意気だ。栄禄は平然とした態度を装いながら、柴に向き直った。「率直に話し合いたかったので、あなたを指名させていただいた。柴中佐。公使たちは通訳なしに、われわれの言葉を理解できんのでな。皇太后陛下も通訳を信用しない方針だ」

柴が栄禄を見つめてきた。「紫禁城で率直に話させていただいたつもりでした。このような状況になるとわかっていたら、軍の編制について助言しなかったものを」

「誤解しないでほしい。私はいまでもあなたを友人と思っている。しかし御前会議で決定が下ったのではどうにもならない」

「軍機大臣であられるのに、攻撃が無謀であると西太后に進言なさらなかったのですか」

「わざわざ申しあげなくても、皇帝陛下も皇太后陛下もとうにご承知だ。ただ天津の大沽において、わが軍が勝利したとの報せが入ってね」

「ほう。それは興味深い」

「御前会議ではあらゆる情報を収集したうえで決議がなされた」

「総署の首席大臣になった載漪や、甘軍を率いる董福祥は、さぞ声高に攻撃を主張したのでしょうな。あなたにも抑えきれないほどに」

脈拍が速まっていく。柴という男は敵ながら、やはり有能な駐在武官だった。事情を正確に見抜いている。

西太后の命に背かぬ範囲で、どうにか真意を匂わせたい。栄禄は慎重にいった。「柴中佐。私は軍のすべてを統轄する立場にある。彼らのような強硬派を抑えねばならない私の身にもなってほしい。実際、私は義和団の鎮圧に腐心してきた。ここであなたたちが生き残っているのも奇跡ではないのだよ。私が厳命して兵を引き揚げさせたこともある」

柴が醒めた顔になった。「それは意外でしたな。双方が死力を尽くした結果と思っていましたが、じつは手心が加えられていたとは」

栄禄の権限のなさを責めるような口ぶりだった。栄禄は思わずむっとした。「私は東交民巷を保護する立場をとっている。十六日の上諭では、公使館を実力で保衛せよと命ぜられている。私は義和団からあなたたちを守ろうとしているのだ」

「では後ろに控えている軍勢に、まわれ右をお命じになり、駆け足で退散させてはどうですかな。義和団を荘親王と剛毅の部隊に編入するという上諭もあったはずですが」

「事情はいろいろ複雑だ。政府にも軍にも強硬姿勢を崩さぬ者が多い。しかし信じてもらいたい。私はあくまであなたたちの味方だ」

董福祥が睨みつけるのを視界の端にとらえた。はっきりものを言いすぎただろうか。あくまで降伏を突きつけにきた、その立場を崩していないと、甘軍にはしめしておく必要がある。

栄禄はいった。「柴中佐。私は説得にきた。このままではあなたたちも悲劇的な運命をたどるしかない。私はそんな歴史を残したくはないのでね。ここを明け渡すよう、公使らに助言してもらえないだろうか。もちろん身の安全は保障する」

柴は涼しげな表情のままだった。「換言すると、降伏しろということですな。われわれが清国に白旗をあげた。それが国際社会に事実として喧伝《けんでん》され、歴史の一部になる」

「捉え方しだいだ。強情を張るだけ張って、罪もない人々の命まで失わせるのが賢明かね。四面楚歌《しめんそか》の籠城ではなにも得られんよ」栄禄は柴をじっと見つめた。「あなたなら少年のころの経験から、よくわかっておいでだと思ったが」

総理衙門に柴五郎の経歴を調べさせておいた。柴は明治維新の直前、戊辰戦争《ぼしんせんそう》で賊軍となった会津藩の出身だった。官軍である新政府軍にいた連中が、勝利後は明治政府の要職を占め、軍人としても重要な地位におさまっている。敗者の側にいた柴が、陸軍砲兵中佐まで出世したのは異例にちがいない。最後は若松城に籠城しながら倒された会津藩の不条理を、当時はまだ少年だったとはいえ、柴も理解しているはずだ。栄禄がいったのはそんな意味だった。

柴はわずかに表情をひきつらせたものの、すぐに冷静さを取り戻した。「栄禄閣下のほうこそ、北京の一般市民の命を危険に晒しておられる」

「周辺の住民ならとっくに避難させている。だが少し離れれば、北京の日常はいつもと変わらんよ。行商人が往来し、駱駝も茶を運んでいる。民衆に危険はない。争いはここでしか起きていないのだから」

「義和団を後押ししたり、鎮圧しているといってみたりで、公使館攻撃の事実が正当化できるとお思いですか」

敵愾心を剝きだしにしてくる。栄禄のほうも反発せざるをえなかった。「あなたたちが始めたことだ。われわれにも人民を守る義務がある」

櫻井がわずかに妙な顔をした。ほのめかしに気づいたのか。ならこの機を逃す手はない。

栄禄はわきにいた学士を目でうながした。学士は一礼して引き下がり、軍勢のなか

へ駆けていった。ほどなく引きかえしてきた。

ケットレルのカバンが運ばれてきた。栄禄はそれを受けとり、柴に差しだした。

「われわれの誠意の証《あかし》としてお返しする。馬車の襲撃犯たちはすでに捕らえられ、皇

太后陛下の命により粛清された」

柴は栄禄から目を逸らさなかった。カバンのなかを確かめようともせず櫻井に渡

す。櫻井はカバンを開けた。瓦版の束がつかみだされる。

栄禄はあえて鼻で笑ってみせた。「それを読みたかったのだろう。まだ目を通して

いない瓦版があるだろうからな」

この示唆が意味を持ってほしい。栄禄はそう願った。おそらく日本人は、宣教師ら

が義和団を苦しめていた事実を知らない。義和団による被害が拡大したいま、欧米の

公使らがそれを日本公使に明かすとは考えにくいからだ。

しかし柴ら日本人が、元凶は布教活動にあったと気づけば、公使らのあいだに一石

を投じることになる。十一ヵ国の足並みが乱れるもよし、日本が停戦交渉に傾くもよし。あるいは欧米とロシア十ヵ国が、日本の抗議に腹を立て、内紛が起きる可能性もある。結果として日本勢が倒されてしまってもかまわない。載漪によれば密偵からの情報として、日本人はよく働くため、東交民巷防衛において重大な役割を担っているという。その日本勢が駆逐されれば、公使館街の守りは脆弱《ぜいじゃく》となり、降伏要求が受けいれられる公算も高くなる。柴には気の毒だが、より甚大な犠牲を避けられる。

どんなかたちであれ、全面的な武力衝突は避けたい。それが栄禄の望みだった。

栄禄は悠然とした態度に努めながら、柴に申し渡した。「さきほどの提言、公使らにお伝えいただきたい」

柴が仏頂面で応じた。「降伏を求められたと伝えておきます」

「どうとでも」栄禄は鼻を鳴らしてみせると、踵をかえし歩きだした。

騎兵隊は動かずにいる。柴と櫻井が引きかえすまで見届けるつもりらしい。

董が足ばやに追いかけてきて、栄禄の横に並んで歩いた。「閣下、おみごとです。正直、一時はどうなるかと思ったのですが、あのように余裕を漂わせた態度はじつに効果的でしたな。さすが軍機大臣であられる」

栄禄はわずかに間を置いてから、あえて鼻息荒く応じた。「当然だ」

26

ときが経つのが異常に早い。粛親王府の跡地に築かれる巨大な鉄製の円筒が、日々伸びていくのを眺めながら、張はそう感じていた。

北京へ来て最初のひと月は、一日が長かった。いまはそうでもない。理由は明白だった。規則正しい生活がある。甘軍から支給される飯は粗末だったが、野良犬を殺して焼いて食い、飢えをしのいだころよりましだ。

義和団員は北京じゅうにある空き家に数十人ずつ分散し、見張り以外は夜をそこで過ごす。かつてのように強引に接収した家屋ではない、軍によって召しあげられている。よって盗賊のような後ろめたさもなく、夜は充分な睡眠がとれる。

朝は早くに起床し、甘軍による銃撃訓練を受ける。刀や槍の使い方も改めて教わる。日中は東交民巷を包囲し、騎兵隊による合図で攻撃をしかける。突入は何度か成功し、その都度、敵の築いた障壁を後退させていった。ベルギーやオーストリア＝ハンガリーの公使館を破壊し、隣接する建物をことごとく焼き払った。

東長安街から南へ攻め入った部隊は、日本公使館の手前にある広大な豪邸、粛親王府を火の海に変えた。いま巨大砲の建設が進む空き地が、その焼け跡だった。清の王公大臣の屋敷を燃やして勝利と呼べるかどうか、張は疑わしく思った。だが東交民巷に籠城する敵の領地を奪回したと考えれば、進軍といえるらしい。

実際、甘軍も李来中も武勲と解釈しているようだ。義和団員らも同様だった。大師兄や二師兄らは連日、夕暮れから夜更けまで宴を開き、圧倒的優勢に酔いしれている。

天下第一壇の大師だったはずの張は、すっかり蚊帳《かや》の外に置かれていた。義和団員から頼られることもない。出歩けばいちおう敬意をしめされるものの、かたちだけの儀礼にすぎなかった。いまや紅巾の若者らの尊敬を集めているのは甘軍、とりわけ騎兵隊長の韓捷だった。

莎娜も似たような立場にあるようだ。いちおう顔を赤く塗り、赤装束に身を包んでいるが、総壇からは爪弾きにされている。男ばかりの義和団にあって、身の危険を感じたからだろう、張と一緒にいることが多くなった。ふたりで軍勢の後方に控える。戦闘にも声がかからず、ただ銃声と叫びを遠く耳にする。それだけの毎日だった。

不死身の奇跡や妖術の幻想から醒めた義和団は、あきらかに前より人間らしくなった。近くで見ていてそう思う。一日の終わりには死者を弔う。土葬ばかりのため、墓の面積が拡大の一途をたどっている。全壊した建物の跡地が、犠牲者の集団墓地に変わる。悲しみに浸り、涙を流す紅巾らは、たしかにまともになったといえる。もはや不死身の伝説は、誤った信仰の記憶でしかなかった。誰も口にしたがらない過去の恥とでもとらえているのだろう。張と莎娜は、その未熟だった黎明《れいめい》期の象徴とされているにちがいない。紅巾らが軽蔑するのも無理なかった。

見たこともないほど巨大なドイツ製大砲が、敵陣のすぐ手前に築かれていく。完成まで間もないときかされた。高さは三、四丈に迫ろうとしている。洋人の単位でいえば十メートル前後になる。砲架や架台は歯車をともなう複雑な可動構造をなし、方向や角度を変えて撃てるらしい。

粛親王府跡地の巨大砲建設現場で働いているのは、武衛軍直属の施工班だという。だが洋人の技術者もときおり見かける。ドイツから購入した当時ならともかく、いまも金で雇われているのだろうか。自分がなにをしているか、わかっていないわけではあるまい。洋人にも、祖国を裏切ってかまわないと考える手合いがいるのか。

巨大砲の完成は、突然その事実を知ることになった。張が北京にきてからふた月近く、真夏の太陽が容赦なく照りつける正午すぎ、衝撃の瞬間が訪れた。

強い縦揺れが突きあげ、紅巾の軍勢がどよめいた。直後、轟音《ごうおん》が辺りを揺さぶった。義和団の頭越しに見える巨大砲が、いつしか水平近くにまで傾いていた。砲身が一気に縮むと同時に、砲口が火を噴いた。すぐに砲身はまた元の長さに戻った。

直後、東交民巷の真んなかに火球が膨れあがった。噴煙が辺り一帯を覆う。爆風は張の立つ軍勢後方まで達したうえ、なおも嵐のごとく吹き荒れた。砂塵に顔をそむけざるをえない。地響きはなおもつづいている。大気が異常なほど高温の熱をはらんでいた。

紅巾らが身を伏せたため、前方の視界が開けた。張は愕然とした。信じがたい思いとともに、黒煙のなかに目を凝らす。

遠くに見えていたイギリス公使館が、半分ほど消し飛んでいた。周辺の一帯には炎が燃えさかっている。蟻の群れのように逃げ惑う洋人らの姿が、ごく小さく視認できる。悲鳴や絶叫もこだましていた。

直後、紅巾の群れは興奮の坩堝《るつぼ》と化した。小銃や刀を振りかざし、耳をつんざくほどの歓声をあげた。最前線では甘軍が障壁に突撃を開始した。紅巾らもそれにつづいた。

巨大砲がつづけざまに発射された。いくつかの建物が容赦なく破壊され、爆炎のなかに呑みこまれていく。義和団に生じた狂喜の渦はさらに拡大していった。老いも若きもためらいなく敵陣へ殺到する。

張はその場に留まった。隣りで莎娜も目を瞠りながら立ち尽くしていた。

壊滅的な打撃を与えても、なお籠城中の敵はあきらめようとしない。障壁の向こうから、欧米やロシア、日本の兵士が発砲してくる。

すでに二ヵ月近くも立て籠もっているのだ、銃弾は尽きる寸前だろう。食糧も不足し、慢性的な飢えに苦しんでいるにちがいない。にもかかわらず敵は音《ね》をあげない。圧倒的優位のはずの義和団と騎兵隊の同盟軍は、東交民巷を蹂躙できずにいる。依然として抵抗は激しい。障壁を壊しても、その奥に新たな障壁が築かれている。足止めを食ううちに、先頭に立つ紅巾らが敵の銃弾に倒れていく。不死身を信じなくなったせいだろう、ひるんで後退する姿も目につく。

張は戦況を見てとった。きょう一気に勝負はつかない。巨大砲の攻撃を受けてもなお、敵は持ちこたえている。

とはいえ義和団のほうも、士気がかつてないほど高まっていた。一撃で建物を吹き飛ばすほどの強力な武器が味方についたのだ、勝利を確信しないほうがおかしい。

もっとも、張はそう思わなかった。むしろ絶望に近い心境に陥った。

莎娜も同感らしい。このうえなく不安げな面持ちでささやいた。「あんな馬鹿でかい大砲、このためだけに造ったんじゃないでしょ？」

そのとおりだ。張は緊張とともにうなずいた。「たぶん包囲されているのは俺たちだろう」

27

東交民巷を陥落させられず、義和団が後退したのち、巨大砲はまた沈黙した。

それから数日が経った。北京にいるすべての拳壇は、東四牌楼大街に集まるよう、甘軍から申し渡された。

代わりに騎兵隊が東長安街の最前線に配置され、敵陣を警戒しつづける。紅巾らは持ち場を離れ、大通りを埋め尽くすほどにひしめきあった。

奇妙な催しが執りおこなわれた。甘軍らが拳壇を順に前方へ呼びだし、武器や物資を提供している。

これまで小銃は、さすがに紅巾の全員には行き渡っていなかった。だがいま、無数の馬車に運ばれてきた積み荷により、新入りの若者までが漏れなく恩恵に与《あずか》れる。たすき掛けの弾帯も、もはや大師兄や二師兄のみに許される贅沢《ぜいたく》品でなく、紅巾の標準的な武装となっていく。刀や槍も大量に補充された。

若者らは喜びをあらわにし、互いに燥《はしや》ぎあっている。甘軍からの予期せぬ贈り物に、義和団は沸き立った。

張は腑に落ちなかった。よく目を凝らすと、小銃は軍用の既製品でなく、ひどく古びた火縄銃がほとんどだとわかる。刀や槍も使い古しで、義和団がこれまで持っていた武器より、いくらかましというていどでしかない。

近くにいた総壇の面々に、張は視線を向けた。大師兄ばかりの集団は、やはり一様に硬い顔をしている。喧騒を遠巻きに見守りながら、誰もが懐疑的な反応をしめす。

嘉偉がつぶやいた。「いまさらあんな安っぽい武器を分け与えるとは、どういうつもりだ」

大師兄のひとり、碧成が腕組みをした。「ひとり残らず全員に武装を義務付けた、そんなところだろう。総力戦が近いってことだ」

「しかし」別の大師兄、冠宇が顔をしかめた。「でっけえ大砲があるんだぞ。東交民巷にいる鬼子も倭鬼も、もうふらふらじゃないか。総力戦だなんて、全員で斬りこまなくても、大砲をぶっ放してりゃ決着がつく」

張は口をはさんだ。「総力戦の意味がちがう」

一同が神妙な面持ちで張を見つめてきた。大師兄のひとり、昆山がきいた。「どうちがう?」

憂鬱な気分に浸らざるをえない。張はため息をつき、大師兄らにたずねかえした。

「あの大砲はなんのために設置された?」

さらに別の大師兄、洪川が苦笑した。「そりゃ公使館をひとつ残らず吹っ飛ばすため……」

「いや」張は遮った。「考えてもみろ。大砲が至近距離の公使館を撃ったときには、無理やり水平近くにまで傾かせたが、いまはほぼ真上を向いてる。四丈もの砲身だぞ。弾はとんでもなく遠くまで届く」

嘉偉が張を見つめてきた。「遠くのなにを狙って撃つ?」

「知れたことだ。北京に押し寄せつつある、欧米やロシア、日本の援軍だよ」

総壇の面々は沈黙した。異様に重い空気が漂う。

冠宇が食ってかかるように声を荒らげた。「援軍だと。馬鹿いえ」

張は首を横に振ってみせた。「馬鹿なものか。あんなでかい大砲を、ひと月がかりで設置した理由はただひとつ、朝廷にとって最後の頼みの綱だからだ。栄禄は巨大砲の着工と同時に、日本人の将校と面会し、降伏を呼びかけた」

嘉偉が唸るようにいった。「援軍は寄せつけない、栄禄はそう脅しをかけたんだな」

そのとおりだった。逆にいえば一ヵ月後には、援軍が到達する見こみが立っていたのだろう。

昆山の顔がひきつった。「じゃあ大砲が完成したいまは……」

「ああ」張は同意するしかなかった。「敵の援軍が間近に迫ってる。包囲されてるのは俺たちだ」

総壇が無言で顔を見合わせたとき、群衆がふたつに割れた。馬車がゆっくりと進んでくる。騎兵隊も同行していた。

韓捷が馬上から告げてきた。「大師兄らには特別に、真新しい銃を取らせる」

誰も喜ばなかった。感謝をしめす者もいない。一様に暗い表情のまま、ひとりずつ武器を受けとった。

騎兵は最後に、わきに立っていた李来中にも小銃を差しだした。

李が笑いを浮かべながら、遠慮するしぐさをした。「私は戦局を見定める立場なので」

だが騎兵は厳《いか》めしい表情で、小銃を李の手に握らせようとする。李は後ずさって抵抗した。

「なんだ？」李は真顔になった。「よしてくれ。韓捷殿、この騎兵は新参者なのか？

私という人間をよく知らないようだ。ほかの義和団員とはちがうと伝えてくれないか」

韓捷は冷徹なまなざしを李に向けた。「ちがいなどない」

ふいに李は凍りついたがごとく立ちすくんだ。騎兵がその胸もとに小銃を押しつけた。

李が震える声でうったえた。「私は戦えない。董福祥と兄弟の契りを交わしておってな」

「いや」韓捷は低い声で応じた。「おまえも戦う。誰ひとり例外はない。敵の軍勢に囲まれている以上、逃げだすことも不可能だ。それを忘れるな」

大師兄らは、もう予想がついていたせいか、驚きのいろをしめさなかった。李がひとり狼狽をあらわにしている。

推測を裏づけるひとことだった。やはり欧米露日の軍隊が、北京に肉迫している。いまだ攻めこまないのは、巨大砲を警戒しているからだ。

しかしいかに強力だろうと、しょせんは一門の大砲にすぎない。北京の周囲に、絶えず弾幕を張りつづけられるわけでもない。援軍は着実に距離を詰めてくる。甘軍もそれを理解している。

莎娜にも武器が渡された。棒の先に半月の刃《やいば》を備えた眉尖刀《びせんとう》だった。騎兵から強制されたのではなく、莎娜がすすんで手にとった。

そのようすを見て、張はじっとしていられない心境になった。莎娜のもとに足ばやに歩み寄り、張は告げた。「やめろ。きみが戦うことはない」

ところが莎娜は、なぜか遠くを見つめながら、震える声で応じた。「わたしひとりだけ残れない」

その視線を追い、張は振りかえった。思わず目を疑った。義和団の群衆のなかに、紅灯照の少女たちがいる。騎兵から鉤鎌刀《こうれんとう》や鳳嘴刀《ほうしとう》を渡されていた。武器選びを手伝っているのは、彼女たちと一緒に姿を消した男だった。梅花拳出身の大師兄、蔡怡だ。

張は莎娜の手を引き、蔡怡のもとに駆けていった。「戻ってたのか」

蔡怡が見かえした。その顔に笑いはなかった。「涿州城まで帰れなかった。とっくに敵が攻めてきてたからな」

押し黙らざるをえない気配だった。敵軍に遭遇しただけなら、北京に引きかえす理由にはならない。行く手が広範囲にわたり封鎖されていたのだろう。蔡怡はぼろぼろになった紅巾を、またも身につけている。

少女らも同様だった。ふたたび赤装束をまとうつもりはなかったにちがいない。赤塗りの顔には翳《かげ》がさしている。

莎娜が少女のひとりに声をかけた。「佳慧《かけい》……」

しかし佳慧と呼ばれた少女は、莎娜と目を合わせようともしなかった。紅灯照の全員が同じ反応だった。

騎兵が声をかけた。「武器の使い方を教える」

少女たちは応じた。「はい」

小走りに去っていく少女らを、莎娜は哀愁に満ちたまなざしで見送った。その目に涙が膨れあがっている。

張は視線を落とした。もう打つ手はない。優勢に立っているとの思いこみが、義和団をこの場に留まらせた。事実に気づいたとき、退路はすでに断たれていた。皮肉にも、あれだけ国に命を捧《ささ》げると意気ごんでいた大師兄たちは、誰もが陰鬱に沈んでいる。沸いているのは彼ら以外の紅巾だった。奇跡に頼っていたころと同じだ、みななにもわかっていない。

冷たく澄んだ晩夏の陽光は、夕焼けどきに異様なほどの赤みを帯びる。だがどこか目にやさしい。張はその理由に気づいていた。陣地にひしめく紅巾らのいろが、風景のなかに溶けこむからだ。毒々しい赤に身を包む軍勢も、ただ連なり重なりあう影に等しくなる。義和団につきまとう常軌を逸した重みを、一時でも忘れさせてくれる。

攻守の均衡が保たれたいま、辺りを静けさが包む。崇文門に近い公使館通りの障壁は、すでにかなり西へ後退していた。すなわち義和団の最前線はそれだけ東交民巷のなかへ食いこんでいる。路面に積みあげた土嚢の手前で、紅巾たちが小銃をかまえつつ身を隠す。甘軍による指導を受けたからだろう、みな兵士さながらの姿勢に見える。

張は姿勢を低くし、小走りに最前線へと急いだ。李来中の持ち場はそちらにある。甘軍が彼に割り当てた、そうきいた。

土嚢の山にはそれぞれ、ひとりかふたりずつ紅巾が身を隠す。なかでも異質な後ろ姿はすぐ目についた。姿勢がぎこちない。妙に赤装束が真新しく、しかもだぶついている。その男がうつ伏せている隣りに、張も滑りこんだ。

李が驚いた顔で見つめてきた。「なんだ。びっくりした。あんたか」

張は土嚢の向こうを一瞥した。敵の障壁までさほど距離もない。まさしく兵卒の扱いだと張は思った。「李さん、その恰好も似合ってるよ」

「いまさら紅巾を着せられて、若造よろしく捨て駒に成り下がるとはな。俺も落ちぶれたもんだ」

「非常事態だ、やむをえん。ここを乗りきれば、あんたの功績はみんなが認めてくれるよ」

「乗りきる?」李が疑わしげにつぶやいた。「なにをもって、どう乗りきるんだね」

答えようのない質問だった。張はたずねかえすしかなかった。「あんたはどんなふうに考えてる?　もはや絶望か?」

「きくまでもない。だが」李の顔は妙に穏やかになった。「これでよかったんじゃないかとも思えてくる」

「なぜだ」

疲弊の末にいろを失ったような、あるいは悟りきったような、中年がよく見せるぼんやりとした表情を、李は浮かべていた。張と同じ歳を重ねてきた男の顔だった。

李はため息とともに、小銃の被筒を握りなおした。「張さん。俺はあんたを義和団に誘った。この国の現状を変えたいって気持ちに嘘はなかった。でも扶清滅洋が本心だったかといえば、そうでもないんだ」

いまさらそんな話かと張は思った。「あんたの国にしたかったんだろう。洪秀全が太平天国で革命をめざしたように」

「気づいてたのか」

「金持ちでもなさそうなのに、私財を注ぎこんで義和団を支えてきた。君主になりたかったんだろうと察しはつく」

「滑稽だろうな」李は真顔のままいった。「いまや紅巾のひとりでしかない。たぶん董福祥にも見抜かれてた。だからこんなありさまだ。俺のことを軽蔑してるか？」

「いや」

「じゃ腹を立ててるのか。だまされて気分のいい奴はいないよな」

「あんたは俺をだましたつもりだったのか？　己れの野心のためにか」

「少なくとも扶清滅洋が信念じゃなかった」

張はふいにおかしくなり、口もとを歪めざるをえなかった。

李がきいた。「なぜ笑う？」

「反省してるようじゃ皇帝にはなれんだろ。西太后が過ちを認めたりするか？」

夕焼けのなか、しばしこわばった李の顔が、融和したかのように苦笑した。「ああ。もっともだ。俺はそんな器じゃないな」

「たぶんあんたは正直すぎたんだよ」張は思いのままを告げた。「掃清滅洋と顔に書いてある」

「掃清滅洋か。言いえて妙だ。本当は朝廷じゃ駄目だと考えてた。董福祥や甘軍の力を借りるため、自分をごまかしてきた」

「朝廷じゃ駄目って点は賛成だ」

「あんたはどんな国になるべきだと思う？」

「そうだな」答えははっきりしている、なぜかそんなふうに張は感じた。「上に立つ奴がひとりでもいれば、命令に従った者が犠牲になる。清はそればかりだった。もうたくさんだ。理想は全員が百姓の国。君主も役人もいらない。俺が生まれ育った農村は平和だった。父が戦争に引っぱられるまではな。国じゅう農民ばかりで、同じ広さの土地を等しく分け合っていれば、不公平はなくなる」

李が鼻を鳴らした。「それじゃ誰が機械を作る？　農作物だけじゃ家も建たん」

「なら工場で働く連中も、農民と同じぐらいの労働量と暮らしで均一化する。偉い奴なんかひとりもいらない」

「急にそんなふうにしろといっても、抜け駆けする奴や、怠ける奴がでてくるだろう」

「実現するまでは、誰か引っぱっていく者が必要になる。義和団でのあんたや俺のように」

「君主になるわけじゃなくて、か」

「ああ。いまの俺たちがそうだよ。ただの人、一介の紅巾になってる。それでいいんだろう」

「国民全員ひとり残らず、よほど立派な心がけにならなきゃ、とても実現しえない理想像だな」

「そうかもしれないが、漢民族には合ってるし、できる気がする。広々とした大陸に、ゆっくりと時間が流れてる。農村の平穏な一日が、国の隅々まで行き渡ればいい」

「漢民族だからこそ実現できる未来か」李がまた笑った。「満州族はどうする?」

「掃清滅洋だよ。権力にしがみつきたがる者は誰であれ、掃いて捨てなきゃならない」

「なるほどな」李は味方の軍勢を眺めるように、後方を振りかえった。「旗印を変えさせときゃよかった。たとえ義和団が勝利しても、あんたの理想とは異なる国ができちまう。というより、みんなそこまで考えちゃいない」

義和団の勝利自体が夢想だろう。けれども、ふしぎと虚無に浸る気分ではなかった。張はつぶやいた。「民衆が立ちあがる布石にはなった。自分たちで改革の波を起こせる、若い連中はそう感じたはずだ。次は最初から、理想の世のなかをめざして戦えばいい」

「あんたのいう全員が百姓の国、金持ちと貧乏人の差が生じえない国をめざすのか」

「ああ。これだけ大勢の漢民族が大陸に住んでる。意思を統一して理想を実現できるのは、まさしく俺たち、漢民族だろう。洋人よりずっと先進的な、人類の到達点だ」

「元舟漕ぎが、たいそうな信念を持ってたんだな」

「舟漕ぎだったからわかることもある。いや、漢民族みながいってることを、俺は職業で実践してたぶん、より強く信じられるんだよ。舟が橋桁にぶつかりそうでも、川の流れはその手前でふたつに分かれてる、だから身をまかせていればいい。舟は無事に橋をくぐる」

李は張を見つめてきた。夕焼けに赤く染まる顔が、いつになく若々しく映えていた。

「そうか」李が感慨深げに告げてきた。「あんたを選んだ俺は見る目があった。まちがいなく多くの若い連中を率いる器だ。俺はといえば、充分な膳立てすらできなかった。俺のせいで、あんたの才能も発揮されずじまいだ。せめてあんたがそんな教えを広められたら」

「民衆の蜂起が世界をも動かす、そう教えることができた。きっと後につづく者がいる。あとは俺が伝えずとも、漢民族なら自発的に平等の二文字をこそ求めるはずだ。きっと誰かが実現してくれる。俺たちは捨て石じゃなかった」

学問に疎いのは自覚している。ひょっとしたら、もう同じような思想が存在するのかもしれない。ならその思想に、いつか多くの若者が呼応するはずだ。やがてそれが、人に上下の階級を生じさせた過ちを是正しうるだろう。

義和団は戦いを通じ成長した。よって幻想から覚めた。不死身を信じられなくなったがゆえ、圧倒的優勢を誇りながらも東交民巷に突入できず、この北京での戦いに負ける。だがそれは民衆の急速な学習能力をしめしている。今後、朝廷を盲信する愚かさを知り、無意味な差別に異を唱えるだろう。ここでの敗北は明日の勝利を生む。漢民族の勝利を。

斜陽が急激に赤みを増した。刺激の強い視野のなかで、李はなんらかの余韻を感じているように、無言で空を仰いだ。やがてその目が張に向けられた。澄みきったまなざしが張をとらえた。

張は逆に、穏やかならぬ気配を察した。李の顔をひたすら見かえした。

ふいに李は跳ね起きるも同然に立ちあがった。小銃を高く掲げ、李は怒鳴った。

「みなの者、きけ！　いまから旗印を変える。掃清滅洋だ！」

一瞬、頭のなかが真っ白になった。張はあわてて李を土嚢の陰に引き戻そうとした。「李さん。よせ」

しかし李はなおも大声を張りつづけた。「この世に権力者はいらない！　皇太后も朝廷も無用の長物だ。張大帥が道をしめしてくれたぞ。平等な社会をめざせ！　究極の理想だ、漢民族なら実現できる」

銃撃音が腹の底に響いた。李がよろめき、足もとをふらつかせた。

障壁の向こうからの発砲にちがいない。外国兵に撃たれた。張は李に飛びつき、土嚢の手前に伏せさせた。

仰向けにすると、李は片手で腹を押さえていた。斜陽のなかでも、なお紅いろに染まる鮮血が流出するのが見てとれる。

駆けてくる足音があった。莎娜だった。近くでうずくまると、ゆっくりと視線をあげ、李の顔を眺める。莎娜は絶句していた。

李がぼんやりと薄目を開け、張を見上げてきた。「お別れだな。すまん。ひと足先に行くよ」

「喋るな」張は手の上から強く押さえた。もう血はとめられない、そう悟ってからも圧迫しつづけた。

「なあ、張さん」李が静かにささやいた。「農村のみんなが教育を受けるって話な。やっとその価値がわかった気がする。あんたの理想の社会なら」

「俺には実現できん」張は声が震えるのを抑制できなかった。「ここの義和団ひとつ、満足にまとめられなかった」

「後につづく者がいるよ」李の目が閉じていった。「きっとだ、張さん」

李の全身が弛緩していくのを、腕にかかる重みに感じる。いちど痙攣をおこした。だがそれ以降は、眠りにおちるかのようだった。呼吸は緩やかになり、やがて消えていった。

莎娜が顔を伏せ、声をあげて泣きだした。

張も際限なく胸を締めつけてくる悲哀に逆らいきれずにいた。涙がとめどなく溢れ、絶えず視界を波打たせる。川面を眺めるようだと張は思った。舟漕ぎを引退して久しい。映りこんでいるものは過去の記憶でしかない。いまこのときも、すぐにそうなる。

28

淡黄色の陽射しが降り注ぐ紫禁城に、初秋の風が吹きこんでいる。だが優雅さなど微塵も感じられない。けさは早くから異常なほどの喧騒に包まれている。

栄禄の歩く中庭は、宦官が走りまわり、いたるところに雑多な物を堆く積みあげる。みな棚から引き出しを抜き、中身もそのままに抱えて駆けだしてくる、そんなさまが目につく。高価な陶器や家具類も持ちだされる。そして書類の山。風が強く吹きつけ、一面に舞った無数の紙を、官兵も加わって拾い集める。一方で不用な物や、皇城が占拠された場合に備え処分される書物などが、焚火にくべられている。保存すべき書類が炎のなかに飛びこんでしまったらしく、部署の異なる宦官どうしが激しく口論しだした。

砲声が轟《とどろ》く。神経に障る音だと栄禄は思った。心休まるときの訪れはいつになるだろう。生きているうちは無理なのか。

遺《や》る瀬無《せな》さが胸のうちにひろがる。覇気を失ったのには理由があった。聶士成が死んだ。同い年の盟友は、もうこの世にいない。天津で外国兵と交戦の末、命を落としたと伝えられる。もうひと月も前のことだ。一昨日にようやく報告が届いた。

混乱のひろがる中庭を、端郡王載漪が小走りに近づいてくる。いつもなら皇族は、城内の移動にも芝居がかった尊大な態度をまとい、側近を大勢連れ歩くものだ。いま載漪はひとりだけだった。

ひどく狼狽をしめしながら、載漪が話しかけてきた。「ここにおられたのですか、栄禄閣下」

栄禄はぼんやりと応じた。「そろそろお着替えになったらどうかな」

皇帝陛下や皇太后陛下を筆頭に、王公大臣はみな町民に変装し、裏門から脱出するという案が提唱されている。着替えとはそのことだった。

もっとも栄禄自身、いつもの唐装をまとっていた。この期に及んで必死に延命を図る気にもなれない。

内城の市街地は、崇文門から正陽門まで三里の民家がことごとく焼け落ち、いまや焦土と化している。帝都の九門はすべて閉ざされた。米の価格は一石二十五両に高騰し、民衆は飢餓に苦しんでいるときく。御膳房にすら食材が入ってこないため、皇城でもみな空腹を抱える始末だった。ふだん御膳房は一日に五十頭ぶんの豚肉を、なに不自由なく入荷し、余らせては捨ててきた。罰《ばち》が当たったのだろう。

こんな惨状を招いておきながら、軍機大臣がこっそり逃げだすなど、あまりに下衆《げす》な所業に思える。清朝政府を存続させるため、皇帝や皇太后が脱出するのはかまわない。だがその側近に加わる気にはなれない。それが栄禄の本意だった。

載漪が血相を変えまくしたててきた。「栄禄閣下。どうか皇太后陛下にもの申してくださらぬか。諸外国の援軍はもう北京から四十里の距離まで来ておるのです。巨大砲を撃ちまくって進軍を阻んだとしても、日没までもつかどうか」

「説得なら、皇族であられる貴殿のほうが適任であろう」

「余では傾聴していただけぬので、閣下に頼んでおるのです」

西太后は癇癪《かんしゃく》を起こしている。だからわざと寄りつかずにいるのだ、栄禄はそう思いながらいった。「お食事を召されることができぬゆえ、皇太后陛下も苛立っておいでだろう。よってより意固地になられ、北京からの退避を拒みつづけておられるのだ」

「いや。その段階なら解決しておるのです。皇太后陛下はお食事を召され、多少落ち着かれました」

「ほう。なにを召された？」

「豆小児《ドウシャオアル》といって、四川《しせん》の小料理です。大豆汁を煮詰め、にがりで半固形にした豆腐の一種とか」

「よほど勇気のある料理人だ。百姓以下が口にする粗末な食い物ではないか」

「ところが皇太后陛下は、お腹《なか》がお空きだったせいもあったのか、お気に召されたようで……。庶民の装いに身をやつすことにも、抵抗が和らいだようです」

「そうか。それはよかった」

「よくはありませぬ」載漪は救いを求めるような目を向けてきた。「脱出の際には、余も同行するよう、皇太后陛下が強要なさるのです」

「皇族の貴殿も連れて行かれたいというご意思だろう」

「どんな逃避行になるか想像もつきませぬ。外国兵どころか、野蛮な輩に囲まれ、なぶり殺しにされるのがおちです。運よく逃げ延びようと、十一ヵ国が戦争の責任を追及してくるでしょう。余は死刑を宣告されてしまうかも」

「落ち着かれよ」栄禄は半ば呆れながらつぶやいた。「貴殿なら皇太后陛下がかばってくださるにちがいない」

「いや！　ご存じのとおり、皇太后陛下は気まぐれなお人です。それにけっして御みずからは責任をとろうとなさらない。ご自身の地位を守ろうとなさるため、皇帝陛下のせいにもなさらない。側近の首を諸外国に差しだすおつもりなのです」

「それで貴殿は、どうなさろうというのか」

「閣下はここに残られるおつもりとお見受けしました」載漪は辺りに目を配ったのち、声をひそめ告げてきた。「余も一緒に残らせてほしいのです」

「諸外国の軍勢が攻めいってきたら、その場で殺される可能性が高いが」

「だから、町民の扮装をして市街地に逃れる。それしかないでしょう」

腹立たしい思考の持ち主だ。栄禄は載漪に反感を募らせた。義和団に公使館街を攻撃させた張本人でありながら、いまになって自分の身の心配ばかりしている。

載漪はすがるように栄禄の腕をつかんだ。「頼みます。剛毅は皇太后陛下の命により、半ば身柄を拘束されました。強引に同行を余儀なくされるでしょう。ほかにも責任を押しつけ殺すためだけに、大勢の官吏が連れて行かれようとしております。余もそのひとりなのです」

ここに留まるという栄禄の覚悟を、この男は延命を図る口実と考えているようだ。稚拙な当て推量と身勝手な決めつけ、器が知れるとはこのことだった。

栄禄はいった。「そういうことなら、むしろ余も皇太后陛下とご一緒する」

「なんですと」載漪が愕然としたようすで見つめてきた。「栄禄閣下も退避なさるのか、皇太后陛下らとともに」

「そのほうが命を賭けていることになるなら」

するとと載漪は目にうっすらと涙を溜め、さも嬉しそうに告げてきた。「閣下がいれば心強い！　きっと皇太后陛下も、閣下の言葉には耳を傾けられましょう。どうか口添えのほど、よろしく頼みましたぞ」

冷えきった胸のうちを意識しながら、栄禄は無言で載漪を眺めた。

この男は剛毅と結託し、聶士成の死すら朝廷に弔わせなかった。義和団への支援を最後まで拒んだ聶を、国賊扱いにして貶《おとし》め、戦いに殉じた名誉を剝奪した。端郡王を名乗る資格など、載漪にはない。

そんな載漪が処刑されるのを見届けられるなら、皇太后の逃避行につきあうのも悪くないだろう。たとえみずからも殺されることになっても。栄禄は静かにそう思った。

載漪は栄禄が味方してくれるものと信じきっているようだ。満面の笑いとともに載漪がいった。「密偵からの連絡が途絶え、正直ここに留まるのもどうかと、不安になっておったところです。道が開けた。心から感謝しますぞ。では着替えがあるので、のちほど」

すかさず背を向け、載漪は走り去っていった。

中庭の混乱はおさまるどころか、いっそう激化しつつある。もはや騒乱と呼ぶべきかもしれない。ひとりを複数が囲み暴行するさまを、そこかしこに見かけた。官兵も宦官も参加している。

外国軍が攻めこんできたら、すべてがうやむやになる。いまのうちに気に食わない者は殺してしまえばいい、そんな思考が蔓延しているのだろうか。世も末だ。栄禄は陰鬱な気分で歩きだした。

東交民巷のなかにいながら、大清帝国に寝返ったという密偵が何者か、栄禄はいまだに知らなかった。載漪にたずねる気にもなれない。どうせ祖国への忠誠心の薄い、無責任な輩だろう。その密偵が結局、事態の収拾に貢献できなかったことは、現状を見ればあきらかだ。

役立たずという意味では、自分も同格かもしれない。虚しさとともにそう感じる。柴五郎に投げ与えた餌は、公使らの分断や内紛につながらなかった。宣教師の布教活動が農民の反感を招いた、そう理解したうえでも、日本人は欧米人との結束を弱めなかったようだ。見上げたものというよりほかにない。彼らと比較し、大清帝国に最も欠落していたものはなんだろう。

こうしているあいだにも、敵の援軍は北京に到達するかもしれない。しかし不安は募らなかった。ただ憔悴と失意、落胆にさいなまれていた。

どれだけ歩きまわっただろう。栄禄はいつしか北東の隅まできていた。じきに城壁に行き当たる。この辺りにはなにもない。

引きかえそうとしたとき、竹やぶの向こうで、ドボンとなにかが水に落ちる音がした。

妙に思い足をとめる。人影が垣間見えた。宦官が三人、石造りの小さな井戸の周りにいる。厚い棗《なつめ》の木板で、井戸に蓋をしたうえ、紐《ひも》で縦横に縛りつけている。

作業を終えたようすの宦官らが、こちらに歩いてくる。栄禄を見ると、宦官らはびくついた反応をしめし立ちどまった。

不審な挙動だと栄禄は思った。「おぬしら、ここでなにをしておる」

「いえ」宦官のひとりがひきつった笑いで応じた。「なんでもありませぬ。退去の命令が下る前に、巡回をと思いまして」

その宦官の手には、后妃のまとう鳖衣が持たれている。きちんと折りたたみもせず、わしづかみにしていた。見覚えのある刺繡だ。地味な色彩ゆえ皇后のお召し物ではない、そう判断したのを記憶している。

光緒帝に連れ添って歩く姿が思い起こされた。第三后妃、珍妃の氅衣ではないか。

栄禄は井戸に向かおうとした。すると三人の宦官が押し留めてきた。

「どけ」栄禄はいった。「余に触るな。無礼であろう」

宦官のひとりが切実に告げてきた。「お赦しを。しかし、お通しするわけにはまいりませぬ」

「なんだと。どういうつもりだ」

別の宦官が声を震わせた。「皇太后陛下直々のご命令なのです」

栄禄は衝撃を受け、その場に立ち尽くした。

最後の宦官がおずおずとつぶやいた。「閣下にあられましては、皇太后陛下にお確かめいただくこともできましょう。しかしながら、なにもご覧にならなかったとされるほうが、ご都合がよろしいかと」

「黙れ！」栄禄は一喝した。

宦官らはあわてたようすで、揃って地面にひれ伏した。

密閉された井戸を、栄禄は見つめた。信じがたい事実だ。混乱に乗じ、気に食わない者を殺《あや》める。錯乱に等しい蛮行が多発し始め、嘆かわしく思った矢先、まさか西太后までが。

「閣下」宦官のひとりがひれ伏したまま、さも哀れみを帯びた声を響かせた。「恐れながら申しあげます。いまからなにをなさろうと、結果は変わりませぬ」

井戸に落とす前に、珍妃はすでに死んでいた。そういう意味だろう。

遠のきそうな意識をかろうじて留めながら、栄禄は踵をかえした。宦官らを残し、ふらふら歩きだした。

砲声が地鳴りとなって伝わってくる。いつしか砲撃が激しさを増したようだ。敵の援軍が迫っている。

時間切れだった。じきに北京の甘軍や義和団は、最後の攻撃にでる。外国勢の援軍到着までに公使らを人質にとるなど、おそらく無理と知りつつも、東交民巷に決死の突入をはかる。それが連中に残された唯一の道だろう。

栄禄はどこへ向かうでもなく、ただひたすら歩いた。視野が開けていながら、濃霧のなかに彷徨《さまよ》いこんだかのようだ。

いまこそわかる。光緒帝の近代化改革を頓挫させたのは誤りだった。一生の不覚にちがいない。明日以降も朝廷が存続しうるなら、なすべきことはひとつだけだ。西洋に学び、日本の明治維新に倣い、合理的な国家をめざそう。古き良き仕来りなどと、誰がいった。伝統と保守へのこだわりが、何千何万もの命を散らせたのだ。

29

息が詰まりそうな人混みのなか、張は莎娜とともに立っていた。

周りの紅巾らはひとことも喋らない。大師兄たちも沈黙している。東四牌楼大街を埋め尽くす義和団の全員がそうだ。身じろぎもせず、誰も声を発しなかった。

だが静寂にはほど遠い。巨大砲の発射音が、繰りかえし大地を揺るがす。東交民巷の内部に着弾するたび、轟音が響き渡る。

空は青かった。汗が滴るほどの熱気が滞留している。赤一色の軍勢にもさまざまな拳壇があった。いくらか離れた場所に、紅灯照の少女らが身を寄せ合っている。ときおり不安げな視線を莎娜に投げかける。莎娜は彼女たちを落ち着かせようとするかのように、その都度うなずいている。

しかし莎娜のほうも、内心は怯えているにちがいない。莎娜は張の手を握ってきた。震える手に力が籠もる。

張は莎娜を見つめた。赤塗りの顔は仮面に等しい。血の気がひき蒼白になった事実を覆い隠す。それでも目だけは正直だった。恐怖のいろが浮かんでいる。

ふたりとも、もう一方の手には刀を握っていた。慣れない銃など使いこなせない。教会の襲撃とはちがい、外国軍が相手では無力も同然だろうが、ほかになにも選べない。

前方がにわかに騒がしくなった。反復される絶叫が、突撃、そう告げているとわかる。直後、ごく間近で騎兵が怒鳴った。「突撃！」

紅いろの軍勢は雪崩を打ち、一気に前進しだした。誰もが大声で叫んでいる。義和団員のうち何割が、騎兵の命令を不本意に感じているかはわからない。大師兄と二師兄だけでも一万人前後、彼らは北京がすでに包囲されたと知っている。無駄な戦いに躊躇の念も生じるはずだった。だが見るかぎり、踏みとどまろうとする者はごくわずかだ。そういう連中も、軍勢からの離脱は不可能だった。結局、背後からの圧力に逆らいきれず、進軍の向かう先へと押し流されていく。

斜め前方で、永壮が逃げたくなったのか振り向いた。しかしあいにく、すぐ後ろの馬上に韓捷がいた。永壮は立ちすくんだ。

韓捷が突撃を目でうながす。永壮はびくつきながらも小銃をかまえ、東交民巷に向き直ろうとした。

そのとき、ふいに血飛沫が散った。永壮が呆然《ぼうぜん》とした顔になり、大きく口を開けたままのけぞった。周囲の紅巾も数人が倒れた。

一瞬ののち、銃撃だとわかった。韓捷は手綱を操り、馬の向きを変え疾走しだした。狙われているのは韓捷らしい、かろうじて命中を逃れながら駆けていく。その進路に近い義和団員たちが弾を食らい、次々と突っ伏す。

張は軍勢とともに前進しながら、辺りを見まわした。東交民巷のなか、建物の屋上にうつ伏せた外国兵らが、小銃でこちらを狙いすましている。銃火がつづけざまに閃くのがわかった。紅巾らも撃ちかえすが、地上から仰角に銃を構えての反撃は不利だった。敵兵は少人数に限られるうえ、相互に間隔を置き、頭だけをわずかにのぞかせるにすぎない。逆に敵からすれば、眼下の大群は狙撃しほうだいだった。発砲ごとに犠牲者がでる。密集しているため回避もできない。

巨大砲の援護はまだか。建物ごと吹き飛ばしうる威力を、いま発揮しなくてどうする。張はじれったさを嚙み締めながら伸びあがった。群衆の頭ごしに巨大砲を眺める。

衝撃が心を襲う。巨大砲はほぼ垂直に立ち、火を噴いていた。東交民巷に着弾はない。

喧騒に掻《か》き消《け》されまいと、張は莎娜に大声で怒鳴った。「敵軍が迫ってる」

莎娜は瞠目《どうもく》した。「たしかなの?」

「大砲の弾が届く範囲まで、距離を詰めてきてる」

この突撃命令が下ったのも、破滅のときが近いのを悟ったからだろう。まさしく自殺行為でしかない。

道沿いに規模の大きな建物があった。城門に似た玄関の両わきに獅子が鎮座する。塀の上部には屋根瓦が並ぶが、フランスの国旗がはためいていた。公使館のひとつだった。義和団により制圧済みのはずが、屋上からやはり銃撃がある。あるいは敵に奪回されつつあるのか。

公使館通りと呼ばれる西行きの道を、軍勢とともに猛進する。しだいに間隔がひろがり、走りやすくなった。だがその理由がわかり、身の毛のよだつ思いにとらわれる。紅巾が大幅に数を減らしているせいだ。鮮血が飛散しているのか、視野は赤い霧に覆われていた。

道路の行く手をふさぐ障壁を、紅巾らが打ち壊しながら乗り越える。敵による銃撃を受け、脱力し滑落する者もいるが、大多数は障壁の突破を果たす。紅巾の津波が、ごく少数の敵兵を呑みこむ。十人がかりでひとりを倒す、そんな非効率な戦闘のありさまだった。義和団にはこれしかないのだろう。とはいえ着実に前進しつつある。

弾がどこから飛んでくるのかわからない。後方から味方が撃った弾に当たらないともかぎらなかった。ふいに絶叫が耳をつんざく。近くを走っていた大師兄らが、揃って倒れこんだ。首から血を噴きだしているのは嘉偉だった。目を剝きながら嘔吐《おうと》している。それ以上は凝視していられなかった。立ちどまれば撃たれる、ここにあるのは死にもの狂いの混乱だけだった。

数では圧倒している。敵の援軍が北京を包囲しようと、この東交民巷にかぎれば、義和団が公使らを追い詰めている。人質にとりさえすれば希望は残る。

突如、莎娜が足をとめた。立ちすくんだまま身を震わせ、悲鳴をあげつづけた。

張は愕然とした。ごく間近で、洋人の将校らしき軍服がふらついていた。真紅の上着のせいか、猛進する紅巾の群れから、偶然見逃されているようだ。拳銃で周囲に手あたりしだい発砲している。紅灯照の少女らが倒れていた。将校は少女らの背を、なおも執拗《しつよう》に銃撃する。数人の少女はのけぞり、それっきり動かなくなった。ほどなく弾が尽きたらしい、将校は空撃ちを繰りかえした。

憤りがこみあげる。張は将校に挑みかかり、刀を振りあげた。蒼い目が見開かれ、張を凝視した。満身の力をこめ、張は将校の胸部を叩き斬った。刀は深々と刺さり、抜けなくなった。噴出する血飛沫をまともに浴び、視界が赤く染まった。それでも張は目を閉じなかった。将校が膝をつき、つんのめるまでしっかり見届けた。

莎娜が刀を放りだし、血の海にへたりこんだ。泣きながら少女らの名を呼ぶ。「江《こう》花《か》。靖《せい》涵《かん》」

静止していては撃たれる。張は莎娜の腕をつかみ、引き立たせようとした。「行くぞ」

けれども莎娜は泣き喚くばかりで、いっこうに自分の脚で立とうとしない。

ふいに地鳴りがした。周りの紅巾らの動きが鈍った。動揺がひろがっている。みな視線をある方角へ向けていた。

建物の隙間から、信じがたい光景が目に入った。黒煙に包まれた巨大砲だった。煙突のような砲身が、ゆっくりと傾きだす。倒壊していく。着弾とは別の轟音を響かせ、地鳴りとともに崩れ落ちた。

集団の叫びを耳にした。周りの誰もが声を発している。張は逆に沈黙した。息の根も止まる衝撃に、言葉すら見つからない。

なぜ巨大砲が倒れたのか。わからない。敵の援軍を寄せつけまいと、絶え間なく発射しつづけていたではないか。あるいは自壊か。なんにせよ巨大砲が失われた以上、北京はもはや無防備に等しい。

　いや、これは運命だったのか。最終手段として洋人の大砲にすがった、その末路だ。どんなに大がかりでも、機械などいつかは壊れる。喪失のときを迎える。帝都の守護神になりうるはずもない。

　辺りが無秩序に紛糾しだした。紅巾らは散りぢりになっている。敵からの銃撃が激化の一途をたどる。張は莎娜の腕を引っぱり、闇雲に走った。どこへ向かうべきかもわからない。しかし敵に背は見せられなかった。ここまで来た意味も無に帰す、そんなことは耐えられない。

　どれだけ時間が過ぎたのか、感覚がはっきりしない。砂塵のなか、騎兵が駆けまわるのを目にした。韓捷だとわかった。敵の銃撃を受け、血まみれになりながら、なおも槍を振りかざす。馬は速度をあげ疾走し、ひるまず敵陣へ飛びこんでいく。

　後方にも蹄の音をきいた。崇文門の向こう、別の騎兵隊の影が見える。だが遠目にも味方ではないとわかった。頭にターバンを巻き、カーキいろの軍服を身につけている。敵の援軍、第一陣が突入してきた。挟み撃ちにされた紅巾らが、片っ端から射殺されている。

張も莎娜も、もう刀を持っていなかった。阿鼻叫喚《あびきょうかん》のなか、張は莎娜の手をつかみ、石段を駆けあがった。泣きじゃくる莎娜を力ずくで導く。広い間口と彫像から、どこかの公使館だとわかった。すでにその敷地内にいたのだろう。あらゆる境界が不明瞭だった。建物に足を踏みいれたものの、床には瓦礫とともに無数の死体が転がる。ここの殺戮は峠を越したらしい。すでに半ば廃墟と化していた。

砂埃と黒煙が混ざりあい、息を吸うにも難儀する。かまわず疾走しつづけた。どこの国でもいい、もし公使か関係者がいれば、義和団が蜂起したきっかけをうったえる。言葉が通じなくても身振り手振りで、なんとしても理解させる。宣教師による行政への介入があった、農民の暮らしは不当に締めつけられた。すべてはそこに発端がある、ただそれだけでも伝えたい。

抗議の声が公使の耳に入らなければ、義和団はたんなる暴徒に終わる。

通路を駆けめぐりながら、張は大声で呼びかけた。「誰かいないか！　話がある」

観音開きの扉の向こうに、物音をきいた気がした。張は扉に駆け寄り、身体ごとぶつかるも同然に押し開けた。

莎娜の嗚咽が、はっきり耳に届く。それぐらいの静寂だった。張は息を呑まざるをえなかった。

ほの暗いのは、カーテンで窓を塞いでいるせいだろう。広間の床を埋め尽くすように、人の群れが座りこんでいる。埃《ほこり》だらけの単衣、まぎれもなく漢民族だった。みな痩せ衰え、見るからにやつれているが、あきらかに意識はある。老若男女が入り交じっていた。怯えたようにびくついた反応をしめしたものの、同じ漢民族とわかったからか、それ以上の混乱は生じなかった。

みな疲れきっているのか、もしくは幾ばくかの冷静さを残しているのか、沈黙が保たれている。誰もがぼうっとした目で、張と莎娜を見つめてくる。

張は広間のなかを眺めまわした。奥の祭壇にマリア像が見てとれた。そのわきに山積みになっている木箱は、援助物資のようだ。衣類が溢れている。公使館から提供を受けたのだろう。

漢民族らの首には十字架がさがっていた。両手の指を組みあわせ祈る姿もある。二毛子だ。張のなかに緊張が走った。けれども妙な空気だった。敵意はいっこうにしめされない。

静寂のなか、張は声を響かせた。「あんたら、外の教会から逃げた連中か？　洋人らに匿われてたのか？」

何人かが首を縦に振る。そうでない者もみな、後ろめたさを感じているようすはなかった。

莎娜が震える声でささやいた。「張さん、見てよ。誰も怖がってない。怒ってもいない。わたしたち、全身赤ずくめなのに」

赤ずくめときいた瞬間、すべてが静止した気がした。張は群衆を見渡した。いわれてみればたしかにそうだ。義和団の紅巾と、紅灯照。鬼子や二毛子を震えあがらせると自負してきた装いだった。ところがこの反応はどうだろう。義和団を恨んでいないのか。長いこと教会に閉じこめられたというのに。

張はきいた。「恐れないのか。俺たちを」

わずかに戸惑いが感じられたものの、齢《よわい》を重ねた男がぼそぼそと告げた。「同じ漢民族だ。あんたらの思いもわかる」

放心状態の自分に気づかされる。そんな心境だった。

莎娜が指摘したとおりか。二毛子に敵愾心はなかった。囚われの身だったことを恨む素振りもない。やむをえない状況だったと、諦め半分に受けとめているかのようだ。いや、もっと奥深い感情が根底にある。戦わざるをえない者に無限の同情を寄せている、そんなまなざしに思えてならない。

ここにいる人々は争いなど放棄している。改宗したときから、権力側にまわる意識などなかったのかもしれない、そう思わせる素朴さが満ち溢れる。

宣教師の手先だった二毛子らは、金で雇われたならず者にすぎなかった。村人を力でねじ伏せようとする宣教師も、たしかに存在した。しかしいずれも、ここことは無縁の世界の話だ。

にわかに覚醒させられたような気がした。自分が求めていた公使との対話は、教民たちこそ可能ではないか。

感情の昂《たか》ぶりがある。頼めた義理ではないとわかっている。それでも躊躇してはいられない。張はいった。「争いがおさまったら、公使に伝えてほしい。宣教師の横暴がなければ、義和団は決起しなかったと。隣人を愛せというなら、洋人も俺たちを愛するべきだった。教民でなくてもだ。あんたたちの声なら、公使も耳を傾けるだろう」

沈黙がひろがった。それでも人々のまなざしに戸惑いのいろは生じない。ただ無言で見かえしてくる。

もう不安は感じなかった。張はたずねた。「伝えてくれるか」

教民らは静かにうなずいた。

この場を包みこむ温度が、ゆっくり沁みこんでくるのをまった。肩の荷が下りた気がする。

迷いは吹っきれた。と同時に、なすべきことも明確になった。張はすかさず行動に移した。莎娜の背を突き飛ばした。

莎娜は短く悲鳴をあげ、前のめりに突っ伏しかけた。教民らがあわてたようすで莎娜を支える。

いっせいに手を差し伸べ、莎娜を抱きとめた教民らは、張の行動に驚きをしめしながらも、あくまで莎娜への気遣いを絶やさない。そっと起きあがらせようとしている。

そのさまをまのあたりにしたとき、張の思いは揺るぎないものになった。

張は教民たちに告げた。「もうひとつ頼まれてくれ。彼女には着る物が要る。顔の赤い塗料も落とさないと」

「なっ」莎娜が啞然とした表情になり、ただちに起き直ろうとした。「なぜ？　わたしはそんなこと望んでない」

「いや」張は首を横に振ってみせた。「きみが望んでなくとも、俺が望んでる」

「どういう意味なの」

「ここにいれば助かるかもしれん。赤ずくめでなければ、教民に紛れられる」

「だけどわたしは、教民じゃない」莎娜が悲痛のいろを浮かべた。「紅灯照の黄蓮聖母よ」

「もうちがう」張は踵をかえした。「改宗せずとも、ただ生き延びてくればいい」

莎娜は激しい動揺をしめした。「わたしも一緒に行く」

「駄目だ。外にでたら殺される」

教民らは張の願いを汲みとってくれたらしい、莎娜を取り押さえ、動きを封じにかかった。

「放して！」莎娜は泣きながら身をよじった。「置いてかないで。わたしに生きる資格なんかない」

「きみは生きるべきだ。誰も殺していない。妖術使いのふりをしていただけだ」

「わたしにだまされたせいで、戦いにでて死んだ人たちがいる。紅灯照のみんなだって、わたしについてこなければ死ななかった」

「信心を利用するのは宣教師も同じだ。いまも外では大勢の洋人が戦い、命を落としている。その是非を宣教師と話しあえるのはきみだけだ。きみも宣教師と同じ立場にあったからだ」

莎娜は泣きじゃくりながら、ひたすら暴れた。老婦が布切れで莎娜の顔をぬぐう。

涙でくしゃくしゃになっているのは、彼女にとって幸いだったかもしれない。布切れに染みこんだ水分が、赤い塗料を落としていく。本来の彼女の顔に戻りつつある。

これでいい。教民らは公使と話ができる。莎娜が教民たちを通じ、村落の実状を伝えれば、きっと事態は変わる。

張は莎娜を見つめた。「きみもいったとおり、父と娘ぐらいの歳の差だ。せめて最後ぐらい、父親らしいことをさせてくれ」

「まって」莎娜の真っ赤な目が見かえした。「ここに一緒に留まって。あなたも着替えればいい。教民のひとりとして潜めばいい」

「俺は」執拗にこみあげようとする感傷を、張は強引に振り払った。「義和団の天下第一壇大帥、張徳成だ。その生きざまを全うする」

「やめてよ」莎娜が叫んだ。「行かないで!」

目は合わせなかった。自分のなかにためらいなど生じさせたくない。教民らを眺め渡した。見送るまなざしに、祝福の温かみを感じる。張は思わず微笑した。ふしぎなものだ、こんなときに笑えるとは。

莎娜の声を背にききながら、張は身を翻した。広間の外へと一気に駆けだした。建物が振動している。天井や壁が剝がれ落ちてくる。息を弾ませ走るうち、子供のころを思いだした。村のあぜ道を、いつも無心に駆け抜けた。辮髪が邪魔になろうとも、首に巻きつければ安定する。ずっとこうしてきた。人生のいかなる年齢のときも。

玄関から陽の光の下へ飛びだした。思わず足がすくみそうになる。

無残な光景がひろがっていた。東交民巷は、ほぼ外国の軍勢に制圧されつつある。黒煙が漂うなか、紅巾と騎兵隊の死体が累々と横たわる。わずかに残存する味方の勢力も、銃撃を受け地面に突っ伏していく。義和団の振りあげた刀は宙に留まり、ただその場に崩れ落ちる。

ちぎれた扶清滅洋の旗が、無数の屍のなかで、いまもはためいている。

魂が裂けるような思いにとらわれる。けれどもけっして辛くはない。

村を去っていった父は、きっと戦場で同じ光景を目にしたのだろう。それを受け継いだにすぎない。父は負け戦に殉じた。だがここには勝利がある。明日への希望を得た。漢民族は自治を取り戻す。先祖代々の血が染みこんだ大地だ、外界からの干渉など受けない。

強い風が吹きつけた。黄砂が視界を覆う。うっすらと浮かぶ紅巾がひとり、また敵の銃弾に倒れた。

全滅などしていない。ここに残っている。張は刀を拾いあげ、腹の底から叫びながら突進した。敵陣に連なる外国兵らが、こちらに向き直ったのがわかる。

舟漕ぎとして過ごした平穏な日々が、張の脳裏をよぎった。汽車なんかなくていい、舟を漕がなくてもいいぐらいだ。身をまかせていれば、いつかは目的地に着く。それがこの国の運河だ、大陸の緩やかな時間の流れだ。

30

莎娜は教民らとともに地面に座りこんでいた。

どこかの国の公使館が倒壊したのち、外壁の一部だけが残っている。いまだぐらつかず、しっかりと立っていた。その壁にもたれかかり、砂に覆われた広大な風景を眺めつづける。

夏の青い空も、陽射しが強く照りつけるほどではない。太陽が雲に隠れているせいだった。風に巻きあがる砂埃も、さほど気にならない。肌にあたる細かな砂粒の感触が、むしろ心地よく思える。馴染みの大地とともにあると実感できる。

東交民巷と呼ばれる区域は、いまやただの廃墟だった。静けさの漂うなか、崩れかけた大小の建物が連なり、焼け焦げたにおいが蔓延するにすぎない。死体が片付けられたのは幸いだったが、ふと虚しさもおぼえる。戦場の陰惨さは、たった一夜にして払拭できるものなのか。

誰もひとことも喋らない。ときおり外国兵がきて、教民らと意思の疎通を試みる。洋人は十字架を見ると安心するらしい。だが彼らの言葉を、教民はあまり理解できないようだ。会話は長引かず、すぐに途絶える。また沈黙が訪れる。

握り飯がひとりに一個ずつ配られた。倭鬼の食べ物らしい。莎娜は手をつけなかった。膝の上に置いたままだった。空腹は感じない。なにも喉を通る気がしない。

廃墟のなか、そこかしこを外国兵が散策する。彼らの姿はごく少数だった。けさ教民たちが噂していた。どの国の軍隊も、財宝を戦利品として略奪すべく、紫禁城に殺到している。皇帝も西太后もすでに逃げおおせ、もう北京にはいない。イギリス兵からそうきいたという。

朝廷は義和団どころか甘軍をも見捨て、とっくにほかの地へ移ったというのか。なら清国人はどんな立場の者であれ、なんのために戦ったのだろう。

近づいてくる足音がした。教民のなかでも世話好きそうな老婦が、ひとりの軍人を連れてきている。年齢は四十ぐらい、濃紺絨の将校らしい軍衣をまとっている。洋人ではない。背丈は高くなく、身体つきも痩せていた。温厚そうな顔に口髭をたくわえる。日本人のようだ。老婦が莎娜を指さしながら、その将校になにか告げていた。

日本人将校は老婦に礼をいってから、ひとりで莎娜に歩み寄ってきた。制帽を脱いだ。刈りあげた頭を下げる。神妙な面持ちだった。

莎娜は意外に思った。帽子を脱いでおじぎをする外国の将校は初めてだ。

するとと日本人将校は、物静かな口調で話しかけてきた。「柴五郎中佐だ。莎娜さんだね」

訛りはあるが、はっきりとわかる言語だった。

耳に覚えのある声だ。忘れられるものではない。教民が集団脱走し、東交民巷に逃げこんだあの夜、倭鬼に刀を突きつけられた。あのときにきいた。

話すのに支障のない相手ではある。老婦はさっそく張との約束を守るべく、世話を焼いたのだろう。

とはいえ莎娜は立ちあがる気にならなかった。倭鬼が勝ち誇ったうえで、わずかばかりの慈悲をしめしている。そんな状況に感謝できるほどお人よしでもない。

柴という日本人将校のほうは、莎娜の態度に眉をひそめたりはしなかった。依然として穏やかな口調でいった。「きみは教民でないときいたが」

「聖書を暗唱できなかったら斬り捨てる？」

「まさか。そんなことはしないよ。戦いはきのう終わったんだ」

戦い。莎娜は力なく鼻を鳴らした。「一方的に大軍で攻めてきて、なにが戦いよ」

しばし沈黙があった。柴は真顔になり、自分の胸もとを指さした。「これは援軍が持ってきてくれた軍服でね。みすぼらしい身なりじゃ、欧米列強になめられると心配したんだろう。私はずっと、ここにいたんだよ」

「東交民巷に？」

「ああ。義和団が包囲してから、二ヵ月ほどの籠城だった」

どうやら前に会ったのを覚えていないようだ。いや、あの暗がりで、赤く塗った顔を一瞥しただけだ。わかるはずもないだろう。

この男は教民らを逃がすため暗躍した。大勢の紅巾を殺した。やはり憎むべき倭鬼だ。

だが莎娜については見逃した。赤装束を目にしても殺さなかった。より重視すべきこともある。この男にはわかっていたのだろう、教民がならず者の集団ではないと。傾きかかった気持ちに、いささか均衡がとれてくるのを自覚する。それでもなお渇ききった心情が、胸のうちの大半を占める。莎娜は淡々とつぶやいた。「苦労したでしょうね。あの大砲とか」

柴は小さくうなずいた。「大勢の仲間を失ったよ」

「わたしも」

「きみは紅灯照の頭領だったそうだな」柴が表情を和らげた。「さっきのおばあさんが、しきりに頼んできた。けっして痛い目には遭わせないでくれと」

莎娜は教民の群れのなかに、老婦の姿を探した。こちらを振りかえっている。しかし老婦は顔をそむけ、周りの人々とともに、食糧を分配する作業に戻った。

憐憫《れんびん》とも愛情ともつかぬ思いを向けられた気がする。莎娜は柴にきいた。「おばあさんの要請に、聞く耳を持つ？」

「会わせてくれるのと引き替えに、ちゃんと約束したからな」

「倭鬼が教民との約束を守る謂れはないでしょ？　それとも洋人に嫌われるのを恐れて、教民は尊重しなきゃいけないって思ってる？」

柴はため息まじりにいった。「手厳しいな」

「人殺しと話す自分に嫌気がさしてきた」

「誰かほかに代わろうか？　ただし例外を見つけるのは難しい。戦争だったからな」

「でしょうね」

「私はきみのためになりたいと思ってる。農民たちのためにもだ。宣教師の無理解に端を発したことだと、私も知らされた」

すでに老婦が伝えたのだろう。ならもう自分から話すこともない、莎娜はそう思った。

ただそれで憤りがおさまるわけではない。湧きあがる不満をぶつけたくなる。莎娜は語気を強めた。「日本人にとっては他人ごと？　見て見ぬふりをしてたくせに」

柴が困惑に似たいろを浮かべた。「そういうつもりはない」

「もともと洋人がこの国で調子に乗りだしたのは、あなたたちのせいでしょ。北洋艦隊を沈めたのがそんなに偉い？　清も日本も、洋人から買った軍艦で戦ったんでしょ。ただ日本人のほうが少し早く、軍艦の操縦に馴染んでた。銃も大砲もそう。洋人と同じ服着て、なにもかも真似して、それで遅れてる清を叩いて満足？」

「私たちは西欧文明を学んで近代化を果たした。この国の進歩を手伝いたいと思ってるんだよ」

「そんなの方便でしょ。土地も利権も奪うくせに。日本人はわたしたちを見下げてる。遅れてるって馬鹿にしてる。でもそうじゃないの。わたしたちは伝統的な暮らしを守ってるだけ。それに、あなたたちの手助けなんかなくても、本当はずっと進んでる」

「進んでる？」

「ええ。三千年の歴史があるんだもん。思い立ったらなんでもやるのが漢民族なの。

火薬も紙も羅針盤も、ぜんぶこの大陸で生まれた。あなたたちも漢字を使ってるでしょ。わたしたちが教えてきたのよ」

「文化の恩恵を被《こうむ》ったという意味なら、まさしくそうだろうな」柴は依然として落ち着いた物言いで告げてきた。「だから協力し合わないか。義和団について、わからないことを解明していきたい」

「わからないことって？」

「地方の瓦版によれば、彼らは伝説の英雄や神を肉体に宿し、不死身になると信じていたとか」

思わず苦笑した。きのうまで大勢の紅巾と戦場にいたのに、もうずいぶん懐かしい話に感じられてくる。

同時に空虚な思いもひろがる。すでに瓦版で事実を知っていたのか。張が命懸けでうったえようとした行為は、無意味だったのか。

莎娜は張たちの受け売りを口にした。「民間信仰を心の拠りどころにしてるって、ずいぶん遅れてると思った？　農民に学がないとか」

「そうは思わないが、驚きではあったよ。いったいどこまで本当に信じていたか」

いまでは真実を理解している。嫌というほどわかる。ただ言葉にするのは難しい。

莎娜はいった。「勝てないとわかってても、戦わなきゃいけないとき、精神的な支柱を求めるの。それが農民にとっては、伝説の英雄たちへの信心だった」

「それしか支えるものがなかったのか」

「そんな考え方はちがう。心にもない憐れみなんかしめさないでよ。見下げるのもやめてほしい。この国は弱くない」

柴は黙って莎娜を見つめていた。いまは目を逸らすときではない。莎娜も柴を見かえした。

どこまで伝わるかはわからない。だが受けいれられず突っぱねられたとしても、思いを言葉にしておきたい。莎娜は柴に告げた。「わたしたちの民族はずっと強かった。三千年もの歴史があるんだもん、強いと信じてた。だからみんな最後まで勝利を疑わなかった。古来の伝説にすがるのも、おかしいとは感じなかった。仲間が死んでいき、本当は不死身になれないとわかってからも、国の明日のため、死んでいくことに価値をみいだした」

「そうなのか。きみはその目で見たんだな」

「ええ」莎娜はもの悲しい気持ちを遠ざけられないと痛感した。「あなたたちも、自分たちを強いと信じてる。いずれ勝ち目のない戦いに直面したとき、同じように奇跡にすがる」

「そんな非合理なことが起きるとは思わんが」

「いったでしょ。本当に進んでるのは日本より、わたしたちだって。だから先に経験した。あなたたちの知らないことも知ってる。そうならないでほしい。人の命を無駄に散らせるだけだから」

柴は深くため息をついた。なお冷静な声の響きで、柴はつぶやいた。「そうあってはならんな。私も同感だよ。思うんだが、義和団はおそらく最近、軍隊による訓練を受けたんだろう」

「どうしてわかるの」

「軍勢の動きや振る舞いでね。ただし甘軍を含む武衛軍は、ドイツ陸軍を模倣している。ドイツ陸軍は、物質面よりも精神面に優位性を認めたがる。連戦連勝ののち、軍人の慢心を招きやすい思想だ。よくないと思ってる」

「日本はドイツを真似してないの？」

「以前はフランス軍が手本だったが、いまわが国の陸軍は、ドイツ軍を理想としている」

莎娜は鼻を鳴らしてみせた。

しかし柴は、謹直な態度を崩さなかった。「慢心は悲劇につながる。正しくないものは正しくない」

「ぜんぶドイツのせい？　まわりくどい言いわけを駆使しながら、常に自分を守れる余地を残すのね。しかもそんな振る舞いをこそ、謙虚で大人びた姿勢と考えてる。そういうのが日本人だとすれば、まちがってる」

「そうではない。なにが正義かは立場と見方によって変わる、それは弁解でなく事実だ。ただし、人道的に誤った道を歩むとすれば、いま改めるべきだろう。肝に銘じようと思う」

胸を塞いでいた嫌悪の念が薄れ、眉の晴れるのを感じる。ふしぎな気分だった。日本の将校でありながら、この人物はほかとちがうようだ。

とはいえ心を開くほどではない。柴は例外的に、自己矛盾から目を逸らさない将校かもしれないが、それ以外の日本人は倭鬼にちがいない。誰にも気を許せない。ここ半年のできごとはあまりに辛すぎる。

しばらくのあいだ、柴は手持ち無沙汰にたたずんでいたが、ふと思いついたように近づいてきた。「失礼するよ」

柴が莎娜の隣りに、並んで腰を下ろした。壁にもたれかかる。莎娜は茫然としながら、その横顔を眺めた。

張徳成ともこんなふうに肩を並べた。ほんの一瞬だけだが、張を父のように思った。彼も莎娜を娘のごとく感じたようだ。態度には表れていたが、うまく言葉が嚙みあわなかった。

とはいえ、そういうものかもしれない。本当の父と娘というのは。

風はやんでいた。柴が穏やかにいった。「きかせてくれないか。張徳成という英雄の話を」

莎娜は柴を見つめた。柴も表情を和ませ、莎娜に穏やかな視線を投げかけてきた。自然に微笑がこぼれる。いま笑えるとは意外だ。むろん感情の大半を哀しみが占めている。それでも心は安らぎを取り戻していった。少しぐらい対話もいいだろう。父親のような歳の相手だろうと、明日のために教えられることがあるのだから。

後記

十一ヵ国への多額の賠償金支払いと、重臣や地方官僚の処刑により、西太后は責任の追及を免れた。端郡王載漪も皇族のため死刑を免除されたが、新疆《しんきょう》省に追放処分となった。剛毅は逃避行の途中で病死。董福祥は禁固刑に処せられた。

一年後、北京に戻った西太后は排外政策を転換し、かつて頓挫させた西欧化と近代化改革に乗りだした。だが光緒帝と西太后が相次いで死去。二転三転する政策や方針に振りまわされた民衆の怒りが爆発し、孫文《そんぶん》による辛亥《しんがい》革命、中華民国の誕生へとつながっていく。

柴五郎は武勲を各国から賞賛されたが、その後は地方の要塞司令官など閑職に就かされることが多かった。会津藩出身のため差別を受けたとも、精神主義的軍国論に異を唱えたがゆえの左遷ともいわれる。柴が陸軍の方針に参与できないうちに、日本は大陸への支配体制を強めていった。柴の退役の翌年、満州事変が勃発している。

東交民巷に避難した三千人の漢人クリスチャンの一部は、十一ヵ国のため密偵や物資調達を引き受け、防衛に貢献した。柴五郎によれば、彼らは勝利に不可欠だったものの、以後の清朝で国賊扱いになることが危惧されたため、その活躍については籠城中の同胞や部下にすら伏せていたとのことである。

ドイツによる大規模な討伐作戦により、義和団の残存勢力は全滅した。だが現在では、大陸の民衆の力を内外にしめした、愛国運動による革命と評価する声もある。北京に籠城したオーストリア＝ハンガリーの外交官Ａ・Ｅ・フォン・ロストホーンは翌年、こう回想した。「私が清国人だったら、私も義和団に加わっていただろう」

解説

末國善己
（文芸評論家）

中国歴史小説は、始皇帝、楚漢戦争、三国時代あたりが名作ひしめく激選区になっているが、その一方で、近現代史は空白域とでもいうべき状況にある。

登山家が未踏の山を目指し、探検家が秘境に踏み入るように、歴史小説作家にとって先達とライバルが手を付けていない未開の地は、魅力的なはずだ。にも拘《かか》わらず、中国の近現代史に挑む作家が出てこなかったのは、中央では宮廷陰謀劇が続き、地方では軍閥が台頭し、誰が権力を握っているのかが分かりにくく、戦争が起こってもどの勢力とどの勢力が干戈《かんか》を交えているのかすら判然としないほど複雑怪奇に入り組んでいたので、リスクが高いと判断されたからではないだろうか。

陳舜臣、浅田次郎らによって少し視界が開けたとはいえ、まだ空白が埋められていない中国の近現代史の世界に颯爽と降り立ったのが、二〇一七年四月に義和団事件を題材にした大作『黄砂の籠城』を発表した松岡圭祐だった。『千里眼』『万能鑑定士

Q』『探偵の探偵』など、ミステリの人気シリーズを幾つも手がける著者が、歴史小説、しかも扱いが難しい中国の近現代史を書いたことに驚きもあった。ただ高いエンターテインメント性の中に、最新の歴史研究をベースにした独自の歴史観、深い人間ドラマ、重厚なテーマを織り込んだ『黄砂の籠城』は高く評価された。

それから著者は、ホームズもののパスティーシュで、大津事件の知られざる真相に迫る歴史ミステリでもある『シャーロック・ホームズ対伊藤博文』（二〇一七年六月）、キスカ島撤退戦を描いた『八月十五日に吹く風』（同年八月）、川島芳子の数奇な半生を追った『生きている理由』（同年十月）、日独の映像プロパガンダを扱った『ヒトラーの試写室』（同年十二月）と、作品のモチーフを東アジア全域の近現代史に広げながら、ハイペースでハイクオリティの作品を刊行する驚異的な活躍をみせ、わずか一年で歴史小説でもスペシャリストになった。

『黄砂の籠城』から約一年、著者が歴史小説の原点に回帰したかのように、再び義和団事件に取り組んだのが本書『黄砂の進撃』である。

一八四二年、清はアヘン戦争に負けて結んだ南京条約で、広州、上海など五港を開港した。アロー戦争（一八五六年～一八六〇年）では、天津条約と北京条約を結びキリスト教の布教を認める。一八九五年、日清戦争に負けた清は下関条約を結び、開港場での外国企業の工場経営を認めた。その結果、海外資本の投資が加速され、欧米と日本による清の分割競争が激化していく。これらを背景に清では、庶民の困窮に手を打たない朝廷の無策、列強に国土を分割されることへの危機感、キリスト教への反発が高まっていた。義和団も、排外主義勢力の一つとして誕生する。

「扶清滅洋《ふしんめつよう》」（清を助けて洋を滅する）のスローガンを掲げ急速に勢力を拡大した義義和団は、一九〇〇年、北京に入り在外公館が密集する東交民巷《とうこうみんこう》を包囲した。やはり欧米列強を嫌っていた西太后は、義和団支持にまわって宣戦を布告。これにより、民衆による排外運動は、正式な国家間の戦争になってしまう。

東交民巷には十一ヵ国、約九百人の外国人と、迫害を恐れ逃げ込んできた清国人のクリスチャン約三千人が取り残されたが、援軍が到着するまでの二ヵ月弱、籠城して義和団と清の連合軍と戦った。『黄砂の籠城』は、十一ヵ国をまとめ実質的に籠城戦の指揮を執った柴五郎《しばごろう》中佐と部下の日本兵の活躍を描いている。

食料も武器弾薬も減っていく絶望的な状況にあって、冷静かつ勇敢に戦った柴ら日本人は、世界から絶賛された。それなのに、自らの手柄を広言しなかった謙虚な柴たちを、同じ日本人として誇りに感じた読者も多かったのではないか。

ところが、北京を目差して進撃し、東交民巷を包囲した義和団の側から歴史を捉えた本書では、日清戦争で清に勝利したばかりの日本人は、「倭鬼《ウォーグイ》」の蔑称で呼ばれ、「鬼子《グイヅ》」（西洋人）から手に入れた最新の技術と武器で、清をいじめ、自分たちの国土でのさばっている悪鬼のような存在とされている。これには不快感を抱く日本人が確実にいるはずだし、著者に反論したいと考える人も出るだろう。

だが著者があえて日本人にとって耳が痛い物語を書いたのは、日本サイド（これは欧米も含む列強側といってもいい）から見ただけでは、歴史を真に理解することはできないとの信念があったからのように思えてならない。

改めて指摘するまでもないが、現在、日本と中国は先の戦争の評価をめぐって対立している。大枠の歴史観でいえば、中国は日本について、国土を踏み荒らし無辜《むこ》の民を殺戮《さつりく》した侵略者とするが、日本では、中国を欧米の支配から解放する、あるいは内戦で疲弊した中国国民を救うために兵を進めただけで、決して侵略ではないとの主張もある。個々の事件でいえば、南京での虐殺はあったのかなかったのか、殺された人は中国がいうほど多かったのかについても、論争が巻き起こっている。

〝歴史戦〟とも称される応酬が続く原因の一つは、日中とも自分たちの主張はすべて正しく、相手はすべて間違っているという視野狭窄《きょうさく》に陥り、相手方の史料を真摯に分析する努力と冷静さを欠いているからではないか。さらにいえば、国土を蹂躙《じゅうりん》された

〝被害者〟と、攻め込んだ〝加害者〟では、歴史の見方が違うのは当然である。

著者が、〝被害者〟となった十一ヵ国と対照する形で、〝加害者〟の義和団に多くの清国人が集まった社会的背景、東交民巷の包囲に至った理由を描いたのは、歴史は他国の情勢も考慮に入れた複眼的な視座や、自国の歴史を疑ってかかる批判的な精神で見なければ、実相は分からないとのメッセージになっているのである。

日本は古代から明治維新まで、中国の歴代王朝を最新の文化を教えてくれる〝師〟と仰いでいた。それは公文書が漢文で書かれ、為政者の武家や公家が漢籍の四書五経を基礎教養として学んだ事実からも明らかである。しかし明治に入り、脱亜入欧の国是のもと急速に近代化した日本は、日清戦争に勝利し、義和団事件の〝被害者〟になったことで、中国を軽視、敵視し始める。中国からすれば〝生徒〟と見なしていた日本が、最新の兵器と高い経済力で国土を荒らし始めたのだから、物理的にも、精神的にも衝撃を受けたのは容易に想像できる。

義和団の包囲から自国民を救うため約五万の八ヵ国連合軍が組織されたが、日本は最大の二万人を派遣した。義和団事件後、日本は〝東洋の憲兵〟として大陸に深くかかわり、それが日中戦争の遠因となった史実を踏まえるなら、『黄砂の籠城』と本書は、原点に戻ることで日中の〝歴史戦〟を解決に導くヒントを与えてくれるのだ。

『黄砂の籠城』の冒頭に、作中の日本人の活躍を「安易に語られがちな愛国心とは異なる」と明記した著者は、当初から本書を構想していたと考えて間違いあるまい。

著者は、義和団事件の最大の原因をキリスト教としている。天津条約で内陸での布教が認められると、宣教師は清国内に教会を建て、貧しい人たちに食料を与え、病んだ人を治療するようになる。その条件が改宗だったため、多くの清国人がクリスチャンになった。欧米列強の後ろ盾を得た清国人クリスチャンの中には、横暴に振る舞う者もいて、改宗していない人たちとの対立が深まっていたという。

実は義和団は、拳法の流派であり、修行をすれば、神として祀られている（というよりも、エンターテインメント小説のヒーローといった方が近い）孫大聖（孫悟空）や協天大帝（関羽）らの霊が憑依《ひょうい》し、刀も弾丸も受け付けない不死身の肉体になると教える民間信仰の結社・義和拳を源流とする宗教団体でもあったとされる。

義和団は、キリスト教が中国の伝統、文化、宗教を破壊するとして反キリスト教闘争を激化させるので、事件は宗教戦争の側面もあったのだ。清国人が義和団のもとに集ったのは、不死身の奇跡に救いを求めたいほど貧困が広がっていたからでもあるし、中国の伝統を守ろうとした義和団がナショナリズムを鼓舞したことも大きい。

義和団は、少女たちを陵辱したドイツ人神父を殺すなど、キリスト教を排除することで民衆の支持を集めていく。これはムスリム（イスラム教徒）が、イスラム法を忘れ、キリスト教的な政治体制や経済システムを導入したからこそイスラム世界は輝きを失ったので、キリスト教徒や西欧的な価値観に毒されたムスリムを暴力で排除するジハード（聖戦）は許されるとするイスラム過激派を彷彿させる。

イスラム世界では、西洋世界では過激派とされるムスリム同胞団やハマスが慈善事業を行っており、そこに預けられた貧しい子供たちが思想的な影響を受け、過激派になるともいわれるが、これも義和団が貧困層の物心両面の支えになっていたのに近い。イスラム過激派が自爆テロを行い、義和団が不死身の肉体になったと信じ込ませ肉弾戦を敢行するなど、信者の生死を問わないところも共通している。

その意味で義和団の興亡を丹念に追った本書は、なぜ世界中で宗教を原因としたテロが起こるのか、そのメカニズムを知る上でも重要なのである。

主人公の張徳成《ちょうとくせい》は生え抜きの義和団ではなく、外部から招かれ、なりゆきで指導者の一人になっただけに、どれだけ信仰を深めても不死身の肉体など手に入らないことを熟知している。それでも不死身の肉体がまやかしと指摘するのを躊躇するのは、貧しい人たちが伝説や神話を拠り所にしていると知っているからなのだ。

張徳成は、貧困が無知を生む負の連鎖を断ち切るには、誰もが教育を受けられる制度が必要と考える。現代の日本では、先の大戦は、コミンテルンの陰謀に騙されて引きずり込まれただけなので、日本に戦争責任はないとする陰謀論が広まっている。こうしたトンデモ説を信じる人の増加は、データや証拠に基づく分析ができず、論理よりも愛国心などの感情を重視して物事を判断する反知性主義の台頭と軌を一にしている。貧困による教育格差の拡大は、反知性主義を加速させると危惧されているだけに、張徳成の考え方は現代日本への警鐘にもなっているのである。

本書はヒロインの莎娜《しゃな》と、前作の主人公・柴の邂逅《かいこう》で幕を閉じる。柴は義和団を非難するのではなく、蜂起した動機を確認し、莎娜の忠告にも耳を傾ける。この寛容さこそが日本人の本当の美徳であり、柴のような寛容さを失ったからこそ、先の大戦は起きたのではないかとの著者の問い掛けは胸に迫ってくる。このラストは、現代の日本人が排外主義を叫ぶのを止め、寛容さを取り戻せば、今も激しさを増すテロや紛争の調停役として世界をリードできる可能性さえ示唆しているのである。

著者は、本書と同時に『黄砂の籠城』と『黄砂の進撃』を編集合本した単行本『義和団の乱　黄砂の籠城・進撃　総集編』を刊行した。『総集編』には文庫二冊にはない章が追加され、テーマがより際立つようになっている。こちらにも目を通して欲しい。

本書は講談社文庫のために書下ろされました。

地図制作　mapnist

|著者|松岡圭祐　1968年、愛知県生まれ。デビュー作『催眠』がミリオンセラーになる。代表作の『千里眼』シリーズ（大藪春彦賞候補作）と『万能鑑定士Ｑ』シリーズを合わせると累計1000万部を超える人気作家。『万能鑑定士Ｑ』シリーズは2014年に綾瀬はるか主演で映画化され、ブックウォーカー大賞2014文芸賞を受賞し、2017年には第２回吉川英治文庫賞候補作となる。累計100万部を超える『探偵の探偵』シリーズは、北川景子主演によりテレビドラマ化された。著書には他に、『水鏡推理』シリーズ『シャーロック・ホームズ対伊藤博文』『八月十五日に吹く風』『生きている理由』『ヒトラーの試写室』『ミッキーマウスの憂鬱』などがある。本書は『黄砂の籠城』（上・下）と対をなし、義和団事変を中国側の視点で描く。

黄砂《こうさ》の進撃《しんげき》

松岡圭祐《まつおかけいすけ》

講談社文庫

定価はカバーに
表示してあります

2018年３月15日第１刷発行

発行者──渡瀬昌彦
発行所──株式会社　講談社
東京都文京区音羽2-12-21　〒112-8001
電話　出版（03）5395-3510
　　　販売（03）5395-5817
　　　業務（03）5395-3615

デザイン─菊地信義
本文データ制作─講談社デジタル製作
印刷───大日本印刷株式会社
製本───大日本印刷株式会社

Printed in Japan

ISBN978-4-06-293863-1

講談社文庫刊行の辞

二十一世紀の到来を目睫に望みながら、われわれはいま、人類史上かつて例を見ない巨大な転換期をむかえようとしている。

世界も、日本も、激動の予兆に対する期待とおののきを内に蔵して、未知の時代に歩み入ろうとしている。このときにあたり、創業の人野間清治の「ナショナル・エデュケイター」への志を現代に甦らせようと意図して、われわれはここに古今の文芸作品はいうまでもなく、ひろく人文・社会・自然の諸科学から東西の名著を網羅する、新しい綜合文庫の発刊を決意した。

激動の転換期はまた断絶の時代である。われわれは戦後二十五年間の出版文化のありかたへの深い反省をこめて、この断絶の時代にあえて人間的な持続を求めようとする。いたずらに浮薄な商業主義のあだ花を追い求めることなく、長期にわたって良書に生命をあたえようとつとめるところにしか、今後の出版文化の真の繁栄はあり得ないと信じるからである。

同時にわれわれはこの綜合文庫の刊行を通じて、人文・社会・自然の諸科学が、結局人間の学にほかならないことを立証しようと願っている。かつて知識とは、「汝自身を知る」ことにつきていた。現代社会の瑣末な情報の氾濫のなかから、力強い知識の源泉を掘り起し、技術文明のただなかに、生きた人間の姿を復活させること。それこそわれわれの切なる希求である。

われわれは権威に盲従せず、俗流に媚びることなく、渾然一体となって日本の「草の根」をかたちづくる若く新しい世代の人々に、心をこめてこの新しい綜合文庫をおくり届けたい。それは知識の泉であるとともに感受性のふるさとであり、もっとも有機的に組織され、社会に開かれた万人のための大学をめざしている。大方の支援と協力を衷心より切望してやまない。

一九七一年七月

野間省一

聖典《シリーズ》のあらゆる矛盾が解消され論証される、

20世紀以来最高のホームズ物語誕生!

ゴッド・オブ・ミステリー
島田荘司氏推薦!

「これは歴史の重厚に、
名探偵のケレン味が挑む
興奮作だ!」

「なにより小説として面白い。
重厚でありながら
第一級のエンターテインメント」
北原尚彦氏
作家、日本シャーロック・ホームズ・クラブ会員

松岡圭祐

シャーロック・ホームズ 対 伊藤博文

SHERLOCK HOLMES
AND
HIROBUMI ITO

イラスト・寺西晃

定価:本体830円(税別) ISBN978-4-06-293699-6

大好評発売中

作家デビュー
20周年
記念作品
Matsuoka Keisuke

生きている理由

松岡圭祐

「男装の麗人」の少女時代。
川島芳子はなぜ男になったのか？

史実の
「はいからさんが通る」は、
多感で危険、恋少なからず謎多し。

国家を巡る思惑の狭間で生きる少女の
数奇な恋と運命、激動の青春篇！

一読して驚いた。思わず座り直した。これはひとりの少女の
渇望と慟哭の青春物語である。——大矢博子（書評家）

定価：本体780円（税別）　ISBN978-4-06-293783-2

超人気作家、乾坤一擲《けんこんいってき》の
歴史エンタテインメント
東えりか（書評家）

とにかく面白い。これぞ、驚愕の近代秘史！
細谷正充（文芸評論家）

黄砂の籠城
上・下

講談社文庫

1900年春、砂塵《さじん》舞う北京では外国人排斥を叫ぶ
武装集団・義和団が勢力を増していた。
暴徒化して教会を焼き討ち、外国公使館区域を包囲する義和団。
足並み揃わぬ列強11ヵ国を先導したのは、
新任の駐在武官・柴五郎《しばごろう》率いる日本だった。
日本人の叡智《えいち》と勇気を初めて世界が認めた、
壮絶な闘いが今よみがえる！

各巻定価：本体640円（税別）
ISBN978-4-06-293634-7　ISBN978-4-06-293677-4